小学館文庫

赤ちゃんをわが子として育てる方を求む

石井光太

小学館

目次

赤ちゃんをわが子として育てる方を求む

令和元年六月、民法八一七条の改正によって、「特別養子縁組」の成立要件が緩和された。

特別養子縁組とは、実親に育ててもらえない子供たちが、別の夫婦に引き取られ、実子同然に育ててもらえることを認める法制度だ。昭和六十三年に施行されて以来、親に棄《す》てられた子供や虐待された子供などの受け皿となってきた。

この法律ができた背景に、菊田昇《きくたのぼる》という一人の医師の存在があったことはあまり知られていない。

菊田昇が生まれ育ったのは、宮城県石巻市。かつては遊廓が立ち並んでいた三陸の港町では、大勢の胎児が堕胎という名のもとに命を奪われ、たとえ命を宿して生まれてきても医師の手によって分娩室で抹殺されてきた。

菊田は産婦人科医として、こうした子供たちを救うためにたった一人で国と闘いつづけ、この法律を成立させた。昭和の時代を丸々生きた六十五年の人生は、人間の業《ごう》と抗《あらが》いつづけた歴史でもあった——。

第一章 遊廓

昭和八年、宮城県の港町である石巻の歓楽街は、赤ちょうちんをぶら下げた居酒屋がひしめき、日に焼けた男たちの猥雑な声と酒臭い息で熱気を帯びていた。魚を焼く匂いが通りにあふれ、人ばかりでなく、野良犬や野良猫までもが集まってくる。

男たちの目的は、居酒屋ではなく、その奥に建ち並ぶ遊廓だ。木造二階建ての遊廓は、どこも一階が格子窓の張見世になっていて、遊女たちの顔を見られるようになっている。お香の煙の漂うひな壇には、原色の華やかな着物を身にまとった遊女たちがすわり、外の男に手招きをしながら甘い声をかける。

「ほれ、兄《あん》ちゃん、こっちゃきて遊んでいがいん」

店の前を物色して歩くのは、漁船や貨物船で働く海の男たちだった。石巻は三陸の漁港であるだけでなく、北上川によって内陸の町と太平洋を結ぶ水運の要所でもあり、日本中から若い力自慢の男たちが集まっていた。彼らは一回の仕事でまとまった金を手に入れるため、陸《おか》に上がるとすぐに町にある競馬場や賭場で散財し、居酒屋で正体を失うまで深酒してから、千鳥足で遊廓にやってきた。

そんな通りの一角に、金亀荘という日本庭園のある小ぎれいな店があった。店先には菊田ツウという女性が色褪せた和服の袖をはためかせ、客引きをしていた。

「ほれほれ、みんなゆっくり見でってけろ！　若《わけ》えおなごがたくさん待っててっからな。生娘同然の子も、奇術師のように手慣れた子も、みーんなそろってでっからな！」

背は低いのだが、しゃがれた声だけは人一倍大きい。彼女は楼主でありながら、遊女の管理や手配をするやり手の役も担っていた。

客引きをするツゥが狙いを定めていたのは、遠洋漁業から帰ってきたばかりの他所《よそ》の町出身の漁師たちだった。彼らは久々に陸に上がって女に飢えているだけでなく、妻子の待つ家に帰る前に色街で楽しめるだけ楽しもうと考えており、何日か泊まりがけで遊ぶことがある。ツゥは男たちの日焼けや髪の伸び具合、それに話し方からそれと察すると、目の色を変えて小走りに駆け寄っては腕をつかんで立ち止まらせる。

「金亀荘だよ、金亀荘！　美白のなでしこと、アソコさ効く牛肉を山ほど用意してっぞ！　三日泊まってってくれれば、食事はぜんぶタダにすっぺし、タマがカラカラになるまで吸い尽くしてけっから、寄ってってけろ！」

男が迷っている隙に、遊女たちを店の外に呼んで、「このおなごがいいのが、それともこっちが」と次々と遊女を示す。時には「ちょっと揉んでたしかめでけろ」と遊女の体を触らせる。ここまでされると男は断るわけにいかず、背を押されて店の二階にある三畳の寝室まで連れていかれることになる。

地元の男たちは、一度つかまったら店内に引きずり込まれることから、ツゥに店へ連れていかれることを「蟻地獄さ落ちた」と言っていた。ツゥはそれをもじって、自家製の精力剤を「蟻地獄」と称して客に売りつけていた。

金亀荘の二階には寝室の他に大部屋があり、十代から二十代の女性が十五人ほど住み込みで働いていた。みな東北の貧しい村の出身で、借金のかたに売られてきた者ばかりだった。法律では遊女として働けるのは十八歳以上の女子だけだったが、ツウは十代半ばの子も雇い入れて、遊女として水揚げを済ます前まで家政婦として掃除洗濯、それに畑仕事や馬の世話までをやらせていた。遊女になって男におだてられていれば図に乗ってわがままを言ったり、使用人に無理難題を押しつけたりするようになる。そうなる前に厳しくしつけておくのが重要だというのがツウの考えだった。

色街の中でも、金亀荘は厳格なことで知られていて、ツウの叱咤する声が響かない日はなかった。

「店はおめらが生きていくための米びつみでなもんだ。こごが汚《きた》ねってごどは、おめら自身が汚ねってごどなんだど!」

ツウは和服の腰帯に竹の棒を差していて気に入らないことがあれば、それで遊女の足の裏を叩いた。それでも他の店ほど遊女が逃げだすことが少なかったのは、ツウが彼女たちの将来を慮《おもんぱか》って他の遊廓より働く年季を短くしていたためだ。

ツウが商売に熱心だったのは、金亀荘の経営権を買い取ったことで多額の借金を抱え、返済に追われていたからだ。彼女は十代の終わりに結婚をしたものの、船乗りだった夫は病弱で間もなく働くことができなくなり、女手一つで雑貨屋を経営しながら四男一女を育てなければならなかった。

家は貧しく、長男、長女、次男、三男はみな成績優秀で級長を務めていたのに、進学させてやれなかった。みんな失意のうちに故郷を離れ、仙台や東京へと働きに行った。ツゥは子供たちに惨めな思いをさせたという後ろめたさを抱えていて、大正十五年に年の離れた末っ子の昇が生まれて間もなく、遊廓経営をして一儲けすることを決心した。そして跡継ぎのいなかった楼主から金亀荘を引き継ぎ、右も左もわからないところから形振《なりふ》り構わず客を集めることに心血を注いでいたのだ。

ツゥは店に入り浸っていたせいで、庭を挟んだ隣にある家にはほとんど帰ってこなかった。明け方にもどってきて数時間寝てすぐに店にもどる生活で、家事は遊女の中でもっとも若いアヤとカヤという姉妹に任せられていた。十九歳のアヤはすでに水揚げをして客を取るようになっていたが、妹のカヤはまだ十七歳で家政婦の仕事しかしていなかった。

家の中で、アヤとカヤは小学生の昇によく話しかけてきた。アヤは垂れ目が特徴的な心配性で、日常の些細なことまで気にしていた。食事の時はじっと前にすわって「うめが？」「硬《かで》くねが？」と尋ね、肘や膝に小さなかすり傷を見つけただけで大丈夫かと赤チンを持ってくる。昇の方から放っておいてよと言うほどだった。

一方、カヤは姉より二歳若いこともあって天真爛漫《らんまん》な性格だった。家事の主なことはすべてアヤに任せ、自分は自由闊達《かったつ》に振る舞う。アヤが用意した昇のお菓子を勝手に平らげてしって笑いた。

まったり、竹馬で廊下を走って転んで障子を破ったりした。また、人を驚かすのが好きで、よく遊女たちの化粧道具で顔を幽霊のように真っ白にして夜道を歩く人を追いかけ回して笑っていた。

昇は六歳くらいまでは二人を「アヤ姉」「カヤ姉」と呼んで実の姉のように慕っていたが、だんだんと距離を置くようになった。年齢が上がるにつれて、周りの友達が遊廓の仕事を理解しだしたことで、昇はそれを恥ずかしく思うようになり、家業を隠すために通学路を変えたり、家族のことに口をつぐんだりするうちに、二人との間に溝ができたのだ。

昇は家にいるより、外で学校の友達と遊ぶ方が好きだった。だが、半年前に起きた昭和三陸沖地震による被害が生々しく、同級生の中にはその影響から生活がままならない者がたくさんいた。

もっとも被害が大きかったのは、沿岸にあった貧しい漁師の家だった。船主や長男は高台に屋敷を構えるが、次男以下の船乗りたちは浜の近くに平屋を建てて質素な暮らしをしている。そうした粗末な民家は大地震の激しい揺れで軒並み倒壊し、津波による浸水によって家財を丸ごと流されてしまっていた。半年が経っても、被災した地区には瓦礫《がれき》が散乱しており、被災した家族は掘っ立て小屋を建てて住み着き、子供たちも総出で荷物の積み下ろしや新聞売りの仕事をしても食にありつけるかどうかだった。

昇はそんな同級生たちを手助けすれば一緒に遊べるだろうと考え、一儲けすることを企《たくら》んだ。遊廓に来る男たちがツゥのつくる精力剤「蟻地獄」を買い求めているのを見て、家からそれを少しくすねて駅付近の居酒屋で売ることを思いついた。

早速、昇は放課後にバレない程度に精力剤を盗んで居酒屋を訪れた。漁師の仕事は朝早く、昼には終わってもどってきていることが多く、どの店にも酔った赤ら顔の男たちがたくさんいた。昇はその中から金亀荘の客を見つけては声をかけた。

「おんちゃん、おいらの薬ば買ってけろ」

「何の薬だ」

「金亀荘の〝蟻地獄〟だ。おんちゃん、いっつも買ってっぺ。特別に安ぐ売っから頼むべ。津波にやられで困っている友達のためなんだ」

港町に暮らす漁師であれば、何人もの仲間が地震の被害に遭っていたことから、酒の勢いもあって「んだら、おいが買ってけっから」と多目に金を出してくれた。

昇は味をしめて同級生数人を誘っていくつもの店を回って商売をした。駅前の店、港近くの店、歓楽街の店と手分けして精力剤を売る。元手がかかっていないため、安く買い叩かれたとしても売れた分は丸々自分たちの利益になった。

昇はこうして手に入れたお金を、港や駅前で働いている被災した同級生に渡しては遊びに連れ出した。普段は遊女に囲まれていることの反動から、昇は男らしいチャンバラ遊びが大好きで、自作の木刀を何本も持っていた。体が小さかったため、打ちのめされて負けることもあったが、男同士で走り回って騒いでいる間だけは、家の商売のことなど何もかも忘れることができた。

アヤは昇が精力剤を盗んで売っていることについては知らないふりをしてくれていたが、チャンバラでついた体のアザを見つけては目に涙を浮かべて「痛《いで》えごどは止《や》めんだど」と言っていた。昇は好きでやっていることに一々《いちいち》口出しされるのが嫌で「かまわねでけろ」と突っぱねた。その度にアヤは悲しそうな顔をした。

ある日、昇が友達とのチャンバラ遊びから帰ってくると、家の前に制服を着た警察官が何人も集まっていた。これまでも遊廓のことで度々警察が来ていたので素通りしようとしたら、ツウが厳しい口調で呼び止めてきた。

「昇、ちょっと待で」

しゃがれ声が怒りで震えていた。警察の後ろには数人の遊女がおり、アヤとカヤも交じって心配そうに見つめている。

「何や？」

「おめ、蟻地獄を持ち出して駅のあたりで売って歩ったのが」

「な、なして？」

「なしても糞もねえ！　やっぱり昇だったのが。おめ、どったらごどしたがわがってんのが！」

ツウが鬼の形相になって腰帯に差していた竹棒を持って飛びかかってきた。竹がしなる音とともに頭や頬に激しい痛みが走る。周りにいた遊女たちが慌てて止めに入った。

年長の警察官が代わりに言った。

「実はな、君から薬を買った人たちが四人、体ば壊して病院に運ばれたんだど。君が売ったものの中にネズミ捕りの薬が混じってだんだ。お母ちゃんがつくったのを間違えて売ってたんだど」

昇は自家製の殺虫剤を精力剤と間違って売ってしまったのだ。体中から血の気が引いていく。

「命に別状はねがったが、四人のうち二人はしばらく入院が必要だ。示談も必要になってくっから、警察署さ来んだど。いいが」

警察は昇の腕をつかんで、連行していった。

警察署でこっぴどく搾られた翌日、昇はツウとともに高価なお菓子を持参して、被害者の男性のもとへ行って謝った。深く頭を下げ、治療費と当面の生活費を支払う約束をしたことで、大事にはならなかったが、遊廓の子供が売った精力剤に毒が混じっていたという話はその日のうちに町中に広まった。

小学校でも、この噂で持ちきりになった。同級生たちは昇が被災した友達のためにやっていたのをわかっていたので黙っていたが、上級生たちは昇の家が遊廓であることを知って学校内だけでなく、登下校中もからかってきた。昇が歩いているだけで、「花柳病《かりゅうびょう》がうつる」だの「詐欺師」だのと言って石を投げたり、泥水をかけたりした。

昇はいじめの標的になったことで、日々の生活が暗転した。家ではアヤやカヤが昇の異変に気がつき、「おらたちに手伝えることはあっか」と声をかけてくれていた。昇は気づかいには感謝したものの、「なんもね」と答えて流すことしかできなかった。

夏の終わりの夕方、昇が学校を終えて野道を通って家に帰ろうとしたところ、歓楽街の入り口で上級生たち五、六人のグループが待ち構えていた。これまで昇のことをからかっていた男子たちだった。昇は彼らを避けるために、数日前から通学路とは別の回り道を通って帰っていたのだが、見つかってしまったのだ。

上級生の一人が歩み寄って声を荒らげた。

「おめ、おいだぢから逃げようとしたべ！　殺虫剤を人さ飲ませるくせに、自分のごどだけは大事なんが！」

昇は上級生のうち二人が棍棒《こんぼう》を手にしているのを見て、これで殴られたらひとたまりもないと思った。逃げるなら今だ。昇はそう決心するや否や、上級生を両手で突き飛ばし、全力で駆けだした。

上級生たちが「逃げだど！」と言って追いかけてくる。必死で走っている背後から、「待で！　ばい菌野郎！」「止まれ！」という声が迫ってくる。昇は無我夢中で家まで走り、裏門にたどり着いた。戸を開けようとしたところ、鍵が閉まっていて開かない。昇は息を切らしながら戸を叩いて、「開げでけろ！」と叫んだ。しかし人が出てくる前に、上級生たちに追いつかれてしまった。

体の大きな上級生が叫んだ。

「こいづ、女郎さ助けでけろってが！」

そう叫んで昇を蹴りつけた。昇がその場に倒れ込むと、他の上級生たちが次々と足蹴にしたり、棒で叩いたりする。昇は道にいた大人たちに助けを求めたが、酔っ払いたちは「やれ、やれ」と煽《あお》るだけだ。昇は腕で顔と頭を守り、地べたを転がりながら殴られるがままになっていた。

口腔《こうこう》に血の味がした時、家の裏門が開き、女性の声が響いた。

「おめら、何やってんだ！　弱い者いじめば止めろ！」

立っていたのはアヤだった。騒ぎを聞きつけて飛び出してきたのだ。

上級生たちはひるむどころかアヤに向かって言い返した。

「なんだ、この女郎！　お前みでな汚ねえ女の出る幕でねえど。とっとと引っ込んでろ！」

別の上級生も言った。

「んだ、お前みでえな女郎がいっから、昇が変な薬ば売るようになったんだど。町の人だちさ土下座して謝れ！」

他の上級生たちも「んだ！　んだ！」と口を合わせる。

アヤは怒りで顔を紅潮させて唾を飛ばして言った。

「女郎でなにが悪《わり》いのや！　だったら、おいのことば買いさ来るおめの父ちゃんはどうなんだ」

上級生たちはいきなり父親のことを言われて動揺をあらわにした。アヤは一人ひとりを指さしてつづけた。

「あんだだぢの父ちゃんや兄ちゃんだって、みんな同じだ。おらだちの股さ頭つっこんで馬鹿面してんの知ってんのが！」

アヤの唇が怒りで震えている。

「いいが。これ以上昇ば馬鹿にすんなら、おらだぢだってあんだらの父ちゃんたちが店で何をしてんのか、母ちゃんや町中の人さバラしてやっからな！」

恐ろしいほどの剣幕だ。

「嫌なら、二度と昇をからかうんじゃねえ。黙ってさっさと帰れ！」

上級生たちはあまりの迫力に圧倒され、顔を見合わせて押し黙った。

その時、家の奥から別の女性が飛び出してきた。カヤだった。彼女は両手に木桶と柄杓《ひしゃく》を持っていた。

「おめら、姉ちゃんの言ったことがわがったら、早くこっから出で行げ！」

カヤはそう叫び、いきなり桶に柄杓を突っ込んで茶色いものをまき散らした。あたりに悪臭が漂う。上級生の一人が叫ぶ。

「うわ、馬糞だ！　小便も入ってっど！」

馬小屋から馬の小便と糞を桶に入れて上級生たちに投げかけたのだ。カヤは再び柄杓でそれをすくって投げつけた。

「おめらなんか馬糞で十分だ！　とっとと家さ帰れ！」

馬の排泄物が降りかかり、一人が「汚ねえ、逃げろ！」と叫んだと同時に、他の者たちも蜘蛛の子を散らしたように駆けだした。カヤは止めようとせず、顔を真っ赤にして後を追いかけて、「この野郎！」とさらに馬糞をかける。近くにいた大人や店先にいた女性にまでかかって悲鳴が響き渡る。

カヤは柄杓を投げつけて言った。

「二度と、ここさ来んな！」

上級生がいなくなり、裏門の付近が静かになった。アヤは大きく息を吐いてから、地面に横になっていた昇のもとに駆けつけた。服に付いた砂ぼこりを払い、顔や腕の傷を一つひとつ確かめて「痛がったべ」「医者さ行がねくていいが」となでた。カヤも木桶を持ったまま、「大丈夫が」と近づいてくる。

昇は優しい言葉を掛けられたことで、張り詰めていた気持ちが緩み、目に涙を浮かべた。

これまで二人に対してつまらないことで意地を張って距離を置いていた自分が情けなく感じた。

昇が言葉を探していると、遊廓の方の道からツウが歩いてきた。騒ぎを聞きつけたのだろう。ツウは眉間に皺を寄せて近づいてきたと思うと、いきなりカヤの顔面を平手で叩いた。カヤは、あっ、と叫んで地面に倒れ込んだ。木桶がひっくり返り、馬糞の臭いが漂う。

ツウは叫んだ。

「アヤ、カヤ、おめだち自分が何やったかわがってんのが！　さっきいだのは、大切なお客様のご子息だど！　遊女の分際で、その子だぢを怒鳴り散らしただけでねくて、馬糞まで投げつけるなんて何してんのや！」

ツウは腰帯に差していた棒を取りだし、倒れているカヤを殴りつけた。水揚げをしていないカヤには手加減はない。カヤの「ごめんなさい、ごめんなさい」という声が響くが、ツウは止めようとしない。

昇が見かねて言った。

「母ちゃん、許してやってけろ。二人はおらがいじめられでんのを助けてくれだだけなんだど。何も悪いごとしてねえ」

「うるせっ！　元はと言えば、おめが悪いんだろ。てめえの喧嘩ば、てめえで片づけねえから、こったなごとさなったんだべ！」

ツウは昇を突き飛ばしてから、アヤの首根っこをつかんで「おめは、こっちさ来い！」と言った。遊廓につれていかれ、足の裏を皮膚が裂けるまで叩かれるのだろう。しばらくは立つことさえままならなくなる。

昇が叫ぶ。

「母ちゃん、止めでけろ！」

ツウは耳を貸す素振りさえ見せず、アヤのことを門の奥へ引っ張っていった。遊女たちが離れたところで目を潤ませて見ている。昇は涙声でアヤの名を叫ぶことしかできなかった。

家の前で起きた一件によって、金亀荘から客足が遠のくことはなかったが、ツウは遊女たちへの警戒心を膨らませ、遊廓の外での行動を制限した。外を歩く時は決して人と目を合わせないとか、色街以外の人と話をする時は許可を得るなどといった決まりを「十二の掟」と呼んで毎朝遊女たちに大声で暗唱させたのだ。

さらにアヤとカヤに対して一年にわたって特別な場合を除いては遊廓の敷地内から出ることを禁じた。体を壊して医院へ行くなどきちんとした理由があった上で、同伴者をつけなければ、門の外へ出ることは許さなかった。

昇はアヤとカヤに申し訳ないという気持ちから、少しでも外の空気を感じさせてあげようと、通学路の途中で咲いている花を摘んで持ち帰ったり、季節ごとの祭りや行事の話をしたりした。

アヤは外出を禁じられたことには嫌な顔一つ見せず、昇の心遣いを喜んでいた。花のついた枝を一輪挿しに入れて飾り、お礼にと膝枕をして昇に『少年倶楽部』の連載小説を読んで聞かせた。昇はアヤの着物から漂うお香のにおいと肌のぬくもりを感じながら、作家大佛《おさらぎ》次郎の織り成す物語を聞いているのが大好きだった。

彼女は小説が好きで、読み聞かせの合間に最近流行っている作家について話してくれた。

ある日、昇はこう尋ねた。

「アヤ姉はなして文学さ詳しいんだ?」

「おら、父ちゃんが借金ばこしらえて家がダメさなった十一の年までは学校さ行ってて、一番の文学少女だったんだど。いつか物語を書いでみでなって思って、毎日先生から本を借りて読んだり、詩を書いたりしてたんだ」

「今でもそう思ってんのが」

アヤは寂しそうに笑って昇の髪を撫でた。

「女郎さなったから無理だべ。でも、カヤなら何か好きなことができるがもしんね」

「なして?」

「町さ行って働いている父ちゃんが銭ばつくって迎えさ来てくれたら、秋田の家さ帰ってまた勉強できる。それにこの子みでえな面白い性分の子は他さ見だごどねえ。文学ばするにはぴったりだべ」

横を見ると、カヤはアヤの膝の上で気持ちよさそうに寝息を立てている。

「おらも文学者になれっぺが？」

「昇さんなら何だってなれるべ。もし小説を書いたら最初に見せてけろ」

アヤは「約束だからな」と言ってほほ笑んだ。

昇は文学に興味を抱くようになり、児童雑誌だけでなく、小説の文庫本を読むようになった。昇にとって幸いだったのは、本屋の息子である岩坂克典《いわさかかつのり》という同級生がいたことだった。岩坂は一緒に精力剤「蟻地獄」を売り歩いた仲間の一人だったが、警察に捕まった時、昇は最後まで彼の名前を出さなかった。岩坂はそれに恩義を感じていて、昇の頼みに応じて父親に内緒で店に招き入れて好きな本を貸していた。

本屋に昇が忍び込むのは、夜になって店が閉まってからだった。岩坂がこっそり裏口から入れてくれたおかげで、昇は蠟燭《ろうそく》を片手に好きなだけ本を選ぶことができた。手に取るのは、アヤから教えてもらった有島武郎や志賀直哉、それに人気が出はじめた川端康成といった作家の本だった。大人の物語なので、内容がわからないところもあったが、アヤに読んだことをつたえて、「いい本読んだな！」と褒めてもらうのが嬉しかった。

年が明けてしばらくすると、夜に家を抜け出して岩坂の店に行く際、昇はひそかにカヤを連れていくようになった。遊廓の敷地内から出られなくなったことで、カヤは蕁麻疹《じんましん》を起こしたり、小さな禿《はげ》ができたりしていた。昇はそれを知り、気分転換させようと、夕食が終わった後にひそかに裏口から外へ出していたのだ。

店で本を選んだ後はすぐに帰らず、蠟燭の火を囲むようにすわっていろんな話をするのが常だった。カヤは風呂敷に遊廓からくすねた和菓子や洋菓子を包んで持ってきていた。

カヤは海の絵が入った本が好きで、菓子を食べながらよくつぶやいた。

「船さ乗ってみでえなぁ。石巻さたくさん漁師がいんのに、おら、一度も船さ乗ったごどねえ。海を渡ってどっか行ってみでえなあ」

昇は言った。

「船なんて冬は寒いべし、夏は暑い上さ、揺られで気分悪ぐなるだけだ。それより、アヤ姉は、カヤ姉が文学者さ合ってるって言ってたど」

「おらは部屋さ閉じこもって字なんて書きたぐね。じっとしてこれ以上禿ができんのは嫌だ。それより大海原を自由に航海して、お天道様《てんとうさま》の下でうめえ魚ばたら腹食べて、いろんな町や国を回ってみでえなあ」

「外国さ行きてえのが」

「外国だけでねくて、新しい島どか発見してみでえな。そこで宝ば見つけて大金持ちさなんだど」

狭い遊廓に閉じ込められているからこそ、広い海への憧憬《しょうけい》が膨らんでいたのかもしれない。

本屋からの帰り道、昇とカヤはよく遠回りをして海辺を歩いた。冬の海は凍《い》てつく潮風が吹きつけていたが、カヤは「波の音が聞ぎてえ」と言って行きたがった。よく足を向けたのは、色街から五キロほど離れたところにある万石浦《まんごくうら》だった。狭い湾口の手前に風船のように膨らんだ湾が広がっており、人影がまったくないところで、風に交じる波のしぶきを浴びているのが好きだった。

カヤは海辺に立つと、なかなか帰ろうとせず、しばらく萩原朔太郎の詩を口ずさむのが常だった。秋田の実家に暮らしていた時、アヤがよく暗唱していたことで家族みんなが覚えたのだという。冬になって雪に閉ざされると、アヤが詠む詩を聞いて、その光景に思いを馳せたり、親子で話をしたりして過ごしたそうだ。

昇はそんなカヤに何度か「やっぱりアヤ姉と同じように文学が好ぎなんだな」と言ったことがある。カヤは首を振った。

「おらは、好ぎでも何でもねえ。ただ、父ちゃんや母ちゃんが好きな詩だったがら懐かしいんだ」

カヤにとって萩原朔太郎の詩は家族と一緒にいた思い出の歌のようなものだったのだろう。

そんなある晩のこと、昇とカヤがいつものように万石浦のほとりに立っていると、突然湾の奥でブシュッという水が跳ねるような音がした。聞いたことのない大きな音だったので驚いて目を向けたものの、暗くて何も見えなかった。昇とカヤが顔を見合わせていると、また同じ音が響いた。

「何かいっと」

カヤが近くにあった岩の上に飛び乗ると、ちょうど雲の切れ間から月が姿を現し、水面を照らした。すると、湾内に体長五メートルほどの巨大な黒光りするものが浮いているのが見えた。波がそれにぶつかって音を立てている。

「ば、化け物だ！」と昇が声を上げる。

逃げようと促すが、カヤは岩の上に立ったままじっと顔を向けている。しばらくして、再び大きな音とともに水飛沫《みずしぶき》が立ち上るのが見えた。

「化け物でねえ、あれ、クジラだ！」とカヤが言った。

「クジラ？」

「クジラの背中だべ。迷い込んで出られねぐなってんだべ！」

よく見ると、黒いものはクジラの背らしかった。湾口から入ったものの、浅瀬にはまってしまって出られなくなっていたのだ。

カヤが沖の方を指さした。

「あっちさ何かいっと！」

沖には一回り大きなクジラの姿が見えた。母クジラなのだろう。夜風に乗って悲しそうな鳴き声が海岸にまで響いてくる。

カヤは手を合わせて言った。

「母ちゃんクジラが、子供ば呼んでんだ……。こっちさ来てけろ、こっちさ来てけろって」

母クジラの鳴き声は子クジラにも届いているにちがいない。子クジラは湾口から出ようと体をよじるが、方向感覚を失っているのか、さらに浅瀬へと入り込んでしまう。

カヤが言った。

「漁師ば呼ばねど！」

「ダメだ。漁師だどクジラをばらして食ってしまうべ」

「だ、だけど……」

何メートルもある巨大なクジラをどうやって救出すればいいのか。昇はふと漁師に教わったことを思い出した。

「音ば立てればいいんでねが」

「音？」

「クジラばつかまえっ時、漁師は海面ば叩いて脅がしながら入り江さ追い込むって教えでもらったごどあんだ。海ば叩く音が嫌いで逃げるんだど」

昇は地面に落ちていた石を拾い、子クジラがいるのとは逆の方向へ投げてみた。ドボンという音とともに海面に水飛沫が立った。だが、クジラにはそんな小さな音は聞こえないらしく、水面に浮かんだまま動こうとしない。何度かやってみても同じだった。

「ダメだ。聞げでねえ」と昇は肩を落とした。

母クジラはどうしていいかわからないといったように沖を行ったり来たりしている。

「もっと大きな音出さねど」

カヤは強い口調で言うと、真冬にもかかわらず着物を脱いで裸になった。昇が戸惑っている間に、彼女は黙って浜辺に落ちていた小さな流木を拾い上げて、海にざぶざぶと入っていった。そして胸のあたりまでつかったまま、海面を思い切り流木で叩いて「あっちさ行げ！あっちが海だぞ！」と叫んだ。

しばらくそれをくり返していると、子クジラがそれまでとは逆の方向に体を向けようとした。音が聞こえているのだ。昇は自分も服を脱ぎ捨てて海へ入っていき、一緒になって海面を叩いた。

「行げ、行げ、あっちだ！」

二人であらんかぎりの大声を張り上げて水を叩く。子クジラは奮い立ったように体をよじって、いく度も尾ひれを水面に打ちつける。すると、少しずつ沖の方へと進みはじめた。

「んだ、そっち、そっち！」とカヤが叫ぶ。

手足の感覚がなくなっても、「行げ！　そっちさ行げ！」と叫びつづける。

沖の母クジラが大きな声で鳴く中、子クジラは体を懸命に左右にゆすりながら沖へと向かう。時折動きを止めるが、母親の声が聞こえると、力を振り絞るように尾ひれを動かす。

やがて子クジラは深みに到達したらしく、急に速い速度で沖へと泳ぎだした。浅瀬から抜け出すことができたのだ。カヤが飛び跳ねる。

「いがった！　出られだ！」

昇も拳を突き上げて喜ぶ。

母クジラも近づいていく。子クジラは母クジラの傍《そば》に来ると体を寄せ合い、まるで昇たちに感謝を示すように大きく潮を噴いた。水飛沫は月光に反射し、まるで白銀の宝石が舞い上がったみたいだった。

二頭のクジラが沖へと帰っていくと、万石浦の海辺は静かになった。冷たい空気が海の方から吹きつけてくる。昇はその場にすわり込んで言った。

「いがったね。母ちゃんさ会えで、めでたしめでたしだ」

「んだな……」

「今夜は親子二人して海の中でのんびり過ごすんだべな」

昇は寒さの中でも気持ちのいい汗が額に浮かんでいるのを感じた。

だが、カヤの顔からは子クジラを救出した時の嬉しそうな様子は消え、唇を嚙んで複雑な表情をしていた。

「何したのや？」と昇が尋ねた。

カヤは涙声でつぶやいた。

「クジラは家族と一緒におれていいな」

風が海面に波紋をつくってつづける。

「おらも、父ちゃんや母ちゃんに会いでえ。カヤは手で目をこすってつづける。一緒にいでえ」

昇はアヤとカヤが幼い頃に身売りに遭って家を離れ、長い間石巻で姉妹二人で生きてきたのを思い出した。今は実家と、手紙のやり取りさえしていないのだ。

昇は言った。

「でも、家がらいなくなった父ちゃんが銭さ持ってもどってきてくれるかもしれねえんだべ」

「誰がそんなこと言ってたんだ」

「アヤ姉が言ってた。そしたら、カヤ姉が家さ帰って学校行って文学者になれるがもしんねえって」

カヤは顔をこわばらせると、海水で濡れた砂をつかんで昇に投げつけた。

「そいなごどあるわけねえべ！　姉ちゃんは小説ばっか読んで空想の世界さ浸ってるんだ。おらは、今年には水揚げしなくちゃなんねえ」

「水揚げって、カヤ姉、客を取るのか」

「おらが何歳《なんぼ》だと思ってんだ。十八だど。おらは、女郎になってずっとここで働くしかねえんだ！　秋田さ帰るごども、船さ乗るごどもできねえ」

昇は青ざめた。

「二度と姉ちゃんの言葉ば真に受けて、嘘ばりこがねえでけろ！」

カヤはその場にうずくまり、大きな声で泣きだした。水揚げを迎え、遊女にさせられることが不安でならないのだろう。一度遊女になれば、数えきれないくらいの男の欲望に身を捧げなければならないのだ。

昇はかける言葉が見つからなかった。沖ではクジラの親子が潮を噴く音が響いていた。


小学校が終わった後、昇は凍てつく風が吹きつける中、一人とぼとぼと歩いていた。

港には大漁旗を掲げた漁船が止まっており、大勢の人でごった返していた。船は漁に恵まれると恵比寿様などが描かれた派手な旗を掲げてそれを知らせる。港の漁業関係者や家族がそれを見て喜んで集まってくると、遊廓の遊女や小料理屋の店主も祝いと客引きをかねて駆けつける。

昇はそんな光景を遠目に一瞥《いちべつ》してため息をつくと、枝分かれした道を家とは異なる方向へ歩いていく。カヤに水揚げの話を聞いた日から、昇は度々そんなふうに放課後の時間をつぶすことが増えていた。カヤが潮に流されるようにどんどん遠い存在になる気がして怖かったのだ。

町を歩いていた時、昇を呼び止める声がした。見ると、本屋の前にはたきを手にした岩坂が立っていた。学生服姿のままで店の手伝いをしているのだろう。

「昇、今帰りが。ずいぶん遅いな！」

返答に困っていると、岩坂は「ほれ、こっちゃすわれ」と店の前に置いてあった長椅子を指さした。昇が腰を下ろすと、岩坂は店の中から干し柿を持ってきて渡した。

「昇、おめ、最近何かおがしぐねえか。しばらくカヤ姉ちゃんも店さ連れできてねえし。ケンカでもしたが？」

あの日から一度も本屋に足を向けていなかったため、何か異変を感じていたに違いない。

昇はうつむいた。

「ケンカってわげでね」

「何や」

「カヤ姉、今年で水揚げすんだど。つまり、遊女になるんだど。カヤ姉がそいを嫌がっているって話を、この前直《じか》に聞がされだんだ」

「でも、金亀荘さいんのは遊女になるためなんだべ。そったらごと初めからわがってたべや」

「そいづはそうなんだげど……」

岩坂は干し柿を齧った。昇は足元を見つめたまま言った。

「おら、学校の先輩さいじめられた時、カヤ姉に助けてもらったんだ。それだけでねえ、おらの見えないどころで掃除からご飯の用意まで何から何までやってもらってんだ。それなのに、カヤ姉が困っている時に何もしねえわげにいがねんだ」

「助けるっていったい何すんだ？　おめの母ちゃんに言ったとごろで、何ともなんねべ」

「わがってっから困ってんだべ」

昇はため息をついて口をつぐんだ。ツゥが多額の金を払って貧しい家から遊女を買っていることは知っていた。小学生の自分にそれだけの金を用意する術《すべ》など想像もつかない。

岩坂が手を叩いて言った。

「いい案を思いついたど！」

顔が明るくなっている。昇は首を傾《かし》げた。岩坂は身を乗り出して言った。

「小説や詩ば書いて雑誌に応募するんだ。一等ば獲《と》れば、本になったり、賞金をもらったりすんべ」

「でも、おら小説なんて書いたごとねえし、小学生だど」

「がんばれば何とかなっぺ！　今人気の中原中也だって小学生の時に『婦人画報』さ投稿して名前ば知られるようになったんだ。全力でがんばれば、カヤ姉ちゃんば助けるごとができっかもしんねど！」

岩坂は店頭に並べられていた『中央公論』や『サンデー毎日』といった雑誌を昇に押し付けた。これらの雑誌にも懸賞作品の募集要項が記されているという。

家に帰って昇は一人で考え、岩坂の言う通り何もしないよりはやってみるべきだと腹を決め、小説の創作をしてみることにした。翌日から放課後に教室に残り、本を開いて見様見似で原稿用紙に向き合った。だが、物語をつくるのは難しく、筋書きがまったく思いつかなかったため、数日で挫折して今度は短歌や詩を書いてみることにした。これならまだ自分でもできるように思えた。

いざ書きはじめてみたものの、自分では作品の良し悪しはまったくわからないので、岩坂に読んでもらったところ、「意味はなんとかわかる」というような曖昧な感想しか返ってこない。そこで学校の教師に意見を求めることにした。

教師は昇が創作をする理由を知らなかったが、毎回真剣に読みふけって厳しい意見を口にした。文章の未熟なところに赤線を引いて「心が表れてねえ!」と注意したり、いくつかの表現を並べて「どっちが読者に響くと思うが」と比べて見せたりする。そして口癖のように「文章は情報を伝達するためのものでねくて、心ば動かすための手段なんだ」と言いつづけた。

昇は人に評価される作品をつくることの難しさを嫌というほど知らされたが、ここで諦めればカヤを見捨てることになるという思いから、何を言われても奥歯を噛みしめて書き直した。そして翌日には推敲《すいこう》した作品を教師のところへ持って行った。

同級生たちからは急に短歌や詩に興味を持った切っ掛けを何度も尋ねられた。昇は真意を明かすことはなく、家でも同じだった。夕食が終わってカヤから遊びに誘われても、昇は「ごめん。やっこどあんだ」と言って断り、机に原稿用紙を広げて、作品の推敲をはじめた。自分にとって残された時間が短いことがわかっていたからこそ、寝る間も惜しんで取り組まなければと焦っていた。

何も知らないカヤは頰を膨らまして言った。

「昇さんは、なして机にばっか向かってんだ。そろそろ、また岩坂さんの本屋さ行ぐべし。早く違う本が見でえ」

「今、忙しいんだ。また今度にしてけろ」

「そんな薄情なこと言わねえでけろ。昇さん、おらと一緒に遊ぶの面白ぐねぐなったのが」

「んでねくて、とにかく後さしてけろ」

「昇さん、文学者さなって姉ちゃんに気に入られっぺどしてんだべ。きっとそうに決まってる。おらのことはどうでもいいんだべ」

昇は今はまだ人の目に留まるような作品をつくれていないという思いから、本当のことを言えなかった。カヤはそんな気持ちも知らずに、昇を罵倒して部屋を出ていった。

こうした昇の変わりように気づいたのは、他の人も同じだった。特にツウは昇のあまりの変容ぶりを怪訝《けげん》に思い、ことある度に何を企んでいるのかと問い詰めてきた。昇は事情を悟られれば、水揚げの時期を早められるかもしれないと考えて毎回言葉を濁した。

七月の週末、昇は汽車に乗って秋保《あきう》温泉へ行った。すでに仙台に働きに出ていた次男の吉《よし》次郎《じろう》と三男の信之助《しんのすけ》と久々に合流して、男三人で旅館に泊まったのである。ツウが忙しくて正月に会えなかったお詫びとして、兄二人にお金を渡してきょうだいで楽しんで来いと送り出してくれたのだ。

旅館の広い和室に泊まり、きょうだい三人で温泉に浸かって豪華な食事に舌鼓を打った。

次男の吉次郎は商売人の道を歩み、三男の信之助は警察官になることを目指していた。長男の源一郎《げんいちろう》は東京に出て事業を興しているという。昇は、強い意志を持って目標に邁進《まいしん》する兄たちの姿がたのもしかった。

二日間の旅行を終え、昇は仙台経由で石巻にもどった。家では、台所でアヤが夕飯の準備をしていた。いつも隣にいるカヤの姿が見当たらない。昇は荷物を置いて言った。

「ただいま。カヤ姉は?」

アヤは返事をせず、鍋をかき回している。もう一度声をかけたが、彼女は黙って背を向けたままだった。

「なして黙ってんのや? 今日カヤ姉さ土産ば持って帰ったんだど。兄ちゃんたちが秋保温泉の店で買ってくれたんだ」

アヤは手を止めて、小さな声で言った。

「昇さん、カヤはしばらく家さ来らいねえ」

「病気さなったのが？」

彼女は首を横に振った。

「ツゥさんの命令だべ……。慣れるまで、店の仕事しかしちゃいけねえって言われてるんだ」

「店の仕事ってなんだ？」

アヤは目をそらした。

「なして黙ってんのや。なあ、店の仕事って何のごとだ」

アヤは顔を横に向けたまま何も言わない。鍋がグッグッと煮え立っている。昇の脳裏に「水揚げ」の言葉がよぎり、体から血の気が引いていくのを感じた。

昇は台所を飛び出すと、隣の遊廓へ向かった。一階の格子窓の張見世から覗き込むと、数人の遊女に交じってカヤが化粧をさせられ、赤い着物を着せられてすわっているのが見えた。

昇は叫んだ。

「カヤ姉！　なしてこごさいんのや！」

顔を上げたカヤと目が合った。その時、ツゥが店の中から現れ、竹の棒で昇の背中を叩いた。激痛が走る。

「商売の邪魔ばすんな！　おめは家さもどってアヤの飯食ってろ！」

「母ちゃん、なしてカヤ姉が張見世にいんだ。どういうごどや」

「カヤは、もう十八だ。おめだって、その意味をわがってっぺ」

「母ちゃんは、おらば温泉に行がせでる隙に、カヤ姉の水揚げばしたってごとが。おらばだましたのが」

「だますもクソもあっか。うちさいるおなごは、十八さなればみんな遊女になんだ。子供のおめが口出しするごどでねえ」

「でも」

「うっせえ、この黙れ！　おめは、誰のお陰で飯食って学校さ行ってると思ってんだ。おなごたちが働いでっから生きていげんだど。それば邪魔してどうするつもりだ。わがったら、邪魔しねえで、家さ帰れ！」

昇は言葉につまって言い返すことができなかった。何か言わなければと焦っているうちに、目から涙がこぼれはじめる。きっとツウは昇がカヤを助けるために詩をつくっていることを察し、温泉へ行かせている間に水揚げを済ましたのだろう。カヤがつらい思いをしている間、自分は温泉に浸かっているだけだったのだ。

昇はその場にしゃがみ込み、嗚咽《おえつ》しはじめた。一旦遊女になってしまえば、共に過ごせる時間は限られる。もうこれまでのようにはいられないのだ。

ツウは竹の棒を振りかざして言った。

「早ぐ家さ帰れって言ってっぺ！」

昇のこめかみに、竹の棒がメシッと音を立てて当たった。昇は激痛が走る頭を押さえてしゃくり上げつづけた。

第二章　喪失

昭和十二年、石巻の郊外に陸軍工兵部隊の大きな廠舎《しょうしゃ》が完成した。二階建ての武骨な形の建物で、毎朝正面の広場には軍人たちが一列に並び、大きな声で国歌を斉唱していた。海から内陸に向かって吹きつける風が、正門に掲げられた旭日旗をはためかす。

廠舎ができた直後は軍人の数は少なかったが、日中戦争勃発後は、全国から多数の兵士が集められた。陸軍は召集によって集めた兵隊を数ヵ月にわたって国内で訓練を受けさせてから大陸へと派遣することにしており、石巻ではここを拠点にして北上川で敵前渡河や上陸作戦の演習を行っていた。昼夜を問わずに厳しい訓練を受けていたのは、新兵だけでなく幹部候補兵も同様だった。

たくさんの軍人がやってきたことで、石巻の町の光景は一変した。商店の店先には兵士を歓迎するための日章旗が立てられ、駅前には「軍隊餅」や「日章団子」といったお土産が売られるようになった。演習場には着飾った若い女性たちが兵士目当てに集まり、軍人との見合いを仲介するという人まで現れた。

繁華街にも変化の波が押し寄せた。休日ともなれば、廠舎から大勢の兵士たちが集団で居酒屋や劇場に遊びに繰り出してくる。出征前の兵士は、漁師に負けず劣らず金づかいが荒かったことから、どの店の主人たちも「軍人さん大歓迎」と書かれた横断幕を店先につけ、兵隊割引なるものをつくった。それまで漁師が我が物顔にふるまっていた町が、あっという間に軍人の町に様変わりしたのである。

色街に遊びに来る客も、軍人の姿が目立った。楼主たちの多くは、軍人たちは訓練が終われば出征するので馴染み客にはならないと考えて優遇することに消極的だったが、ツゥだけはいち早くこの変化を商機と見て動いた。遊廓を豪華に改装して遊女の数を一気に増やした上で、長期滞在する偉い将校を無償で接待し、石巻に新しくやってきた兵士を紹介してもらう仕組みをつくった。そうすれば、兵士の出入りがある度に、新たな客を迎えることができる。

この目論見《もくろみ》が当たり、金亀荘は休日ともなれば朝から晩まで大勢の客が入れ代わり立ち代わり遊びにやってきて入りきらないほど繁盛した。遊女たちは一人ひとりが大車輪の働きを強いられ、睡眠不足から倒れる者も続出した。

二十歳を過ぎていたアヤとカヤは、昇が中学に進学したことで家の雑務を解かれ、遊廓の仕事のみに従事させられていた。中でもカヤは水揚げから数年のうちに目を見張るほど美しい遊女になっていた。容貌はもちろんのこと、生来の明るい性格から軍歌を覚えてうたってみせたり、兵士たちの方言を覚えて面白おかしくしゃべったりするため、年上の者にかわいがられ、数週間先まで予約で埋まるほどだった。

カヤは将校たちにちやほやされることで、遊女としての自信を深めていった。真っ赤なキセルを特注して煙草《たばこ》を吸い、漆塗りの髪飾りをつけてこう言うのが口癖だった。

「おらと遊びたければ、将校さなんねばならねえど」

実際に、偉い軍人たちの間では、カヤと遊べるかどうかが地位を示すものになっていた。将校からの人気は驚くほどで、少し前にも、身分の高い三人の将校たちがいっぺんにカヤに惚れて取り合いになり、ついには店内で拳銃を取りだす大騒ぎに発展したことがあった。カヤは諍《いさか》いを収めるのも上手で、この時は将校たちをとりなして、青森でやっている祭りを見に行こうと車を用意させた。そして、そのまま免許も持っていないのにカヤが運転して青森まで遊びに行き、三日後に石巻に帰って来た時、三人の将校はきょうだいのように仲良くなっていたという。

昇は、中学に上がってからは店の遊女とはほとんど接触を持たず、外で学校の友達とばかり過ごしていた。特にカヤとはばったり顔を合わせて声をかけられても、返事もせずに通り過ぎた。彼女が遊女として働かなければならないことは理解しつつも、男たちと楽しそうにしている姿を受け入れられなかった。

ツゥは相変わらず仕事三昧だったが、昇が持ち帰ってくる中学の試験の点数だけは気にして、「成績が悪い」だの「勉強しろ」だのと口を酸っぱくして言い、なんとかして大学へ進ませようとしていた。

昇の方はそんなことはどこふく風で、毎日学校が終わった後は友達とつるんで、くたくたになるまで外で遊んでいた。昇が夢中になっていたのが、〝戦争ごっこ〟だ。ラジオや新聞が連日戦争について報じていたこともあって、子供たちは口をそろえて軍人になるのが夢だと語っていた。そして放課後になれば、みんなで広い空き地へ行き、学級ごとにわかれて基地をつくり、木でつくった手製の銃を持って戦う。相手を取り囲んで撃ち、降参させた方の勝ちだった。

子供たちは白熱するにつれて、民家の鶏小屋から盗んだ卵を「手榴弾」と呼んで投げ合ったり、川のカメを「地雷」と称して地面に埋めたりするようになった。馬小屋の屋根を走り回って天井を踏み外したこともあった。

さすがに連日そんなことをしていれば、住民から苦情が出て、学校や警察に通報される。他の子供たちと同様に、昇も何度かツウに呼び出された。ツウは勉強をせずに遊んでばかりいる昇に雷を落とした。

「しっかりと勉強しろって何度言ったらわがんんだ！　おめは何が何でもちゃんとした学校へ行って一流にならねばなんねんだど！　おめが目指すのは軍人でねくて、医者だ。医者さなって、この町のみんなに一目置かれる存在さなんだ！」

ツウは自分が遊廓を経営している後ろめたさを持っていた分、昇に対して過剰に期待をかけていた。

昇は反論した。

「嫌だ。おら、勉強なんて好かねべし、医者さなんてまったぐ興味ねえ。それより戦争で活躍すんだ」

「おめみたいなのが軍人になったどごろで大成するわげねえ。それより地に足をつけて石巻のためさなる職業さ就け。それには医者が一番だ。青海寺《せいかいじ》の住職が勉強を教えてくれでっから、放課後に通って何が何でも医者になれ。いいな！」

北上川を渡った山の麓には青海寺という寺があり、住職が町の子供たちに勉強を教えていた。この寺には、遊女のための無縁墓があったことから、ツウは住職をよく知っていて、そこへ昇を通わせることにしたのである。

青海寺は五百年ほどの歴史を持つ由緒ある浄土宗のお寺だった。木造の門をくぐると、正面に大きな本堂があり、その横に平屋の一軒家があった。ここには四十代後半の住職が、文《あや》子《こ》という小学校に入ったばかりの小さな娘と二人で暮らしていた。

住職は檀家から頼まれたことをきっかけに、数年前から宗派を問わず貧しくて学校へ行けない子供たちを本堂で夜まで預かっていた。寺では勉強をさせることになっていたが、住職は気さくな性格で裏山に虫捕りに行かせたり、自分の好きな落語や浪曲を聴かせたりした。

住職は寺を一人で運営していたため、仕事で出かけて不在にする日も週に一、二度あった。昇は予《あらかじ》め文子からその日程と帰宅時間を聞いておいて、寺に来ていた年下の子供たちを引き連れて裏山へ遊びに出かけた。

昇は年下の子供たちに戦争ごっこのやり方を教え、二組に分かれて戦った。裏山には森や崖、それに川もあったことから、田畑でやるよりはるかに規模が大きかった。子供たちは木の枝を銃にして「バン、バン！」と声を出して撃ち合い、松ぼっくりやドングリを爆弾代わりに投げつける。途中でお腹が空《す》けば、森に自生する柿の実を取って食べるか、墓地まで下りてお供え物のお菓子を食べればよかった。

裏山では多くの野生動物に出くわした。日中にもかかわらずシカやタヌキを見かけることがあるだけでなく、木陰からいきなりイノシシが飛び出してくるのだ。イノシシは凶暴で人間を見ると牙を向けて突進してきて、体当たりされれば突き飛ばされるため、子供たちは見かけると「地雷だ！」と叫んで四方八方に逃げまどった。

文子は山に動物が多い理由をこう言った。

「父ちゃんの話だと、軍の演習が激しくなったせいでこっちの山さ動物が逃げできてんだって」

ここ一、二年で急増したらしい。

「最近はお寺さも出んだ。見だごどもねえようなでっけえ足跡が庭さついてて畑が荒らされてたこともあったんだど」

「足跡って何だ？　でっけえ猿が、熊が」

「わがんねえけど、父ちゃんが『なんだべ、これ』って目を丸くしてた」

「へえ。珍しい動物も交じってるかもしんねえっちゃ。よし、一丁探しに行ってみっぺし」

昇は子供たちを連れて山の奥へ入ってみることにした。

山は原生林に覆われていたため、昇たちは沢に沿って上流を目指して歩いていった。水でぬかるんだ道を歩いていると、足首や脛《すね》に山ビルが食いついてきた。こういう時は無理に剝がすと、頭が皮膚に食い込んだままちぎれ、傷口から血が止まらなくなるため、吸わせたまま歩きつづければいい。しばらくすれば自然に離れるので、寺に帰ってから止血すればいい。

だが、子供たちの中には山ビルが嫌いで咄嗟に剝がしたことで、ぽっかりと穴を開けた傷口からの出血が止まらなくなってしまう者もいた。こうなれば、泣いても叫んでも、どうすることもできず、帰った時には足じゅう血だらけだった。

川辺には動物の糞が落ちているのを見かけたが、大きな足跡まではなかなか見つからなかった。それより気になったのは、たまに人間が落としたと思われる縄や麻袋を見かけたことだ。おそらく猟師が同じ道を通って山に入っているのだろう。

しばらくして子供の一人が大木の前で立ち止まった。

「昇さん、これ何だべ。さっきも同じのを見かけたけど」

木の幹にバツ印のようなものが刻み込まれている。ナイフのようなもので人為的につけられたようだ。

昇は答えた。

「山さ来た猟師が目印につけたんでねえが」

「何の目印だべ。川沿いさ歩けば印つげねくても迷うごとねえのに」

「んだな」

腕を組んで考えていると、森の奥から動物の鳴き声が響いてきた。聞きなれない声だった。静まったと思うと、また同じところから声が聞こえてくる。

「近くさいるな。見に行ってみっぺ」

昇は川を離れ、草をかき分けて森へと入っていく。三十メートルほど歩いていくと、草むらに子ギツネがいた。金具の罠《わな》に片足を挟まれて動けなくなっている。

子供の一人が罠を見て言った。

「こいづは、猟師が仕掛けた罠だな。小せえからキツネやタヌキ用のだ。なじょしてこったら動物獲んだべな」

猟師なら食用になるシカやイノシシを狙うはずだ。

昇は少し考えてから答えた。

「毛革として売るんでねえが」

「毛革？」

「ちょっと前の新聞さ、中国ではじまった戦争のおかげで、キツネやタヌキの毛革の値段がいぎなり高ぐなってるって書いてあった。あっちは寒《さみ》いから、兵隊さんが着るコートや手袋に毛革が必要なんだべ。そいで日本で毛革がどんどん売り買いされでるみだいだ」

「じゃあ、石巻の猟師も毛革を目的として罠を仕掛けてるってごとが」

「んだかもしんねえな」

改めて見ると、子ギツネの足には罠の歯が痛々しく食い込んでいた。かなり暴れたらしく、皮膚がえぐれて白い骨が見えている。このまま放置しておけば明日には死んでしまう。

「まだ幼ねえのに、かわいそう……」と文子がつぶやいた。

「逃がしてやっぺが」

「うん」

昇は子ギツネの傍へ行き、手で金具を外そうとしたが、バネの力がつよくてびくとも動かなかった。他の子供が手伝っても同じだった。専用の道具をつかわなければ取れないのだ。

「ダメだな。壊すしかねえ」

あたりを見回して大きな石を見つけると、昇は金具がくっついている部分を叩いた。何度か石をぶつけているうちに、バチンと音を立ててバネの部分が壊れ、罠が外れた。子供たちが「よし！」と言う。

昇は罠を取り除くと、子ギツネの背中を撫でた。

「ほれ、立でっか」

子ギツネはゆっくりと立ち上がった。足からは血が出ていたが、なんとか動かせるようだった。

「痛くしてごめんな。許してけろ。もう自由だど」

子ギツネは少し潤んだ瞳で昇たちを見つめた後、怪我《けが》した足を引きずりながら歩きだし、森の手前で一度ふり返ってから奥へと消えていった。

文子が胸に手を当ててつぶやいた。

「無事に巣さもどれっといいな」

子供たちはうなずいた。昇は森を見つめながら言った。

「木さあった印は、罠のありかを知らせるもんなんだべな」

「んだら、他さも罠があってキツネが捕まってるかもしんねえってごどか」

「んだべ」

猟師が一つしか罠を設置しないことなどありえない。森にはいくつもの罠が隠されているはずだ。

文子が悲しそうな表情をした。他の子供たちも首《こうべ》を垂れてうつむいている。さきほどの子ギツネの痛々しい姿を思い出したのだろう。

昇は言った。

「木の印をたどれば、罠のありかを見つけられるべ。おらだちで罠ば外してキツネば助けてやっぺ」

子供たちの中から「んだな」「そうすっぺし」と声が上がる。昇は言った。

「やっぺし！　キツネたちを救出すっぺ！」

子供たちは腕を上げて「おー!」と賛成の意を示した。

この日から昇たちは、住職が外出している日を見計らって「キツネ・タヌキ救出隊」を結成して裏山に入ることにした。隊列を組んで歩いて、木の幹に印を見つけては周辺の草むらに仕掛けられた罠を探す。動物がかかっていれば、物音などで労せずに見つけることができたので、持参した金槌で金具を叩いてワイヤーを外した。小さな子供たちは赤チンを動物の足の傷につけ、エサを与えてやって、森へ帰した。

「二度と捕まんなよ!」

子供たちはそう言って手をふった。

慣れるにつれて、昇たちは山ビルの防御策も講じるようになった。山ビルはナメクジと同じように塩をかけると溶けると聞いたので、山に入る際はかならず足に塩を塗りたくり、それでも山ビルがついた時にはすぐに塩をかけて退治できるようにした。

山には昇たちが発見しただけでも二十以上の罠が仕掛けられていた。それだけキツネやタヌキが毛革として売られているということなのだろう。昇たちは慣れてくると救出隊を二つに分けて、さらに別の山にまで探索に出かけた。

その日の救出が終わると、昇たちは寺にもどってきてたき火をした。住職は外出する際におやつに芋を置いていってくれるので、焼き芋をつくったのだ。炎を取り囲み、ほくほくの焼き芋を齧っていると、山の奥からキツネの鳴き声が聞こえてくることがあった。文子はそれを聞いてつぶやいた。

「さっき助けたキツネだっちゃ。きっと家族さ会えだんだな！」

「んだな。キツネは義理堅い動物だがら、いつかおらたちのどころさ現れてお礼ばしてくれっかもしれねど。キツネのお礼参りだ」

子供たちは焼き芋を頬張りながら、夜にキツネがやってきてたくさんの宝物を置いていってくれることを想像して温かな気持ちになった。

子供の一人が言った。

「でも、キツネは軍人さんだちの服さなんだべ。それば逃がしちゃって怒られねえべが」

昇は答えた。

「乃木希典《のぎまれすけ》将軍も〝武士道というのは身を殺して仁をなすものである〟って言ってんだべ。キツネでも何でも、目の前さ困っている者がいれば、自分を犠牲にしてでも手を差し伸べるっつうのが日本男児だ。それに石巻のキツネば何匹が助けだがらといって戦争さ負げるほど日本軍は弱ぐねえ」

「んだな」

「おらだぢが軍人になれば、こういう精神が何より大事だ。大陸の軍人さんたちだってそのごとはわがってくれっぺ」

その子は昇の言葉に深くうなずき、笑顔になって焼き芋を食べはじめた。

そんなある日、昇がいつも通り学校を終えて青海寺へ行くと、本堂の前に猟師の格好をした大人たちが集まって声を荒らげていた。先に下校した小学生たちが取り囲まれ、目を真っ赤にして嗚咽している。猟師たちに問いつめられているようだ。住職が何度も詫びながら頭を下げている。

昇は何が起きたのかとただならぬ空気を感じて立ち止まった。よく見ると、猟師の奥には子供たちの親が立っており、その中にはツゥの姿もあった。みんな顔を紅潮させて子供たちを睨みつけている。

キッネを逃がしていたことが知られたんだ。そう思った直後、手前にいた猟師がふり向いて言った。

「菊田昇だど！　こっちさ来い！」

大人たちの目が集まる。昇は唇を噛んで歩いて行った。

白髪の猟師が昇の前に立ちはだかり、強い口調で言った。

「おい、おめ、おらたちが仕掛けた罠を壊しただろ！」

昇は目をそらした。

「しらばっくれるんでねえど。山さ置いでだ罠が壊されで犯人ば捜してだんだ。そしたら、学校がら連絡さあって、生徒の一人が山でキッネを逃したって話していると教えられだんだ。それで今、寺さ来てる子供だちに訊《き》いたら、自分だちがやったって白状したんだ」

子供たちの誰かが何気なく友達に話したのを教師に聞かれてしまったのだろう。白髪の猟師は言った。

「小学生が思い立ってやるわげがねえ。おめが、みんなばそそのかしてやったんだべ」

昇は開き直るしかなかった。

「そうだ。おらがやろうって誘ったんだ。一番の責任はおらさある」

「偉そうに言ってんでねえ！　なしてそんなごどばした。おめらが壊した罠がどれだけ貴重なものか知ってだんだべ」

「まだちゃっけえキツネが罠さかがって足から血ば出して鳴いでんだ。助けるのは当たり前だべ」

「キツネは売り物だど。罠だって猟師のもんだ。おめは、それを勝手に逃がしたり、壊したりしたんだど」

「猟師さとってはキツネは獲物がもしんねえげど、おらたちにとっては小さくても一つの命だ。目の前で苦しんでいる生き物がいだらば、助けるのが日本男児の義務だ」

「何が日本男児の義務だ！」

「んで、これからケガばしている人に出くわしたら無視しろってが。放っておいて通り過ぎればいいのが」

昇は必死に言い返した。だが、ツウが怒りをあらわにして前に出てきた。

「昇！　よぐもまぁ、ぬけぬけと屁理屈ばかり垂れられるな！」

ツウの唇が怒りで震えていた。

「中学生のくせに、小学生ばそそのかしてさんざん悪さば働いだ挙句、猟師さんさ食ってかがるなんて言語道断だ。呆れてモノが言えねぇ！」

「でも、おらは動物の命ば救ったんだぞ」

「黙れ、この！」

ツウは平手で昇の頬を叩いた。

「猟師さんたちの飯の種ば台無しにしておぎながら、おめ何様のつもりしてんのや。猟師さんだぢにだって養ってる家族がいで、毎日必死に山ば歩ぎ回って働いでんだど。おめは人の台所さ土足で上がって滅茶苦茶にするようなことをしたくせに、的外れな正義ば振りかざして一人前のふりすんでねえ！」

昇は唇を嚙みしめた。

「謝れ。ここさ手ついて、地べたさ額ば擦《こす》りつけて全員に謝れ！　許してもらうまで何べんだって謝れ！」

「嫌だ！」

「おめが土下座して許しを請えねえなら、うちの敷居は二度と跨がせねえど」

「おら、悪いごとはしてねえ」

「そうが。おめがその気なら、親子の縁ば切る！　石巻から出て行って勝手に一人で生きていげ！」

ツゥは昇を睨みつけて言い捨てると、背を向けて歩きだした。他の親たちが「ツゥさん、待ってけろ」と呼び止めたが、彼女はふり返ろうともせずに去っていった。

この日、猟師たちに懇々と説教され、小学生たちは平謝りして親たちと一緒に帰宅した。猟師たちも親たちから罠を弁償してもらうという約束を取り付け、納得して去っていった。だが、昇だけは意地を張って最後まで頭を下げず、寺の本堂の前に残った。貴重な罠を壊したのは悪いと思っていたが、キツネの命を助けたのは間違いではないと言い張ったのだ。

日が傾いて、夕焼け色に染まった西の空に、鳥の群れの影が飛び交いはじめた。猟師たちも住職も家に引き上げてしまい、本堂の前に残ったのは昇ただ一人だった。夜は間近に迫っていたが、ツゥに頭を下げてまで家に帰る気持ちにはなれなかった。風に混じる潮の香りがつよくなる。

石塔の台に腰掛けて下を向いていると、一人の男性が近づいてきた。昇は顔を見て声を上げた。

「兄ちゃん……」

長男の源一郎だった。源一郎は中学を卒業してすぐに東京に働きに出ていったため、数年に一度、正月かお盆の帰省の際に顔を合わせるくらいだった。大柄で熊のような風貌は変わっていない。

「いつ石巻さ帰ってきたんだ？」

「ついさっきだ。お国から召集がかかって、大陸さ行かねばなんねぐなったがら、そのごどば母ちゃんさ話しさ来たんだ」

「大陸って、中国さ戦争に行ぐのが」

「んだな。そいで家さ帰って、ちゃんとつたえっぺど思ったら、母ちゃん怒ってでそれどころでねえ空気だった。召集のごどは言わずに、何したのやって事情ば訊いたら、『昇が青海寺の裏山で騒ぎば起ごした、もう勘当する』なんて言ってっぺ。それで様子ば見にやってきたんだ」

　出征前の兄に余計な心配をかけてしまったことを申し訳なく思った。

「こごさいても暗くなるだけだべ。とりあえず、この寺ば出ねが？」

「兄ちゃんは、おらば説得しさ来たのが。それだったら、おらは悪いことをしたど思ってねえがら絶対に帰らねえど」

　源一郎は苦笑した。

「昇もおらさ似て頑固だな。おらは昇が悪いごどしたなんてこれっぽっちも思ってねえど。久々に二人で散歩さ出て話そうって言ってるだげだ。そんぐれえならいいべ」

「今から散歩が？」

「まだ明るいがら大丈夫だ。大陸さ行ったら、なかなか会えねぐなるべ」

源一郎は手を差し伸べ、昇を立ち上がらせた。

北上川の川辺にはススキが風にそよぎ、トンボが飛び回っていた。草むらでは、コオロギが跳ねている。源一郎は「懐かしいな」とつぶやきながら、土手の道を川の流れとは反対の方向へ歩いていった。

昇は源一郎の大きな背中を見ながら、改めて召集を受けたという話を思い出して寂しさがこみ上げてきた。中国へ行けば、新兵は最前線に送られるに違いない。そこで兄を待ち受けている現実を思うと胸が締め付けられた。

三十分ほど歩くと、川に鴨橋《かもばし》と呼ばれる古い木造の橋が架かっていた。かつて一度通りかかった時、ツウから『ここは近づいちゃなんねえところだ』と教えられた場所だった。源一郎は橋の上で立ち止まって言った。

「ここは、鴨橋集落、通称『鴨ムラ』だ。来だごとあっか？」

昇は首を横に振った。

「見でみろ。いっぺえ人が暮らしてっぺ」

橋下の両岸には、みすぼらしい掘っ立て小屋が茸《きのこ》の群生のようにひしめいて集落を形成していた。いかにも貧しそうな男たちがふんどしにねじり鉢巻きといった格好で肥料をつくっているのが見える。港の市場からもらってきた魚の内臓や尾を巨大な鍋に入れて煮込み、そこに米ぬかなどを混ぜ込んだものを農家に安く売るのだ。鍋からは煙が立ち上り、あたりにはひどい悪臭が漂っている。

源一郎は言った。

「ここは、他所の町から来た貧しい人だぢが暮らしている集落だ。子供たちは学校さ行げねくて、物心ついた時から魚の内臓ば集めて肥料や家畜の餌ばつくっか、廃品拾いばして、家計を助けでる」

源一郎は昇を見てからつづけた。

「ひどいと思うがもしんねえけど、東京や仙台さ出れば、石巻の人だぢだって同じだ。高校や大学の卒業資格のねえ人間は、好きな仕事に就くことはなかなかできねえ。おおよそその土地の人がやりたがらねえ仕事ば押し付けられて、がんばってもがんばっても、雀の涙ほどの銭しかもらえねえんだ」

源一郎は成績優秀でありながら、貧しさゆえに中卒で東京へ出なければならなかった自分の体験を話しているのだろう。

「東京で兄ちゃんもそうだったのが」

「んだよ。人の十倍、二十倍やったって認めでもらえねえんだ。吉次郎や信之助といった兄ちゃんたちも同じだ。それがなんぼ悔しいごどがわがっか?」

昇は下を向いた。源一郎は言った。

「母ちゃんは、おめを大学さ行がせたがってるみでえだな。東京さ母ちゃんからの手紙が届く度に、せっかく銭ばできて、進学させてやれるのに、おめが真面目に勉強しねえって愚痴が書いである」

「母ちゃんは、おらに医者さなれっつうんだ。そんなごと無理だべし、別のことがしてえ」

源一郎は微笑んだ。

「おめが何さなろうと兄ちゃんは応援する。ただ、人さ迷惑は掛げねえで勉強だけはしっかりして進学しろ」

「兄ちゃんの考えだが？」

「んだ。きょうだい五人の中で大学さ行げんのは昇だけだ。遊女たちが必死になって働いて稼いでくれた銭だ。何さなってもいいがら、おめは母ちゃんや遊女たちの努力に報いる責任があんだど。いいが」

「んだな……」

「それと戦争が激しくなれば、おらだけでねくて、吉次郎や信之助だって戦争にとられっぺ。昇がちゃんと家や母ちゃんを守ってやらねえどダメなんだど。戦争が終わったらかならず帰ってくっから、それまで家のことば任せたぞ」

源一郎の目は真剣だった。昇は唾を飲んで答えた。

「わがった」

源一郎は嬉しそうに「よし、おめに頼んだからな」と言って昇の肩を引き寄せて強くさすった。

翌年になると、石巻の町を覆う戦争の影はより色濃くなった。地方紙は連日のように日本軍の戦況や侵攻の報をつたえ、陸軍工兵部隊の廠舎でも軍人が大幅に増員されていた。誰の目にも戦争の長期化は自明になっており、今後は学校や寺院が廠舎として使用されるらしいという噂まで広がった。

町の人たちの間でも、召集令状が男性のもとに届くようになったことで重い空気が漂いだしていた。召集を受ければ、拒否することはできず、仕事も家庭も捨てて戦場へ行かなければならない。軍に駆り出される者の大半が、働き盛りの二十代から三十代の健康な男性だった。石巻駅の構内では毎週のように召集を受けた者たちの見送りが行われており、「大日本帝国万歳！」という威勢のいい掛け声が響いていたが、取り残される家族の表情は一様に不安に満ちていた。

金亀荘は、出征前に筆おろしに来る若者たちや、前線へ派遣される将校たちで連日賑わっていた。彼らにとって遊女と戯《ざ》れ合うのは、人のぬくもりを感じて生きていることを実感できる時間だった。

ツウは戦争へ行った源一郎のことは何一つ言わず、仕事に没頭して遊廓を盛り上げていた。

その一方で、昇には家庭教師をつけて、課題を終えるまでは外出は禁止という決まりを設けて、毎日最低三時間の勉強を強いた。青海寺の裏山での一件以降、顔を合わせれば「勉強して医者になれ」と言ってきた。昇はそんなツウに反発しつつ、源一郎との約束を果たすために勉強だけはしていた。

昇は家庭教師と家で過ごす時間が増えたが、遊廓で働くカヤとの関係はよそよそしいままだった。カヤは将校とのつながりのおかげで、名実ともに金亀荘の看板娘に成長しており、特別に個室まで与えられていた。だが、昇にしてみれば、客に取り巻かれて喜ぶカヤが汚れたような気がして、以前にも増して心を開くことができなかった。

昇がそんなカヤと久々に言葉を交わすことになったのは、十二月の寒い日のことだった。学校から帰ったら、ツウに呼び出されてこう言われたのだ。

「今日は勉強はしなくていい。その代わり、ちょっと用事ば引き受けでけろ」

「用事？」

「カヤが孕《はら》んじまったんだ。ったく、ろくでもねえ男さ引っ掛かりおって。堕《おろ》さねばならねえが、付き添う人がいねえんだ」

これまで金亀荘には男の使用人が二人いて、力仕事から遊女の外出の付き添いまで身の周りの雑務を担っていたが、戦争がはじまって二人とも召集されてしまっていた。

「地図は用意したし、カヤも堕胎は二度目だから道順はわがってる。カヤは店の外で待ってっから、さっさと上着ば着て行げ。先方さは、昇が同行するってつたえてあっから失礼がねえようにな」

ツウは有無も言わさずに手書きの地図を押し付けた。

昇がカヤとともに向かったのは、石巻駅から徒歩で二時間ほど行ったところにある鹿又村《かのまた》だった。田んぼと林ばかりの小さな村のはずれに、木造平屋の家が建っており、「ヒキ婆」と呼ばれる老女が色街の遊女の堕胎を行っていたのである。

石巻には堕胎手術を行っている正規の病院もあったものの、中絶には厳しい条件が決められていて、病院の方も遊女のそれを引き受けたがらなかったし、仮に認められても多額の費用を支払わなければならなかった。それで遊女たちは闇と知りながらヒキ婆に堕してもらっていた。

話によれば、ヒキ婆はヤスリで先端をとがらせた竹の棒を膣に挿入し、子宮を探り当てて卵膜を刺すことで流産を促すということだった。麻酔もかけずに行うことから、女性の体は堪え難い激痛に襲われるらしい。しかも、指先の感覚だけを頼りにやるものだから、少しでも動けば大ケガをすることもあるため、口に丸めた布を押し込まれて声を上げることさえ許されないのだそうだ。

鹿又村へ向かう途中、冷たい小雨が降りはじめた。カヤは村に近づくにつれて不安がこみ上げてきたらしく口数が少なくなっていった。

出くわす人々はカヤを見て嘲けるように口元を歪める。鹿又村の方角へ向かう遊女が何をしに行くのかわかっているのだろう。カヤは雨に打たれながら何度か草むらにうずくまり、嘔吐した。

昇はそんなカヤを見ているうちに、だんだんと哀れに思えてきた。

「カヤ姉、大丈夫が……」

名前を呼んだのは数年ぶりだった。

カヤはわずかに表情を和らげた。

「すまねえな。おら、せっかく久しぶりにこうして昇さんと歩げんのに、こんな形で迷惑ばかげるごどになるなんて……」

降り注ぐ冷たい雨が目に入った。昇は何と返せばいいかわからず黙っている。カヤは赤ん坊の宿ったお腹を押さえてため息交じりに言った。

「おら、今回は本気だったんだど。いい人さ出会って、一生一緒にいでえなと思って結婚の約束もした。でも、なしてかわがらねえけど、おらが望むようにはならねがったんだ」

カヤは数多《あまた》の将校から寵愛《ちょうあい》を受けてきたが、たまたま店で出会った若い軍人に一途《いちず》な恋心を抱くようになったという。カヤは仕事の合間を縫っては金ももらわずに若い軍人と逢瀬をくり返していたそうだ。

カヤは若い軍人と深い関係になるにつれ、将来一緒になろうと誓い合った。だが、将校たちに勘づかれて嫉妬を買い、別れの挨拶さえ許されずに若い軍人は戦地へと送られることになった。カヤが妊娠に気が付いたのは、その悲しい別れからわずか三週間後のことだった。当初、カヤは赤ん坊を産んで若い将校の帰りを待つと言い張ったが、年季の明けていない遊女にそんなことが許されるはずもなく、ツウの命令でヒキ婆のところへ行くことになったという。

「おら、何べんもツウさんさ頭を下げて、せめて子供だけは産ませでけろって頼んだんだ。自分で育てられなくてもいい。あの人の子供ばちゃんとこの世さ残してあげでって思ったんだけど、ツウさんからは『その間仕事はどうすんだ。いねぐなった男のごどなんて忘れろ』の一点張りだった。こうしてヒキ婆のところさ向かっている今も、お腹の赤ちゃんに、この世に出してあげられなくて堪忍してなってずっと謝ってんだ」

中絶を拒んでいるうちに、ここまでお腹が大きくなってしまったのだろう。

いつの間にか、カヤの目には大粒の涙が浮かんでいた。昇はそれを見て複雑な心境だった。カヤの性格からして純粋に若い軍人に惚れていたのだろうし、産みたいという言葉も本音に違いない。だが、遊廓で働いていれば、それが叶わない夢物語だとわかっているはずではないか。

「カヤ姉は、その軍人さんに赤ん坊ができたことを手紙か何かでつたえたのが？　軍人さんは何つってたのが？」

カヤは涙をぬぐって答えた。

「お客さんの一人さ頼んで手紙ば出してみたけど、もどってこねえ。あの人も軍のことで忙しいんだと思う」

「おがしいんでねえか。軍人さんだって本気でカヤ姉のことが好ぎなら連絡ぐれえよこすべ。赤ん坊のことを聞かされなくたって、手紙くらい出せるべや。そいづをしねえのは、カヤ姉のことを店の女としか思ってねがったんでねえのが」

「そ、そんなごどねえよ」

「おら、心配だ。カヤ姉は店の看板だがらいろんな客が言い寄ってくるかもしれねえけど、それを一々真に受けてだら身がもたねえべ。将校さんはみんな結婚してるし、軍人さんだちだってすぐにいねぐなる。結局、カヤ姉ばがりが損するごどさならねえか」

「損なんてごどねえ。おらはツウさんがらも信頼されでっし、お客さんはみんな大切にしてくれでる」

「じゃあ、なしてカヤ姉のお腹さ赤ん坊ができることになったんだ？　なして母ちゃんは堕せって言ったんだ？　本当に大切に思ってたら、そんなふうさならねえべ」

カヤは顔を引きつらせ、唇をわなわなと震わした。

「昇さんに何がわかんだ。まだ中学生だべ」

「年齢は関係ねえ。おらは、カヤ姉がいいように利用されでんのに、その気さなってんのが耐えられねえだけだ」

「中学生にそったらごど言われたぐねえ。昇さんは、女と恋したことあんのが？　何も知らねえでねが」

「わかってねえのは、カヤ姉の方だよ。堕胎すんのだって二度目だろ。目を覚ましてけろ」

カヤは唇を嚙んで叫んだ。

「う、うるせえ！　もう言うな。昇さんは家さ帰ってけろ」

「なんでだ」

「いいがら帰ってけろ！　ヒキ婆のところさ一人で行ぐ！　もう何も言われたぐねえ！」

彼女は地面に転がっていた石をつかんで手あたり次第に投げてきた。涙を流して、「帰ってけろ！　帰ってけろ！」と叫ぶ。昇は押さえ込もうとしたが、カヤはそれをふり払って石を投げるのを止めない。

昇は怒鳴った。

「勝手にしろ！　おら、知らねえど！」

雨が降りしきる中、昇は背を向けて家の方角へ歩きだした。

日が暮れると、雨脚がさらに激しくなり、雨粒が屋根に当たる音が大きくなった。気温はみるみるうちに下がっていき、じっとしていると手足が震えだすほどだった。

家に帰った昇は、布団の中に潜り込んで、堀辰雄の小説『風立ちぬ』を読んでいた。同じ中学に進学した本屋の息子の岩坂から、美しい物語があると言われて貸してもらったものだった。

雨音に混じって、隣の遊廓からは遊女や客の声が聞こえてくる。翌日が休日であるため、早い時間から男性客が繰り出してきているのだろう。この時期は遠洋漁業からもどってくる漁師も多いため、一年のうちでもっとも繁盛するのだ。

しばらくすると、廊下の奥の方から人が走ってくる音がした。足音でツゥだとわかった。ツゥは和室の障子を思い切り開けたかと思うと、いきなり布団をひっぺがして怒鳴った。

「昇、なしてカヤば置いできたのや！」

途中でケンカして帰ってきたことはツゥに告げていなかった。

「おらは悪ぐねえ。カヤ姉が石を投げで『帰ってけろ』って騒ぐがら、先にもどったんだど」

「んなごと知らね！　カヤは鹿又村がらの帰り道で倒れて、雨の中で一時間も気を失ってたんだど！」

「カヤ姉が……」

「おめが送っていれば、こんなごとさならねがった。今、石巻十文字病院に運ばれて、アヤが付き添ってる。おめも今すぐに行って様子ば見て来い！」

ツゥは昇を足蹴にした。昇は跳ね起きて、上着も持たずに家を飛び出した。横殴りの雨の中、昇は下駄をはいて夜道を全速力で走った。雨に打たれているうちに、寒さと不安が入り混じって、奥歯がガチガチと大きく鳴りはじめる。道には大きな水たまりがいくつもできており、こんな場所で一時間も倒れていたらと思うと、カヤの身が心配でならなかった。

北上川を越えたところに、石巻十文字病院の大きな建物があった。正面玄関が閉まっていたので、昇はずぶ濡れのまま裏口から入り、看護婦に部屋を聞いて二階へと駆け上がった。二階は入院用の病室が並んでおり、暗い廊下には木製の長椅子が置いてあった。そこに華やかな着物姿のまま一人ですわっているアヤの姿があった。雨で化粧が落ち、長い髪が乱れている。

「アヤ姉！」

声をかけると、アヤが顔を上げた。

「昇さん、来てくれたの。申し訳ねえな」

昇は自分のせいだと思うと、その先の言葉がつづかなかった。アヤは手のひらで昇の濡れた頬や額をふいて、長椅子にすわらせる。

「カヤは正面の病室で寝でる。十六人部屋なんで他の患者さんさ迷惑掛けねえようにこごさいんだ」

「カヤ姉、大丈夫が？」

「貧血がひどくて倒れだみたいだ。お医者さんからはしばらく様子ば見るようにって言われでる」

「貧血？」

「カヤはヒキ婆の手術さ受けるの二度目だべ。たぶん、前に体を傷つけたごども悪がったんだべな、体の中で血が出て止まんなくなってるんだど。お医者様が一生懸命に処置してくださったけど、うまぐいぐかどうかは今夜の様子次第らしい」

胎児を器具で掻爬する際に、事故が起きたのかもしれない。

「ごめんな。おらがカヤ姉を置いてっちまったせいで……」

「昇さんのせいでねえよ。昇さんがいだっていねくたって同じごどさなってたんだ」

「んだけっど、おらが傍さいれば、すぐに病院さ連れていげだべ。ひどくなったのはおらのせいかもしれねえ」

看護婦が前から歩いてきて、二人の前を黙って通り過ぎる。病室からは入院患者たちの荒い呼吸が聞こえてくる。

看護婦がいなくなるのを待って、アヤは言った。

「カヤは、お腹の赤ちゃんの父親のこと何か言ってだが」

「相手は軍人さんなんだべ。その人とは本気の関係だったって言ってだ。一緒さなる約束もしたって……。でも、おらそれを聞いてだまされている気がして『そんなわげねえ』って言ったら口論になっちまったんだ」

「んだったのが。カヤは店の看板さなってからながなが注意してくれる者がいねえようになってだから、昇さんが本音を言ってくれていがったど思う」

「カヤ姉は本当にだまされでだのか」

「だまされでたっつうか、戦争が激しくなっているせいで、軍人さんは不安でおかしくなってるんだ。店でも遊女の前さいでも感傷的になって『一緒になりてえ』とか『俺の子を産んでけろ』なんて簡単に口にする。カヤはそういうのに滅法弱《よえ》えがら、すぐに引っかかって好きになって、痛い目に遭うんだ。今回だってそんな調子で本気になって起きたごどなんだ」

廊下のドアがどこか開いているらしく、ギーギーと開いたり閉まったりする音が聞こえる。

アヤはため息まじりにつづけた。

「それでも、カヤの気持ちがわからねえわけじゃねえんだ。秋田の実家が借金のせいで落ちぶれた時、おらはそれなりの年齢になってたがら両親とのいい思い出もあったけど、幼いカヤさはそれがねがった。家でお父ちゃんが自棄《やけ》になって暴れる、お母ちゃんが半狂乱になって首吊ろうとする、借金取りさ追いかけられる、ついには姉妹そろって石巻さ売られる……。そんなつれえ記憶ばかりだったのさ。んだがらごそ、カヤは遊女さなってから、男のお客さんにちやほやされるのが嬉しくてならねがったんだろうな。こんな優しくしてくれる人がいんのが、こんな御馳走や贈り物ばもらえるのがって仕事さ夢中になって、通ってくれるお客さんを本気で好きになっちまう。今回の軍人さんともそんなふうにして睦《むつ》まじくなったんだ」

昇はてっきりカヤは遊女として身を売ることを純粋に楽しんでいるのだとばかり思っていた。だが、アヤの言うような背景があるのだとしたら、幼い頃からの孤独な生活が彼女をそのようにさせていたということなのだろう。

昇は真っ暗な病室に目を向けてつぶやいた。

「カヤ姉は、なんじょしたら仕事から解き放たれるのかな」

「戦争さえ終われば、気立てのいい子だから、きっと筋のいいお客さんさ見初めてもらって連れ出してもらえっと思う……。妹だから言うわげでねえけど、あんな純粋で楽しい嫁が家におったら、どんな家庭でも幸せになれるはずだべ。カヤは朝日のように温かくて明るい子なんだ」

「アヤ姉は？　アヤ姉は将来どうすっぺど思ってんだ？」

アヤは一瞬口をつぐんでから言った。

「おらは、独り身でいいから石巻で静かに暮らしてえ」

「年季が明けても、結婚しねえで石巻さ残るつもりなのが」

「実は昇さんには言ってねかったけどな、おらには子供がいんだ」

「おら、石巻さ来てから水揚げできる年齢さなるまで、しばらく雑用をして働いでだべ。そん時に店さ出入りしていた酒屋の主人に手籠《てご》めにされて孕んだことがあったんだ。恥ずかしくてそのごどば打ち明けられねくて隠していだら、堕胎できねえ時期さなってだ。それで仕方なく産んだけど、育てられねえがら、養子さ出すことにしたんだ」

「石巻のどこかにアヤ姉の子供が生きてるってごどか」

「んだ。おら、ずっとその子に顔を合わせるどころか、名前も付けてやれねがったごどを申し訳ねぐ思ってる。その子は母ちゃんがいねえのを一生寂しく感じるに違《ちげ》いねえ。それなのに、おらが年季が明けてさっさと男と結婚して家庭を築いていだら、その子はどう思う？」

「で、でも、アヤ姉にとっては仕方ねがったんだべ」

「子供さとっては親の事情なんてどうでもいいごどだっちゃ。だから、おらはその子のためにも独り身を貫ぐべって思ってる。石巻さいで、小料理屋かどっかで働かせてもらいながら、あの子の無事を祈っていられればいいんだ」

初めて聞く話に、昇は言葉を失った。アヤはアヤで、カヤとはまた違うものを背負って遊廓で働いていたのだ。

風が強くなり、窓が動く音が大きくなった。昇は下を向いてつぶやいた。

「おら、アヤ姉のことも、カヤ姉のことも、まったく知らねがったんだな……。一度も想像すらしたごとのねがった話ばかりだ。おら、恥ずかしいべ」

アヤは微笑んだ。

「何言ってんだ。幸せなことでねえが。昇さんには昇さんにしかできねえことがたくさんあんだから、悪ぐ考えねえでけろ」

アヤは黙っている昇の太ももをゆすった。


石巻の空は分厚い灰色の雨雲に覆われたまま、二日が経っても雨は降り止まなかった。町全体が暗く冷たい水の底に沈んでいるようだった。

石巻十文字病院で、カヤは重病患者専用の病室に移されていた。医師が手を尽くしたのだが、体内からの出血が止まらなかったのだ。面会謝絶になり身内のアヤだけが衣服を届けるために病院に通っていた。

この日、昇は家に帰って家庭教師と勉強する気になれず、学校が終わると青海寺へ向かった。ツウに寺への出入りを禁じられていたが、カヤが倒れてから頭にいろんな思いが入り混じってどうしていいかわからなくなり、誰かに相談したいと思った時に浮かんだのが住職の顔だった。

なぜカヤのことをもっと理解してあげられなかったのか、なぜツウや他の遊女はカヤが若い軍人にのめり込むのを止めなかったのか、なぜヒキ婆は手術に失敗した時点ですぐに病院へ行かせなかったのか。頭の中はいくつもの疑問で一杯だった。

青海寺の本堂を陰からのぞくと、住職が十人ほどの子供たちに読み書きを教えている最中だった。キツネの一件があってからも、昇以外の子供たちは勉強しに通っていた。

昇が入っていいものか迷っていたところ、住職と目が合った。住職は他の子供たちにわからないように、隣にある家に行け、と指で合図した。昇はうなずいてそちらへ向かった。

家の玄関ですわって待っていると、少しして住職がやってきた。子供たちに内緒で抜け出してくれたようだ。住職は昇の顔を見るなり言った。

「カヤさんが大変な状態らしいな。今はどうなってんだ？」

カヤが倒れたという話は町の噂になっているのだろう。

「血がまだ止まらねえみたいで、まだ病院で治療を受げでます」

住職は奥歯を嚙んだ。

「ヒキ婆のところでまた犠牲者が出だが……。これまでも、あそこで何人ものおなごが死んでっから、カヤさんも大事にいだらねばいいが。昇君も不安だげっど、病院の先生を信頼して任せるしかねえ。おらもお経ば唱えて仏様さ無事を頼んでおくから」

「死」という言葉を突きつけられ、全身の血が逆流するような気持ちになった。

「も、もしカヤ姉に万一のことがあったら、おら、死んだ後に地獄さ落ちんですか」

「なしてそんなごど言うのや？」

「だって、母ちゃんは、おらのために遊廓を開いてカヤ姉を雇ったわげですよね。おらはそれで日に三度の飯を食べられて、学校さ行けて、家庭教師もつけてもらってる。それでカヤ姉の身に大事が起きたら、おらのせいで死んだことになるじゃねえですか。おらがいねければ、こんなことにもならねがったんですよね」

住職は首を横に振って言った。

「そんなふうに自分を責めるんでねえ。遊廓があんのは、昇君のせいでねえよ。カヤさんが遊女になったのだって、昇君とは無関係の事情からだ。今回起きたことを誰か一人のせいさすることはできねえ。ツゥさんだって遊女のことを大切にしてだべし、軍人さんだってカヤさんさ心を寄せていたはずだ。世の中にはそれでもこういうごどさなってしまうことがあるんだ」

「でも、おら、アヤ姉から秋田の実家での話や石巻さ来てがらのごどば聞いて、自分がどんだけ恵まれていっかを感じたんです。それなのに、おらはカヤ姉に何もできねえ。考えれば考えるほど、それが申し訳ねくて……」

「たしかに世の中は不平等だな。恵まれている者さとっても、恵まれねえ者さとっても、時としてそれは苦しみになることもある。でも、本当にそれに対して忸怩《じくじ》たる思いを抱いているなら、それぞれの立場でできることをしたらいいんでねえのが」

「それぞれの立場？」

「かつてカヤさんはカヤさんなりに昇君のことをかわいがって面倒みてぐれでだべ。アヤさんだってそうだった。んだらば、昇君は昇君なりに、店のおなごたちにできることをしてあげればいいんでねえのが」

「できることって何ですか」

「そいづはまだわがらねえ。昇君はまだ中学生だ。これから勉強ばして、友達と出会い、多くの体験をしながら決めていげばいいんだ。それが昇君の役割なんだど」

昇は「おらの役割……」とつぶやいた。たしかに今の自分ができることは限られている。だとしたら、今ある環境の中で将来アヤやカヤにきちんと恩返しできることを考えていくべきなのだろう。

「それにはまずカヤさんに元通りになってもらわねえとな」

住職の言葉に、昇がうなずこうとした時、急に玄関の戸が開いた。そこにいたのは、文子だった。文子は昇がいることにびっくりしたようだった。

「昇さん、なしてここさいる？」

「ちょっと住職さ話したいことがあってきたんだ」

「さっき町でツウさんに会ったら、昇さんのこと捜してたぞ。学校から帰って来てねえって。病院で何かあったらしいから、急いで行ってみた方がいいど」

カヤの身に何かあったのだろうか。昇は「ちょっと行ってきます」と住職に言い残して家を出た。

石巻十文字病院に到着すると、昇は階段を上がって二階の病室へ行った。だが、ベッドは空になっていて、若い看護婦が点滴などの片づけをしていた。アヤやツウの姿も見当たらない。別の病室に移されたのだろうか。昇は看護婦に声をかけ、カヤはどこかと尋ねた。看護婦は外を指さして言った。

「廊下の突き当たりの部屋さ移しました」

昇は礼を言って、廊下の一番奥にある部屋へ歩いて行った。その部屋は、他の病室とは違ってドアが閉まっていた。ノックをしてから開けると、手前に立っていたアヤとツウがふり返った。四畳ほどの狭い室内には暖房器具が置いておらず、ひんやりとして薄暗い。ベッドにはカヤが静かに横になっていた。

昇が言った。

「カヤ姉、どうしたんだ？　良ぐなったのか」

アヤが目をそらした。医師や看護婦の姿はなく、ベッドに横たえられたカヤは胸のあたりで腕を組んでいる。顔は血の気が引いたように蒼白だ。

「なしてカヤ姉はこんな寒い格好してんだ。布団を掛げねくていいのが」

誰も返事をしない。昇はカヤに向かって言った。

「カヤ姉、寒ぐねえのが。黙ってどうした。寝でんのが」

ツウが小さな声で言った。

「昇、止めろ。カヤは動がねよ」

「動かねえって何や」

「午後さなって容態が急変したんだ。お医者さんの話では、膣や子宮に大きな傷があって、そごの傷がふさがらなかったらしい。何人もの先生が手を施してくれたんだけど、ダメだったんだ」

「ダメってどういうごどや。なんでこごさ先生がいねえんだ」

ツウはため息をついた。

「声を荒らげんな。カヤの体ば触ってみろ」

「え……」

「いいがら、カヤの頬ば触れ」

昇は唾を飲み込み、手を伸ばした。カヤの頬に触れた途端、体中が震えはじめた。肌が凍った岩のように冷たかったのだ。

ツウは言った。

「わがったべ。カヤは旅立ったんだ」

隣にいたアヤが「ううっ」と小さく声を上げて膝から頽《くずお》れた。

昇はすべてを察するとともに、カヤと過ごした日々が走馬灯のように蘇った。白粉《おしろい》を塗ってお化けに扮して驚かされたこと、馬糞を桶に入れていじめっこの上級生を追い払ってくれたこと、浅瀬に迷い込んだクジラを助けたこと……。思えば、実の兄や姉より一緒にいた時間は長かった。

昇は目に浮かぶ涙をぬぐい、声を裏返して言った。

「ヒキ婆がカヤ姉を殺したんだべ！　あれは殺人鬼だ。医者でもねえのに、違法なことをして殺したんだ！」

アヤは泣き伏せたまま答えない。

「母ちゃん、警察さ全部打ち明けて、ヒキ婆ば捕まえてもらえ！　二度と堕胎できねえようにすんだ！」

ツウは声を殺して言った。

「もういい。それ以上言うんでね」

「だけど、ヒキ婆がカヤ姉ば殺したんだど」

「言うなって言葉が聞げねがったのが！　おめは黙ってろ！」

昇は頭に血が上るのを感じた。そもそもツウがカヤに堕胎を強いたのではないか。

「母ちゃんは、自分のせいにされるのがおっかねえから、ヒキ婆ば守ろうとするんだべ」

「この商売のごど何もわがらねえくせに勝手なこと言うんでね。いいが、ごごの遊女はヒキ婆以外さ頼る者いねえんだど。病院さ行げばそれなりの額を払わねばならねえし、年季も延びる。町の人さ見られれば、誰々の種が入ったんでねえがって噂ば立って、なじみの客さ迷惑かげてしまうんだど」

「……」

「遊女たちにはヒキ婆さ必要とする事情がたくさんあるんだ。カヤだってそれは同じだ。もし軍人さんの種ば堕したってごどが軍さ知られだらどうなっと思ってんのや。ヒキ婆だってそれをわがった上で受け入れて手ば貸してけんだど。そいづがなくなれば、金亀荘、いや石巻の遊廓は成り立だねぐなるんだど！」

昇は石巻の町が抱える業を突きつけられたような気持ちになった。そこでは、世の中の正義や自分の感情はまったく通用しないのだ。

それでも事実が闇に葬られ、カヤがあたかも病死したように葬られるのは納得がいかなかった。これでは遊女たちの置かれた状況は何も変わらず、カヤは無駄死にしたことになる。

アヤのむせび泣く声が室内に響いている。昇が拳を握りしめていると、ツウはつよい口調で言った。

「おらが、昇さ医者になれって言っているのは、このためなんだど」

「どういうことだ？」

「おめなら、遊女たちの気持ちがわがるべ。カヤを哀れだと思うなら、彼女たちを助けてやれるような医者さなれ。病気、妊娠、堕胎、いろんなごどで力さなれるべし、おめにしかでぎねえごどはあるはずだべ」

「おらにでぎるごど……」

「おめは、石巻さ必要な人間なんだど。何度も言うように、おらが何とがしておめを大学さ行がせでやる。んだから、おめは医者さなって、自分を必要としている人のために生ぎろ。わかったな」

昇はカヤの顔を見ながら、医者になれば彼女のような遊女を助けることはできると思った。何より、今も大勢の遊女がそういう医者を必要としているはずなのだ。

ふと顔を上げると、ツウの頬を一筋の涙がつたっていた。生まれて初めて見るツウの涙だった。彼女も楼主として生きながら、それなりに思うことがあったのだろう。

昇は奥歯を嚙みしめ、カヤのためにも恥ずかしくねえ生き方をしねえと、と心に誓った。

第三章 医師

宮城県仙台市にある東北大学医学部附属病院は、東北でもっとも権威ある病院だ。全国的に名の通った教授の下に、多くの有望な医師がひしめいており、最新の医療機器や技術を駆使して高度な治療を行っていた。県内外から難病患者を引き受けるほか、系列の病院に大勢の医師を派遣している。

終戦からほどなくして、病院内で急激に患者の数が増えたのが産婦人科だ。戦争から帰ってきた者たちが次々と結婚して子供をもうけるベビーブームが到来したことで、病棟は妊婦であふれ、分娩室では昼夜を問わず赤ん坊の産声が響き渡るようになった。

産婦人科病棟の明かりは二十四時間つきっぱなしで、医師や看護婦は産気づく女性たちに翻弄され、五日も六日も家に帰れないことは当たり前。運が悪い日は、同じ時刻に五人も六人もの女性たちが産気づくので、分娩室の外にベッドを置いて待機させて、赤ん坊の頭が出てきた順から室内に招き入れて出産させた。若い医師たちが「産婦人科医になったら嫁をもらう暇もない」と自嘲し合うほどだった。

昇は、昭和二十四年に東北大学附属医学専門部を卒業し、翌年、産婦人科教室に入局して医師となった。在学中は敗戦のショックから精神科へ進むことも考えたのだが、石巻にいたツウからは顔を合わせれば内科か産婦人科を目指せと言われていたし、カヤの命日を迎える度に中学時代に決意したことを思い出した。それで最終的には産婦人科医になることを決めた。

病院で昇は小林光雄という、八歳上の背の高いやせ型の先輩医師に指導を受けながら医師として働くことになった。

小林は福島県の地主の三男だけあってのん気な性格で、食事中の妊婦に「お母さん、ワカメを食べ過ぎると毛むくじゃらの子供が生まれますよ」とからかったり、検査の時に「こりゃいかん、五つ子だ」と驚かせて笑ったりしていた。また、大の酒好きで、夜勤の日には日本酒を持ち込んで隠れて飲み、当直室で酔いつぶれることも少なくなかった。

昇はそんな先輩を尻目に、持ち前の負けん気の強さから多くの経験をつんで腕を磨こうと意気込み、看護婦にこう耳打ちした。

「酔っぱらっている小林先生のことは放っておけ。休みの日でも、食事の時でもいいがら、何かあったら俺を呼んでけろ。どんなことでも対応してやっから」

配属されて一週間も経たないうちから、お産や帝王切開、それに未熟児の治療などあらゆることを独力でこなした。

もともと器用だったこともあって、昇はあっという間に腕を上げて一通りのことはできるようになった。「俺なら何とかできっから」「困ったことがあれば何でも相談してけろ」という言葉が口癖で、寝る間も惜しんで国内外の最新の論文を読み漁《あさ》り、研究会で先輩を次々と論破していたことから、教授や助教授からの覚えもめでたかった。

患者の間では、昇は感情を包み隠すことなく、喜んだり泣いたりする熱血医として知られていた。妊婦が別の病で外科に入院すれば、心配のあまり勤務時間もそっちのけで外科病棟に通いつめ、退院した後も家まで行って面倒をみる。妊婦に待望の男の子が生まれれば、親族と手を取り合って喜び、祝いの席にまで参加する。妊婦たちはそんな昇なら自分の胸の内をわかってもらえるはずだという思いがあって二度目、三度目の出産も頼ってきた。

それでも彼は初めから篤《あつ》い信頼を得ていたわけではなかった。最初は患者と距離を置いて客観的な立場で接するのが良い医者だと思っていたが、多数の妊婦たちと触れ合ううちに認識が変わり、気持ちに寄り添えるようになったのだ。

この頃の妊婦たちの多くは、敗戦から間もないこともあって戦争の傷を引きずっていた。親を空襲で失った女性、再婚したばかりの戦争未亡人、傷痍《しょうい》軍人の夫を持つ妻……。昇は、そんな彼女たちが赤ん坊を授かることによって人生が変わる瞬間に何度も出くわした。

仙台空襲で焼け出され、背中に火傷《やけど》のケロイドがある二十歳の女性がいた。彼女は結婚したものの、キズモノの自分はいつ捨てられてもおかしくないと考えていて、男児を身ごもった後も家族をつくる自信がないと語っていた。だが、三十時間かかった陣痛を乗り越えて、出産した男児の顔を見るなり言った。

「赤ちゃんの目や鼻が、空襲の時に死んだおらの兄ちゃんにそっくりです。それに誕生日だって同じ。きっと兄ちゃんが生まれ変わって、おらに会いに来てくれたんですよね。おら、がんばってこの子を育てていきます！」

患者の中には、パンパンと呼ばれる街娼もいた。三十歳過ぎのパンパンは、客との間に望まぬ子供を身ごもった。彼女は悩んだ末に私生児として育てる決意をした理由を次のように述べた。

「私、戦争で両親も兄弟もみんな失っちまって、絶望のうちにパンパンをして生きてきました。きっと仏様になった家族が、このままじゃ私がダメになると思って、この赤ん坊をお腹に宿してくれたんだと思います。もうパンパンを辞めて、がんばってこの子を育てていきます！」

医者になったばかりの頃、昇はこうした女性たちにどう言葉を返せばいいのかわからなかった。だが、ベテランの看護婦たちは、彼女らを抱きしめて「きっとお兄さんの生まれ変わりですよ」とか「赤ちゃんはあなたを応援するために生まれてきたのよ」と励ました。すると、女性たちは目を輝かせて喜び、「そう言ってくれてありがとうございます」とこれまでとは打って変わって活き活きとしはじめた。

昇はそれを見て、医療者が掛ける言葉の力の大きさを知らしめられた。自分たちの一言が彼女たちの一生の心の支えになるのだ。

それから昇は、患者の話に耳を傾け、命や人生を肯定する言葉を掛けるようになった。ある女性は難産の末になんとか赤ん坊を産んだものの、生まれつき腕がなかった。不具の子を産んでしまったと嘆く女性に、昇はこんなふうに語りかけた。

「この子はおまえさんを助けるために片腕を置いてきたんだよ。もし両腕があれば、もっと難産になっておまえさんが助からなかったかもしれねえ。片腕がながったことに感謝して、この子ば家族みんなで大事に育てるんだぞ」

そして退院後も気にかけ、赤ん坊の誕生日には心のこもった手紙を送った。

妊婦たちにしてみれば、このような昇の言動が頼もしくてならなかったのだろう、昇に診てもらうだけでなく、「昇先生に命名してもらった赤ん坊は賢い子になる」という話が広まり、名前をつけてくれと頼んでくる親が続出した。

昇は産婦人科医の仕事にのめり込み、ことあるごとにお産に立ち会えることの幸せを口にした。同じ科の飲み会があると、慣れない酒をあおって顔を真っ赤にしながら、看護婦たちにこう語った。

「俺は、赤ん坊の産声が好きで好きでたまらねえんだよ！　あの声ば聞く度に、全身が熱くなってものすごく大切なことを成し遂げた気持ちさなる。そりゃ疲れだとか、つらいって思いはあるさ。でも、あの声を聞いた途端に何もかもいっぺんに吹き飛んで幸せな気持ちさなんだ」

実際に、昇は自分の時間を楽しむより、病院での仕事に喜びを見いだしていた。休日どころか、昼休みすら取ろうともせず、病棟を一日に何回も巡回し、見舞いの家族にまで声を掛けた。患者の体調が悪くて動けないと聞けば、出勤前に何キロも離れた自宅まで駆けつけてお産を手伝ったことがあった。上司から、そんなことは地元の産院に任せろ、と止められても、「俺が担当してる患者ですから！」と言って出向いた。

いくら若いとはいえ、寝る時間をつぶして働き回れば無理が祟《たた》って体調を崩すことになる。ある秋の日、昇は休日を返上して閖上《ゆりあげ》で暮らしていた患者のもとへ駆けつけ、丸一日枕元にすわって治療をした後、一睡もせずに市内の病院へ出勤したことがあった。その週はお産が多く徹夜つづきだったことも災いして、診察中に過労で卒倒した。

すぐさま昇は当直室のベッドに運ばれた。意識を取りもどしたのは、昼を回った時刻だった。昇は我に返ると、即座に立ち上がって診察室へ向かおうとした。看病にあたっていた婦長が両手で押しとどめて言った。

「先生、動いちゃダメです。医局長さんから、くれぐれも今日は絶対安静にさせろって言われています。今から点滴を打つので、医局長さんがいいって言うまで、おとなしくしてください」

昇は聞く耳を持たず、今日の出産予定はどうなっているのか、外来には何人来たのか、などと矢継ぎ早に質問を投げかける。婦長は大きな声で言った。

「仕事の話は止めてください！　何度も言いますけど、医局長さんの命令で今日の勤務は中止です。診察室の鍵だって医局長さんが持って行きましたから先生は入れません」

「なら、予備の鍵を持ってきてけろ。ある場所知ってるべ」

婦長は、ため息交じりに言った。

「なして先生はそうなんですか。うちの病棟で、『昇先生の七不思議』って噂されてるの知ってます？」

「俺の七不思議？」

「いつ寝てるのか、いつ食べてるのか、いつ家に帰っているのか、いつ便所に行っているのか、いつお風呂に入っているのか、いつ勉強しているのか、そして、いつ結婚するのかって」

「なんだ、それ」

「先生があまりに働きすぎなんで、みんな心配してそう囁いてるんですよ」

さすがの昇も赤面した。開いた窓から、風に乗って秋の銀杏《いちょう》の香りが入り込んでくる。婦長はつづけた。

「私は三十年看護婦をしてますけど、先生ほど熱心な方に会ったことはありません。どうしてそこまでできるんですか」

昇は頭をかきむしって答えた。

「今ほど赤ん坊にとって幸せな時代はねえって思うんだ。戦時中は明けても暮れても戦死の報告ばかりで、親たちだって遺骨を前に『息子はお国のために死ねた』なんつって喜ばねばならねがった。子供が生まれたって、本当にこの国の子で大丈夫がって思うこともあった。

でも、今は違う。分娩室でオギャーって産声を聞いただけで、何も考えずに大喜びすることができる。そんな幸せな時代はねえし、それに立ち会える仕事ほどやりがいのあるものはねえ」

婦長は、よどみなく語る昇に言った。

「本当にそれだけなんですか」

「どういうごどだ？」

「それだけなら、他の先生も看護婦も同じですよね。その中で、昇先生だけが人一倍熱心になれるには別の理由があるんじゃないでしょうか」

昇は返事に窮して、他の理由を考えてみた。窓の外で、銀杏の黄色い葉が揺れる音がしている。昇は口を開いた。

「もし別に事情があるとすれば、俺の家に関することがもしれね」

「先生のご実家ですか」

「俺の実家は遊郭だったんだ。そこの女性たちはみな、妊娠しても産むことが許されねえで、危険な堕胎を何度もしてた。孕んでもおめでとうなんて言えねえし、本人も産みてえなんて言えねがった。初めから赤ん坊は殺されねばならねがった。それが当たり前だった」

彼は一呼吸置いてつづけた。

「でも、俺はこの病院に来て初めて、家族に喜ばれるお産つうものを直に見た。母親がしわくちゃの赤ん坊を抱いて『ようやく会えた』と涙を流し、家族が集まって口々に『おめでとう』って言う。その後も親戚がやってきてお祝いを届けたり、赤ん坊を代わる代わる抱いたりする。悲しいだけの印象があった妊娠が、こんなにも大きな幸せを生むのかと驚いたよ」

「初めてお産を見たのはいつのことですか」

「産婦人科に研修に来た時だな。四十を過ぎた高齢の初産《ういざん》の女性で、陣痛がはじまってからも『本当に産めるんでしょうか』と心配ばかりしていた。ずっと不妊でつらい思いをしていて、ようやく授かった子だったらしい。かなりの難産で、一時は母体が危ないかもしれないと思われてたけど、なんとか出産することができた。まぁ、家族の喜んだこと。母親は『ようやく会えた』と号泣し、家族は『でかした！』『宝石みたいな美しい子だ！』と大騒ぎだ。あたりの空気がパーッと明るくなって、こんなに素晴らしい出来事があんのかと思ったよ」

「そんな仕事ならぜひやってみたいと思ったんですね」

「そうだな。遊廓っていうのは男を慰める場でありながら、たくさんの命や人生を踏みにじる場でもある。そこで育ててもらって医者にさせてもらったなら、逆に望まれる命をこの世に誕生させる手伝いがしたいと考えた。それで大勢の人たちに幸せを与えることができるのならば、俺も医者になった甲斐《かい》があるってもんだ」

「ご実家の遊廓で働いていた女性たちも喜んでくれているかもしれませんね」

「そうだな。そうだといいな」

昇は笑顔になって言った。

「まぁ、今の話は俺と婦長さんの二人の秘密にしてけろ」

窓の外を見ると、銀杏の木の葉が真っ黄色に染まっていた。


冬が訪れ、仙台の町に植えられた木からは葉が落ちて枝だけになっていた。大地には一面にわたって霜が降り、風までも白んで見えた。

昇は相も変わらず朝一番に病棟を回っては、妊婦に腹巻をするよう言ったり、赤ん坊に話し掛けたりしており、そんな光景が病院の日常になっていた。

ある日、診察室に佐々木晴美という二十九歳の女性がやってきた。多賀城村の生まれで、二十歳の時に地主の息子と結婚したものの、一度流産してから子宝に恵まれていなかった。世継ぎが必要なため、県内のいくつもの病院で診てもらったものの妊娠することはなく、夫よりも妻の側に原因がある可能性が高いと言われ、はるばる仙台までやってきたという。

晴美は診察室に入ってくるなり、悲痛な声で言った。

「うちは地主なんで、跡取りが必要なんです。なんとか子供を授かれるようにしてくれないでしょうか。おらに残されている時間はもうねえんです」

不妊を理由に離婚をつきつけられ、縋りつくような思いでやってきたのだろう。昇は難しいのを承知で引き受けることにした。

この日から晴美は昇の診察室に通うようになった。女性の不妊症は内分泌機能の異常や子宮筋腫など複数の原因があり、それらを一つずつつぶしていくことになる。だが、他の病院で治療を受けたということは、それらを一通り試したということであり、打てる手は限られていた。昇はできることをすべて試しても効果が現れなかったことから、食事や睡眠時間などあらゆることを管理して体質の改善を図った。

このことが実を結んだのか、晴美は一年後に懐妊した。昇は彼女に流産の経験があることを踏まえ、安定する妊娠十五週までは入院させて徹底管理することで胎児への負担を極力軽減することにした。

昇は診察の合間を縫って一日に何度も晴美の様子を見に行ったし、晴美も言いつけを厳格に守った。これが最後のチャンスだろうという思いが二人の間にあった。

十五週目が過ぎようとしたある日、診察室で外来の診察をしていた昇のもとに、看護婦が駆け込んできた。

「先生、晴美さんが出血してます！」

昇は聴診器を放り投げて駆けつけた。

病室では、看護婦がベッドの周りに集まっていた。昇が「どいてけろ！」と叫んでかき分けると、晴美が呆然としてすわり込んでいた。股から足にかけて赤い血で染まっている。

「どうした！」

晴美は紫色の唇を震わせるだけで答えられない。看護婦が言った。

「急にお腹が痛いと言いだしたので運ぼうとしたら、こんなに血が出てきたんです」

出血の仕方を見れば、流産は明らかだった。ここまでやったのになぜなのか。昇は頭を抱えたい気持ちだったが、治療が先決だった。

「とにかく、治療室に移すべ」

看護婦が支えようと手を伸ばすと、晴美はそれをふり払って言った。

「先生、赤ちゃんは流れてしまったんですか」

「……今はおめの体が優先だ」

「流れたんですか！」

「いいがら早く治療室に来い」

晴美は動揺のあまりベッドに突っ伏して声を上げて泣きはじめた。昇が「また頑張れば何とかなる」と言っても耳を傾けようとせず、体を起こそうともしない。昇は看護婦五人に手伝ってもらって強引に治療室へ運んでいかなければならなかった。

その夜、昇は当直室で肩を落としてすわり込んでいた。診察の結果、やはり結果は流産だった。原因はわからなかったが、これまでのことを考えれば体質に問題がある可能性は高い。これからどうしていけばいいかわからなかった。

深夜二時を回った頃、緊急のお産を終えた先輩の小林が、当直室にやってくるなり言った。

「なんか、女子便所から物音がすんだよ。泥棒でねえよな」

便所の前を通ったところ、妙な音がしたので声を掛けたが、返事がなかったという。

「俺一人じゃ心細いし、看護婦を誘うわけにいかねえから一緒にきてくれよ」

昇は渋々、小林とともに懐中電灯を手にして見に行くことにした。

女子便所の前まで行って耳を澄ましたところ、たしかに真っ暗な便所から音がしていた。昇が懐中電灯で中を照らし、「誰かおるのか」と呼び掛けても、返事がない。昇が便所に入り恐る恐るドアを開けると、信じられない光景が目に飛びこんできた。患者の晴美がロープを天井のパイプにかけて首を吊ろうとしていたのだ。

「な、何やってんだ！」

昇が飛びかかって取り押さえる。晴美は髪をふり乱して叫んだ。

「このまま死なせてけろ！　もう生きててもしょうがねえんです！」

「なしてだ」

「今回産めなけりゃ、家を追い出されるんです。実家に出戻ったら、両親に合わせる顔もねえ。もう死なせてけろ」

翌日の昼に、多賀城村に暮らす夫や姑が迎えに来ることになっており、晴美はその前に命を絶とうとしたらしい。

「馬鹿言うな！　これから何人だって産める可能性が残ってんだ！　諦めてどうする！」

「慰めなんていらねえです！　これが最後って言われて来てるんですから。ダメだったら、捨てられるだけです！」

「俺が何とか言ってやっから！」

「だけども」

「平気だ。個人的に診でやっから金はいらねえ。それでもダメだったら、東京の病院を紹介することだってできる。だから、絶対に諦めるな。俺が全部家族に説明してやっから、なんとかして丈夫な子を産もう。だから、死ぬなんて考えんな」

昇はそう言って泣きじゃくる晴美を強く抱きしめた。晴美の体は抜け殻のように軽かった。

当直室にもどってから、昇は蛇口の水で顔を洗い、水を飲んだ。どっと疲れが出てくる。

小林は椅子にすわって何かを考えた後、重い口を開いた。

「なんでさっき患者にあんな約束をしたんだ。本当に何かできると思ってんのか」

「あれは俺の患者です。見限るわけにいかねえし、最後まで全力で向き合ってやることが仕事でしょ。そのためなら、できる限りのことをします」

小林は昇の目をのぞき込むようにして言った。

「おまえ、本当に患者のことを思ってるのか？」

「どういうごどですか」

「そこまでするのは、患者のためなのか、それとも自分のためなのか」

「し、失礼なこと言わねえでください。俺がどんだけ患者のために毎日必死に働いているのかご存じでしょ。酒ばかり飲んでる先輩に言われたぐねえですよ」

「だったら、なんで違う道を示してあげねえんだ」

「違う道って何ですか」

「あの患者は二十歳から一度も出産できてねえんだ。今後うまくいく可能性はゼロに近い。だったら、あんな約束をするより、姑や夫を説得して家にいられるような環境をつくってやった方が患者のためじゃねえのか」

「産婦人科医の仕事は、無事に赤ん坊を産ませてやることです。彼女もそれを望んでる」

「それでも産めない患者がいるのが現実だ」

「医者の仕事は治療ですよ！　先輩みたいな人にはわがらねえでしょう。俺がなんとかしますんで、黙っててください！」

昇はコップを置いて当直室を出ていった。

夜が明け、晴美の家族が迎えにやってきた。退院前に、昇は夫や姑を呼び出し、昨夜晴美に約束したことをつたえた。今回は流産したが、まだ十分に妊娠はできると思うので、今後の治療法は教授の意見も聞きながら決めていきたい、と話したのだ。家族は感謝して、「ありがとうございます」と深々と頭を下げて帰っていった。

その日を境に、晴美が病院にやってくることはなかった。心配になって手紙を出しても、返事は一向にこなかった。本人のもとに届いているのかどうかさえわからない。今後の治療についても家族の同意を得たというのに、どうしたというのか。

三ヵ月が過ぎて、梅の木に赤や白の花が咲く季節になった。妊婦の診察を行っていた時、昇は患者のカルテの住所欄に多賀城村と書かれているのに気がついた。晴美と同じ村だ。昇はなにげないふうを装って、晴美という女性を知っているかと尋ねた。患者は答えた。

「地主の佐々木さんとこですね。晴美さんはもうおりませんよ」

「いない？」

「ええ、出て行かれたんです」

「どういうごどだ？　実家さ帰ったのが」

「長らく世継ぎができなかったことから、姑さんの強い意向で離婚させられたって話です。旦那様は再婚相手も決まっていて、夏前には式を挙げるのだとか」

昇は頭が真っ白になった。

「晴美さんの実家の住所を調べてもらうことはできっぺが？　連絡ばしてえんだ」

女性は困惑して「私は面識がねえのです」と答えた。昇は諦めずに、頭を下げて頼む。隣で見ていたベテラン看護婦が口を挟んだ。

「先生、止めてください」

「だけど……」

た。

「連絡したところで手遅れですよ。晴美さんだって今さら会いたくないはずです」

たしかに離婚が成立しているのなら、できることは何もない。昇は首を垂れるしかなかった。

医師になって四年目、昇は秋田県出身の五歳下の女性と結婚することになった。病院に出入りしていた製薬会社の営業担当者が、取引先の病院の娘が見合いの相手を探していると聞いて縁談の話を持ってきたのである。昇は日頃世話になっていることもあって受けることにした。

その女性は秋田県大曲にある医院の娘で、香奈枝《かなえ》といった。幼少期に洗礼を受けてキリスト教に入信していて、勤務医だった父親の都合で学生時代は東京に住んでいたこともある才女だった。営業担当者は、そんな香奈枝なら癖の強い昇とも折り合いがつけられるのではないかと考えて紹介したのだ。

春一番が吹いた日、仙台の日本料亭で二人は初めて顔を合わせた。香奈枝は青い模様の入ったワンピースを着て父親とともにやってきた。きれいな標準語をしゃべり、趣味は昇と同じく読書。朗らかな上、博識で政治にも歴史にも詳しかった。

彼女の父親も明治生まれの開業医の割には、おおらかな人物だった。跡取りとなる男子がいなかったものの、昇に対して婿養子に入ることを求めもせず、趣味である釣りや和菓子の話ばかりして終始笑いが絶えなかった。昇はそんな父親の人柄にも好感を持ち、夫婦としてやっていけるはずだと思って結婚を決めた。

結婚式は、秋田県内の由緒ある教会で挙げた。石巻で行うという話も出ていたのだが、昇の方が香奈枝の郷里で挙げると言い張ったのだ。実家が遊廓を経営しているのを香奈枝の親戚に知られないようにすることに加えて、石巻の人たちとの関わりを極力避けたい気持ちがあった。

昇は医師になってから病院の仕事に忙殺され、まったくと言っていいほど石巻の実家には帰っていなかった。ツウは昇が医師になったことを地元の人々に自慢して回っており、連絡をしてくる度に、いつ石巻に帰ってくるのか、いつ開業するのかと厳しく問い詰めた。石巻で結婚式を挙げれば、医師会の重鎮たちを招き、その場で開業の約束を取り付けかねない。昇はまだまだ仙台で勉強したいと考えており、距離を置きたかった。

天井の高い教会での挙式は、大学病院の関係者も集まって盛大に執り行われた。石巻から呼ばれたのはツウだけで、自分の意向に反して進められたことが不満だったらしく、昇の兄たちに向かってこれは略奪結婚だの、昇は騙されているに違いないだのと不満を漏らしていた。

結婚式でも、招待客の注目を集めたのは昇の頑固なほど一途な性格だった。正装してみんなの前に現れてからも、香奈枝のスカートの丈がおかしいとか、靴のサイズが合っていないと言って、度々進行を止めた。何か気になると、その場で解決しなければいられない性分なのだ。

きわめつきは十字架の前で結婚の誓いをしている時に発した言葉だった。白髪の神父が夫婦に向かって「永遠の愛を誓いますか」と問いかけた。昇は長い沈黙の後に、険しい顔でこう質問したのだ。

「永遠ってなんですか」

神父は、えっ、と当惑した。昇は言った。

「人間も夫婦も有限です。そこに永遠という言葉を持ち出すのは間違っているでしょう」

「い、いや、そういうことじゃ……」

「神父さんがどういうつもりであっても、俺は人と人との関係に永遠を求めるのはおかしいと思ってます。人生何が起こるかわかんねえから、誓うことは難しいです」

嘘の言えない昇ならではだったが、招待客はみなそんな融通の利かない性格をわかっていたから、「こりゃ、奥さんは大変だ！」と一同腹を抱えて笑い転げた。

式を終えてから、昇は香奈枝とともに仙台市内の病院の近くに家を借り、新生活をはじめた。昇の仕事への情熱は結婚後も変わらず、週の半分近くは病院の当直室に泊まり、休日は皆無に等しかった。たまに家にクタクタになって帰宅したと思ったら、風呂にも入らずに座布団の上で倒れ込むように眠り、数時間もしないうちに病院から急患が出たとの知らせが届いてまた飛び出していく。

香奈枝は病院経営者の娘だけあって、医者の多忙な生活には理解があり不平を漏らすようなことはなかった。当直の日には同僚の分までお弁当をつくって届け、教授との付き合いにはかならず顔を出して世話になっていることのお礼をつたえた。また、家では自分でも産婦人科の医学書を買って勉強し、昇の同僚と何かの機会に同席する時でも話題についていけるようにしていた。

そんな夫婦を心配していたのは、むしろ病院の医者仲間たちだった。彼らは、昇が新婚にもかかわらず、休みさえとろうとしないことを指摘して、「今夜ぐらい奥さんのために早く帰ってやれ」「あとは俺たちに任せて家で食事してこい」などと言った。だが、昇は怒った口調で言った。

「家庭のために、妊婦を不安にさせるような医者は医者でねえよ！」

家庭を持とうと持つまいと、患者が第一という考えだった。医者仲間たちはそんな昇の頑固さに呆れて言った。

「あいつは産婦人科医のくせに、どうやって子づくりすんのか知らねえんじゃねえか。誰か手ほどきの教科書でもやれ」

いたずら好きの小林は、古書店で江戸時代の春画の本を買ってきて、医局の医師たちの励ましのコメントをつけて、一輪の薔薇《ばら》をつけて贈った。昇は香奈枝とともに、家でその包みを開いて恥をかいたことを根に持ち、しばらく同僚と口をきかなかった。

周囲の心配をよそに、二人の間には、あっさりと第一子ができた。結婚翌年のことだった。市内にある産院で、香奈枝は初めてのお産をすることになった。当初は昇の勤める大学病院で行う予定だったが、香奈枝は夫に取り上げられることに抵抗があったし、昇も周りの目を気にしていた。そこで、医学部時代の友人が勤める産院で出産することにしたのだ。

いざ陣痛がはじまって、香奈枝が産院に運ばれたという話を聞くと、昇はいても立ってもいられなくなって仕事を中断して駆けつけた。到着した頃には、陣痛の間隔はだいぶ短くなっていて、間もなく分娩室に運ばれた。

昇は医師の邪魔をしてはならないと考えて廊下のソファーに腰かけていたが、分娩室に響く香奈枝の苦しそうな声を聞いているうちにじっとしていることができなくなり、看護婦が目の前を通る度に「子宮口はどれくらい開いでんだ」と訊いたり、ドアのすき間から顔を覗かして「もっといきめ！」と声を掛けたりする。数分おきにそんなことをしていれば、さすがに煙たがられ、友人の医師から「外でじっと待ってろ」と怒られる始末だった。

分娩室に運ばれてから一時間半が経った時、ドアが開いて看護婦が言った。

「もうすぐ生まれますよ！」

昇は思わず看護婦を押しのけて分娩室に駆け込んだ。ちょうど股の間から羊水で濡れた小さな頭が出てくるところだった。昇は「どげ！」と医師を押しのけて分娩台の前にすわり、腕まくりをした。いきんでいる香奈枝もさすがに「あなた！」と言ったが、昇は構わずに言った。

「うるせえ。俺がやる！　ほら、後ちょっとだから、腹さ力を入れろ！」

香奈枝が三度いきむと、赤ん坊は回転しながら勢いよく飛び出してきた。大きな男児だった。

昇は赤ん坊を抱き上げ、心配そうに手足を見つめた。なかなか産声を上げない。大して珍しいことではないのに、昇は青ざめて「ま、まずい！」と叫びながら、赤ん坊の尻を力いっぱい叩いた。あまりに力が入っていたので、看護婦が「もう少しやさしく！」と言う。すぐに赤ん坊は顔をしわくちゃにして泣きはじめた。

「おお！　無事だぞ！　赤ん坊は無事に生きてるぞ！」

香奈枝は肩で息をしながら、嬉しそうに目尻を垂らした。昇は香奈枝に赤ん坊を差し出して言った。

「でかした！　元気で大きな子だ。よく頑張ったな！」

香奈枝が小さな声で「ありがとうございます」と言う。傍にいた医師も看護婦もホッとした様子だった。昇は赤ん坊の濡れた髪をなでて言った。

「ハンサムな子だ。こんなハンサムな子は見だごどねえ」

「先生に似てますからね」と看護婦が合いの手を入れる。

「そうだ。俺さ似てるからハンサムなんだ。当たり前でねえが」

看護婦や医師がそれを聞いて大きな声で笑ったが、昇は感極まったように涙ぐんで息子の顔をじっと見つめていた。

出産から一週間ほどして、香奈枝は病院を退院し、赤ん坊を抱いて家に帰った。長男は昇の意向で「陽一」と名づけられた。髪が多く、大きな声で泣く元気な子だった。

家で親子三人の生活がはじまったが、香奈枝は出産の影響で崩れた体調がなかなか元にもどらなかった。ホルモンバランスが崩れたらしく、不整脈や、頭痛や、吐き気などに悩まされ、お乳もうまく出なかった。

昇は病院の仕事を減らし、妻の代わりにおむつ交換からミルクづくり、それに寝かしつけまで子育てを手伝うことになった。産婦人科医としてそれを知識としては知っていたものの、頭で想像するのと実際にやるのとでは大きな違いがあった。生まれたばかりの赤ん坊は、昼夜を問わずに泣いたり、簡単に体を壊したりしてしまう。よくある肌荒れ一つとっても、親にしてみれば何か大きな病気なのではないかと不安がこみ上げたり、かゆそうに泣く姿が不《ふ》憫《びん》でたまらなくなる。

昇は育児に追われる中で、医師の自分がこれほど苦労するのなら、若い夫婦が感じる負担はどれほどのものなのかと感じずにはいられなかった。それは産婦人科医の仕事に対する意識や責任の重さを改めて考えさせられるいい機会だった。

産後半年ほど経って、香奈枝の体調が回復したことで、昇は以前のように仕事に打ち込めるようになった。そんなある日、昇は教授から呼び出された。治療を終えてから教授室へ赴くと、教授はソファーに昇をすわらせ、ゆっくりと煙草に火を点けて言った。

「菊田君、最初の子供が生まれていろいろと大変だったそうだな。いろいろと得ることはあったか」

「親が子供に対して何を思うのかとか、親の存在が子供にとってどれだけ大きいかというのは、体験してみて初めてわかりました。そして、患者が医者に対して技術以外の面で何を求めるのかということも、これまで以上に理解できるようになったつもりです」

「医師というのは頭でっかちじゃダメだ。自分が当事者になってみてはじめてわかることはたくさんある。菊田君が自分で自分の伸びしろを見つけてくれたことは、わしとしても嬉しいよ」

昇は頭を下げた。教授は煙草の煙をゆっくりと吐いて言った。

「菊田君、君ももう三十歳だろ。これから子供も二人目、三人目と生まれるに違いない。今までみたいに仕事にばかり打ち込んでいれば、せっかく実体験から得たことも無駄になってしまうかもしれない。君に必要なのは、働き方を変えて伸びしろを伸ばしていくことだ」

昇は教授の言いたいことがよくわからなかった。教授は言葉を区切ってつづけた。

「実は、秋田の病院で産婦人科の医長の席が空いているんだ。医者としてもう一段成長するためにも、そこへ行ってみないか」

「お、俺が医長ですか」

「大学病院に残って十年、二十年同じことをつづけるより、環境を変えて新しい経験をつむ方がいい。視野も広がるし、地方の医療のことも学べる。何年かして、また大学にもどってくればいい。考えてみてくれ」

教授の語調からすれば、左遷というわけではないだろう。この年齢で医長としての経験をつんでから大学病院にもどれば、それなりのポストも用意してもらえるかもしれない。何より、体調がまだ不安定な香奈枝の心身を落ち着かせるためにはいい環境だ。

昇は答えた。

「ありがとうございます。前向きに考えたいと思います」

「がんばれよ。一回りも二回りも成長した菊田君に再会することを願ってるからな」

教授は昇の肩を叩いた。

翌年、秋田市の市立病院に、昇は産婦人科の医長として赴任することになった。香奈枝のお腹には、二番目の子の命が宿っていた。市立病院から香奈枝の実家のある大曲までは電車で一時間ほどだった。

市立病院での仕事は、大学病院のものとは何もかもが異なっていた。秋田市とはいえ、仙台市と比べれば患者の数は格段に少ない上に、医長に就任したこともあって外来の対応をしたり、妊婦の相談に直接乗ったりする機会は大幅に減った。その代わり、製薬会社との付き合いや、管理職としての業務が増えた。これまで現場一筋だった昇にとって新しいことばかりで、毎日が戸惑いの連続だった。

病院で昇の力になってくれたのが副院長だった。彼は大学病院からの天下りという気楽な立場で、七十歳近いのに輸入物のモーターバイクを乗り回したり、何ヵ月も船旅に出かけたりする多趣味な人物だった。彼はパイプをふかしながらフラッとやってきては、よく昇を遊びに誘った。

たとえば昇が朝一番に出勤して診察室で準備をしていると、副院長から「ちょっと外で人と会うから、菊田君も付き合ってくれ」と呼び出される。仕方ないので仕事を他の医師や婦長に任せて車に同乗すると、着いた先は雄物川《おもの》の花見会場だった。そこには重箱に入った弁当や日本酒の一升瓶がたくさん並べられていて、着物姿の芸者が待っている。呆然とする昇に、副院長は言う。

「さあ、今日は宴会をするぞ」

「副院長、お言葉ですが、仕事で人さ会いに来たんでねえですか」

「わしは人と会うと言っただけだろ。人つうのは、この芸者たちだ」

ハメられたと思った時は遅く、午前中から桜の木の下で飲めや歌えやの宴会がはじまった。

生真面目な昇は、副院長の性格に気づくと、どうにか誘いから逃れようとした。口実をつけて車で連れていかれても、行き先が宴会場だと察するや否や、「仕事がありますから」と途中で降りようとする。だが副院長の方が上手《うわて》で、こう言った。

「昨日のうちに、主任に話をつけといたから何も心配はいらんし、代わりの先生にも来てもらってる」

先手を打たれていたのだ。副院長は得意げにつづけた。

「産婦人科なんぞ女の扱い方を知って一人前だ。医長となれば、なおさらだ。腹を膨らませた妊婦の前で、理屈っぽい医者なんて何の役にも立たん」

あの手この手で連れ回されるため、昇の方も抵抗することを諦め、嫌々ながらも週に一、二度は付いていくようになった。

昇は思う存分仕事ができないことが不満だったが、管理職ともなれば多少なりとも付き合いは必要になることは理解していた。それに副院長も巧みで、月に何度かは昇の妻子を家に招いて手製のソーセージなどドイツ料理を振る舞ったり、子供たちを劇場へ観劇に連れて行ったりして、家族を取り込んだ。

副院長は遊び好きである上に、軍医としてドイツ留学をした経験があったことから、話題が非常に豊富だった。香奈枝や息子たちは副院長の家へ行くのを楽しみにし、連れて行ってとせがんでくる。そんなことをくり返しているうちに、昇も少しずつ病院の仕事以外に目を向けるようになって、家族旅行をすることが増えた。

昇は堅い性格から旅行案内に載っている有名な観光地にしか行こうとしなかった。もともと遊ぶことに興味がないので、どこへ行っても十分もしないうちに飽きてしまい、長男の陽一にものを教えだす。

田沢湖へ行った時は日本の湖を大きい順に一位から十位までカードに書いて覚えさせ、男《お》鹿《が》温泉の旅館の仲居が関西訛りなのに気づくと都道府県を暗記させる。

「こんぐらい覚えなけりゃ、人に差をつけることなんてできねえぞ」

それが昇がものを教える時の口癖だった。

香奈枝は、結婚する時にツウから昇が勉強嫌いだったと聞いていたので、子供の教育に熱心なのが意外だったが、口を挟めば自分にまでとばっちりが来ることから、見守ることしかできなかった。

男鹿半島へ釣りに出かけた時もそんなことがあった。昇、香奈枝、そして陽一の分の釣竿を手に糸を垂らしたところ、しばらくしてフグがかかった。昇はフグの毒について説明しているうちに例のごとく、エイ、ハオコゼ、ゴンズイなど毒を持つ魚の名前を列挙して、陽一に言った。

「十分、時間をやっから魚の姿と名前を全部覚えろ」

陽一は魚の名前が覚えにくいらしく、時間内に暗記することができなかった。さらに十分をもらったものの、やはりうまく答えられない。昇は釣竿を地面に叩きつけ、「なんで覚えられねえんだ！」と怒りだした。

香奈枝が見かねて間に入った。

「お父さん、今日は釣りに来ているんですから、いいじゃありませんか」

「何がいいだ」

「遊びに来て毎回こんなことしてたら陽一も嫌になってしまいますよ。放っておいても、この子はあなたみたいに利口に育ちますから、今は釣りを楽しませてあげてはどうですか」

これが癪《しゃく》に障《さわ》ったらしかった。昇は眉を吊り上げて言い返した。

「わがってねえな。脳っつうのは幼いうちが一番成長すんだ。今やらなきゃ、錆びついてつかいもんにならねぐなる！　いいから、おめは黙ってろ」

いったん頭に血が上ると、昇はまったく聞く耳を持たなくなる。香奈枝は諦めて「はい、はい」と離れた。だが、昇も陽一も暗記のことで精一杯で、釣り糸に魚がかかっても見向きもしない。そのため、香奈枝が泣いている赤ん坊をおぶったまま、三つの釣竿を手にして釣りをすることになった。

ようやく陽一が魚の名前を暗記し終えた時には、空は夕焼けに染まって風が冷たくなっていた。海辺にいた他の釣り人たちは、いつの間にかいなくなっており、野良猫の家族が餌を探して歩き回っているだけだ。陽一はせっかく港に来たのに何もせずに一日が終わってしまったと肩を落とした。さすがに昇も悪いことをしたと思ったらしく、気まずい空気が流れる。

香奈枝はそんな二人のもとに歩み寄り、明るい声で言った。

「大丈夫よ。お母さんが代わりにこんなにたくさん釣ったから」

三つのバケツには、カレイやマダイが三十四ぐらい入っていた。すべて一人で釣り上げたという。

陽一は「うわ、すごい！」と手を叩いて喜んだ。家に持って帰ったとしても、一家四人では食べきれない量だ。

「ごごで料理すっか」と昇が言った。

「こんなにたくさんムリだよ」

「うちだけで食いきれねえなら、誰か呼べばいいべ。ほら、あの人だぢはどうだ」

海沿いの一本道を、ちょうど流しの浪曲歌手の一団が歩いているところだった。三味線を担いで東北の町を巡業しているのだ。

昇は大きな声で浪曲歌手たちに声をかけた。

「おーい、おめえさんだぢ腹減ってねえが？」

一団が足を止めてこちらを向く。昇は口に手を添えて言った。

「今から魚を焼くんだ。たくさんあっから、一緒に食っていがねえが？」

浪曲歌手たちは顔を見合わせて答えた。

「おらたち、まったく金ねえぞ。それでもいいのが！」

「一曲歌ってくれりゃタダだ。みんなで食っても余るほどあっから早ぐ来い！」

浪曲歌手の一団は、それなら、と嬉しそうに走ってきた。そして手分けしてそこら中から乾いた流木をかき集めて、たき火を熾《おこ》した。

彼らは野外の食事に慣れているらしく、バッグから次々と鍋や調味料を出して、大量の魚の料理をはじめた。カレイは唐揚げや煮つけになり、マダイは刺身とあら汁になる。

陽が落ちると同時に料理が出来上がり、暗くなった海辺でたき火を囲んで宴会がはじまった。浪曲歌手たちは、近くの酒屋で香奈枝が買ってきた一升瓶三本をあっという間に飲み干すと、三味線を取り出して歌をうたいだした。陽一は初めて聴く歌手の生歌に感激し、真似して口ずさんだ。

たき火は薪をくべる度に爆《は》ぜて赤い火の粉を舞い上がらせる。海面にも火の粉が流れ星のように映っている。両親に挟まれた陽一は炎の熱で顔を火照らせて、うっとりとして演奏に聞き入っていた。

香奈枝が微笑んで言った。

「なんかいいですね、こういう時間も」

昇は言った。

「俺は頭が固くてダメだな。気が付いたら、いつも母ちゃんが俺にしたのと同じことを陽一にしてる」

「それもいいんじゃないですか。おかげでお医者さんになれたんですから」

昇は苦笑いし、陽一を見た。たき火に照らされた息子は、気がつかない間にずいぶん大きくなっていた。


秋田市立病院の花壇にひまわりが咲きはじめる頃になると、昇は病院の医師仲間たちと家族ぐるみの付き合いをするようになった。毎週のように副院長の自宅で開かれる宴会に招かれているうちに妻同士が仲良くなり、幼い子供の面倒をお互いにみたり、誕生日会を開いたりするようになったのである。休日に同僚の家族と弁当を持って川泳ぎに行くこともあった。

昇は秋田での生活に慣れるにつれ、ここで暮らすのも悪くないなと思いだした。月に一度か二度は大曲に住む義理の両親が子守をしに来てくれるし、臨床はともかく研究のための時間なら十分にある。落ち着いた環境で子供たちを育て、じっくりと腰を据えて一つのテーマで論文を書いてみるのもいいかもしれない。

激しい夕立が止んだ夜のことだった。家の書斎で医学書を読んでいたところ、ドアを叩く音が聞こえてきた。香奈枝は息子たちを連れて風呂屋に行っており、家にいるのは自分だけだった。昇は本を机に置き、浴衣《ゆかた》姿で玄関へ出ていった。

ドアを開けて、昇は「あっ」と言ったきり立ちすくんだ。そこには、和服を着たツゥが立っていた。顔を合わせるのは、三年ぶりだ。ツゥは昇の顔を見た途端、目を吊り上げて口角泡を飛ばした。

「なして、秋田さ住んでんだ！　約束がちがうでねえが！」

向かいの家の犬が声を聞きつけて吠えはじめる。昇は狼狽して言った。

「約束って何だ？　大体母ちゃん、いつこっちさ来たんだ？」

「やがましい！　結婚する時、おめは絶対に婿養子になんねえって誓ったべ。なのに、なして秋田さ引っ越した」

「俺は婿養子になんてなってねえ。転勤については、年明けにちゃんと手紙でつたえだべ。今更何言ってんだ？」

「旅館が忙しくて手紙を開いていなかったんだ。昨日たまたま見たら、秋田さ住むって書いてあるからたまげてこごさ来たらこの有様だ。どういうつもりなんだ」

ツゥはずっと石巻で金亀荘を切り盛りしてきたが、売春防止法が施行されたことで遊廓の経営が禁じられたため、旅館へ事業転換することになっていた。ここ一年はその準備に追われて、届いた手紙を読む暇もなかったのだろう。

「これは大学の教授から命じられた転勤なんだ。俺の意思で来たんじゃねえ。ともかく、ここで大声出していたら近所に迷惑だから、うちの中さ入ってけろ」

「どこで話したって同じだ！　こんなどごさっさと引き払って、石巻さもどってこい。石巻で医者をすればいいんだ」

「待ってくれよ。俺は石巻で働くなんて言った覚えはねえど」

「馬鹿も休み休み言え。大体おめが医学専門部さ行げたのは誰のおかげだ？　兄ちゃんたちはみんな優秀だったのに、おめだけ進学できて医者になれたのはなしてだ。口に出して言ってみろ」

「それは、母ちゃんが寝ずに働いて、おなごたちが体ば売ってくれたからだ。その恩は忘れでねえよ」

「だったら、なして石巻さ帰ってこねえ。なしてこんな町さ住みついだのや！」

「それはさっき言ったように教授の命令だべし、小せえ子供が二人いっから香奈枝にとっても子育てが楽になるだろうって思って決めたんだ」

「教授なんて知ったごどでねえ。育児なんて嫁の最低限の仕事だ。できねえなら、初めから結婚なんてすんでねえ」

「世間は、母ちゃんみでえには考えねえんだよ。教授からは地方で医長としての経験をつんでまた大学にもどるように言われてんだ。そうなれば、それなりのポストをもらえる」

「ポストか何か知らねえげっど、石巻さもどって開業すりゃいい話だべ！　こんなところさいだら、いつの間にか婿養子さされて病院を継がされるだけだ。大学病院で働かねえなら、今すぐ石巻に帰ってきて医院ば建てろ！」

ツゥは秋田に引っ越したことを香奈枝の実家を継ぐことの布石だと思い込んでいた。

近隣の家の住人がツゥの大きな声を聞きつけて一人また一人とドアや窓から顔を出す。昇は人目を気にしてもう一度「家に入ってけろ」と手を引っ張ろうとした。ツゥはそれを払って「触んでね、汚ねっこの！」と叫んだ。

「いいが、昇。おめは石巻で開業しろ。んでねげりゃ、勘当だ！　石巻の土を二度と踏ませねえど」

「ちょっと待ってけろ。時間が遅えがら、家の中でゆっくり話するべ」

「おらは、おめの気が変わるまで、一切厄介にならねえし、顔も見だぐね」

ツゥは鋭い目で睨みつけると、どこへ行くとも言わずに踵《きびす》を返して去っていった。

この夜から、ツゥは東京や仙台で暮らす昇の兄姉たちに毎日のように連絡して、昇への不満をぶつけはじめた。昇が秋田の義親にだまされて病院を継がされそうになっているので、兄姉一丸となって阻止するようにと訴えたのだ。

長男の源一郎と次男の吉次郎は戦争から無事に生還した後は東京で会社を興し、三男の信之助は仙台で警察官として働いていた。彼らはツゥから何度も同じことを言われてうんざりし、代わる代わる昇のもとに連絡してきた。どちらかの肩を持つわけではないが、このままだと迷惑なので、きちんとツゥを説得しろという。

昇は兄姉たちに迷惑をかけていることを謝罪しつつ、どう解決すればいいかわからなかった。ツゥがこうなってしまったら、何を言ったところで聞く耳を持たない。だんまりを決め込んでいようと思った。

だが、ツウは日を追うごとにあちらこちらに話を広げだした。仙台の大学教授に不満をぶつけたり、香奈枝の実家に文句を言ったりするようになったのだ。昇はたまりかね、石巻へ行ってツウに会い、もう一度話し合うことにした。

お盆の休みを見計らって、昇は石巻へ足を運んだ。一人で実家に帰省するのは、約十年ぶりだった。大学病院で働いていた時はツウの方から仙台に会いに来ていたし、法事で石巻にもどることがあっても食事もせずに帰っていた。

久々に駅に降りると、町並みはずいぶん様変わりしていた。駅前には戦後に建てられた新しい商店がいくつも並んでいて、道を行き交うタクシーの数も増えている。石巻市役所庁舎の再建工事も行われていた。

商店街を抜けて細い道をくだって遊廓や小料理屋がひしめいていた通りに出ると、人の姿がめっきり少なくなっていた。かつてにぎわっていた遊郭は閉店に追い込まれ、数件が旅館に鞍替えして細々と経営をつづけているだけだ。同じ通りにあった酒屋や花屋や呉服屋も店を畳んでいる。

金亀荘の建物はそのままだったが、入り口には「旅館」と書かれた暖簾《のれん》が風になびいていた。かつて遊女が並んでいた赤い格子の張見世は物置になっている。昇は戸を開けて中に向かって叫んだ。

「ごめんください！」

階段からエプロン姿の女性が降りてきた。一目見て、昔遊女として働いていた女性だとわかった。四十歳近くになっていてだいぶ年齢が顔に現れていたが、目や口元はたしかに見覚えがあった。彼女も気がついたようだった。

「あ、昇さん……」

「ご無沙汰だな。今はこごで仲居をやってんのが？」

「は、はい。女将《おかみ》さんには本当に何がら何までよぐしてもらってて……」

仲居にしては化粧が派手だと思った。まだ裏では春をひさいでいるのかもしれない。

「母ちゃんと話がしてえんだ。呼んできてけねが」と昇は言った。

彼女は気まずそうに顔をゆがめる。ツウが昇と仲たがいしているのを知っているのだろう。

「女将さんは今出かけてて、お帰りは夜になります」

「上がって待っててもいいべが」

「すみません……。実は、昇さんが帰ってきても家に上げるなってきつく言われてまして……」

無理やり上がれば、後で彼女がこっぴどく叱られるだろう。

「わがった。夜にまだ来るべ。それより、アヤ姉ば呼んでけろ」

アヤなら相談に乗ってくれると思ったのだ。彼女は顔を曇らせた。

「アヤさんは、こごにはいねえです」

「辞めだのか」

「辞めだっつうか……。もう何年も前から鴨橋集落さおります」

鴨橋集落とは、差別を受けて全国から集まってきた人々が暮らす地域のことだ。かつて兄の源一郎に連れられて、バラックが蝟集《いしゅう》する光景を見たことがある。なぜアヤがそこにいるのだろうか。

昇は町を離れ、北上川をさかのぼるようにして鴨橋集落へ向かった。町の中心地はアスファルトで舗装されているのに、集落へ向かう道はむき出しの土だった。

灰色の雲の下を歩いていくと、黒ずんだ鴨橋が見えてきた。橋に立つと、眼下一面に木造のバラックがひしめいていた。トタン屋根は穴だらけで、壁は一様に苔《こけ》むしている。

バラックの数はあまり変わっていなかったが、魚の臓腑ではなく、工場や町で出た金属製の廃品が大量に集積されていた。今は、こうしたものを売るか加工するかして生計を立てているのだろう。

昇は額の汗を拭ってから、土手を下りていった。地面にはバラックから流れる排水が溜まり、小さな蠅が飛び交っている。竹で囲まれた厠《かわや》からは糞尿が川に垂れ流しにされていて、きつい悪臭が鼻を突く。

家の前には水桶を運ぶ男や山菜を切る女の姿があったが、昇を見るなりよそ者は出て行けと言わんばかりに唾を吐く。痩せこけた飼い犬までもが歯をむき出しにして吠えてくる。一人の裸足の老人が棒を手にして近づいてきた。

「おめ、誰だ！　一体、何しさ来たのや！」

目の奥には敵意が宿っている。

「知り合いを捜してて……」

「この集落は町の人間が来るどごでねえ。帰れ！」

見知らぬ男たちがぞろぞろと集まってくる。老人は棒を昇につきつけて「帰れ」と土手へ追いやろうとした。

その時、一人の男性が現れて言った。

「待ってけろ。おめ、菊田昇さんでねえが」

昇と同じくらいの年齢の体軀の良い男性だ。顔を見て思い当たった。かつて青海寺へ通っていた時、本堂で一緒に勉強していた小学生だったのだ。

「青海寺さ来てた君か。なしてここさいんのや？」

「住職は学校へ行げね集落の子供たちに読み書きだけでも教えてあげてえと言って寺さ呼んで勉強ば教えてくれでだんだ。あの頃寺にいた子供のうち半分ぐれえはこごの住人だったんだど」

住職は内緒にしていたが、あの時本堂にいたのは集落の子供たちだったのか。当時の記憶が蘇る。

彼は言った。

「おめは医者になったって聞いたど。なしてこんなところさ来たんだ」

「アヤって女性ば捜してんだ。金亀荘って遊廓で働いでで、数年前にここさ来たらしい。今は四十代だ」

「遊女が……」

その場にいた者たちが気まずそうな表情をする。老人も棒を下ろした。男性は一軒の建物を指さした。

「遊女ならあそこだべ」

古く大きな木造の平屋だ。

「あの家さ住んでんのが」

「たぶんな。中さ入ってアヤっておなごがいるか聞いでみろ」

昇はお礼を言い、行ってみることにした。

平屋の建物は、バラックを四軒くらいつらねた長屋のようだった。トタン屋根からは錆色の水が滴り、壁は虫が食ったような穴が無数に開いている。玄関の前には大きなネズミの死骸が転がっていた。

外れたドアの隙間からのぞいたが、中は暗くて見えなかった。床に何人か横になっているような人影がある。

「ごめんください」

中へ足を踏み入れてみると、コバエが顔にたかってきた。昇は手でそれらを払いながら進んでいくうちに、だんだんと暗さに目が慣れてきた。床にいるのは女性ばかりで、全員で七、八人だった。そのうち三人は壁にもたれかかるようにすわっており、残りの者たちは床に敷いたゴザに横たわっていた。病気にかかっているらしく、みんな苦しそうにうめいたり、荒い呼吸をしたりしている。

昇は「アヤ姉、いんのが」と声を掛けたが、誰一人として返事をしない。便所に行く力もないのか、濡れた床から強烈なアンモニア臭が漂ってくる。

「アヤ姉、俺だ。昇だど」

一人ひとり確かめたかったが、女性たちは顔を隠すように伏せている。

途方に暮れていると、背後から女性の声がした。

「もしかして菊田昇さんが？」

ふり返ったが、逆光で影になっていた。昇が立ち位置を変えて女性の顔を見ると、懐かしさで胸がしめつけられた。

「文子でねえが！　青海寺の文子だべ！」

住職に育てられていた一人娘だった。顔を合わせるのは中学の時以来だ。

「やっぱり昇さんが。久しぶりだな。なしてこごさ来た」

「それは俺のセリフだべ。俺は金亀荘でアヤ姉がこごさいるって聞いて来たんだ」

「んだったのが。こっちさいるど」

文子は部屋の隅に横たわる女性の方へと歩いて行き、近くの窓を開けた。外の光が射し込み、女性を照らす。顔を見ると、たしかにアヤだった。

「アヤ姉！」

だいぶ痩せて年を取っていたが、垂れた目尻や小さな口は昔のままだ。

「俺は昇だ。金亀荘の昇。わがっか？」

アヤは口を閉ざしたまま視線を彷徨《さまよ》わせている。魂が抜けているかのようだ。

「具合が悪いのが。なして黙ってんだ。何かしゃべってけろ」

目や口元には蠅が集まっているが、払いのけようともしない。

隣にいた文子が言った。

「ずいぶん前からしゃべることができねぐなって、おらが世話してんだ」

「一体何が起きたんだ？」

文子は「昇さんならわかるべ」とアヤの手を取って見せた。枯れ枝のように細くなった腕には瘤《こぶ》のようなものがいくつも浮き出て、そこから血や膿が滲んでいた。顔や首にも同じものができている。

梅毒だ、と直感した。遊郭での仕事で感染したのだろう。戦後はいい薬も出回り、今は治すことのできる病気だが、体中にこうした腫瘍が見られるということは病気がかなり進行するまで放置していたに違いない。

アヤの口から涎《よだれ》が糸になって垂れていく。前歯が虫歯で溶けている。

「梅毒が脳にまで回っちまってんのか」

文子は悲しそうにうなずいた。梅毒が脳に回れば、脳梅毒という精神障害を引き起こす。末期症状の一つだ。こうなると快復の見込みはない。

「なしてこんなになるまで放っておいた」

「詳しいことはわがらねえけど、仕事柄なかなか言い出せねがったのかもしれねえな。おらがここさ来た時は、もうこんな状態だったんだ」

金亀荘の労働環境がアヤの病気をここまで悪化させたということか。

昇は部屋の床に横たわる女性たちを見回して言った。

「この家さいる女性は、みんな遊女なのが」

「ここは遊女の療養所だ。おらも人がら聞いただけで詳しい話は知らねえんだけど、何せずいぶん前がらあるみでえだ。遊女は病気になって働げなぐなっと、遊郭さは住めねえんだべ。それでここさやってくるだって」

「誰がつくったんだ？」

「明治か大正の頃に、遊郭を追い出されたおなごがこごに来て住みついたらしい。そっから、そのおなごが病気になって行き場を失った遊女たちを引き取って看病しているうちに、どんどん人数が増えでいった。それが療養所のはじまりだったつう話だ」

花柳病の中には、梅毒のように命にかかわる病もあった。そういう病にかかった遊女たちが遊郭を追い払われ、鴨橋集落のこの家にたどり着いたのだろう。ここでの生活にかかるお金は、かつては石巻の遊郭の楼主が払っていたが、近年は町の人たちの寄付でなんとか維持しているという。

「文子はいづがらここさいるど？」

「二年前におらの父ちゃんが病気で亡ぐなったんだ。その時に、この建物の存在を教えてもらって通うようになった。檀家さんからもらった食べ物の余りなんかを持ってきて、アヤさんや他のおなごさあげてんだ」

「まだ寺に住んでんのが」

「父ちゃんが亡くなる前に、おらは青森の寺から婿養子ばもらったんだ。今はおらの旦那が青海寺を守ってくれでる」

青海寺には遊女のための無縁墓があったのを思い出した。住職はその関係でこの療養所の惨憺《さんたん》たる状況を知っていて、亡くなる前に文子に託したのだろう。

アヤが体をよじり頭を激しくかきむしった。見ると、小さな禿が無数にできて美しかった黒髪は見る影もない。

昇はアヤのみじめな姿を見ているうちに、だんだんと怒りが込み上げてきた。自分の知る限り、アヤは仕事の愚痴どころか、妹を失ったことへの嘆きさえ一言も口にせずに黙々と働いてきた。秩序を守って年季を全うすることだけを目指していた。

ツウの立場からすれば、そんなアヤに感謝して最後の最後まで傍に置いて面倒をみるべきではないか。それをせずに捨てたのだとしたら、人の道にもとることだ。

昇は拳を握りしめて言った。

「俺、家さ帰って母ちゃんにどういうつもりでアヤ姉をこごさやったのか訊いてみる」

文子は黙っている。

「俺さとってアヤ姉は本当の姉ちゃん以上の存在だ。三十年ぐらい金亀荘のために尽くしてくれた女性にこんな仕打ちばするなんて。いくら実の親でも断じて許せねえ」

昇は唇を嚙みしめた。窓から射し込む光は、アヤの禿だらけの頭を残酷なほど照らしていた。

日が暮れてから町にもどると、静まり返った通りに金亀荘の明かりがついていた。二階の客室には一部屋しか明かりがついていない。客はあまり入っていないのだろう。昇は裏口のドアを開け、家に上がった。

居間に行くと、ツウが仏壇の前で線香を上げているところだった。すでに仲居から昼間に来たことを聞いていたらしく、昇を見ても驚く素振りを見せず手を合わせつづけていた。昇はツウを見下ろして言った。

「さっき鴨ムラさ行ってきたど」

「そうが」

「そうがでねえべ。アヤ姉さ会った。母ちゃん、なしてアヤ姉ばあんなになるまで放っておいだのや！」

ツウは仏壇に手を合わせたまま何も答えない。線香の煙がゆっくりと部屋に広がっていく。

昇はツウの腕を引っぱった。

「おい、聞いでんのが。アヤ姉がどれだけ店のために働いだのが、母ちゃんが一番知ってっぺ。アヤ姉は毎日俺の世話ばしながら店で働いてくれでたんだど。母ちゃんに外出禁止を言い渡されても黙って従ってだ。カヤ姉が堕胎に失敗して死んだ時だって、母ちゃんを責めるようなことは一言も言わねえで、年季が明けるまでしっかりと働くことが自分の務めだと言ってだ。アヤ姉が自分を押し殺して働いてくれでだがらこそ、金亀荘は何十年ももったんでねえのが」

言っているうちに、感情が昂《たかぶ》ってくる。

「アヤ姉は十代の前半がら三十年ぐらい金亀荘で働いでだんだべ。母ちゃんを支えだって意味では、俺や兄ちゃんだちよりずっと力になってくれでだはずだ。家族以上の存在だべ。それなのに、梅毒になったがらって店から追い出して、鴨ムラのあんな汚ねえ小屋に押し込めるなんてどういうつもりでしてんのや」

「……」

「母ちゃんにとって、結局アヤ姉はいつまで経っても金を稼ぐ道具でしかねがったたってこどでねえのが。アヤ姉だげでねえ。母ちゃんは他の子だぢだってそんなふうにして切り捨ててきたんだべ。まるで銭さ目がくらんだ獣でねえが！」

昇は口角泡を飛ばして非難したが、ツゥは顔色一つ変えずにすわっていた。ツゥはゆっくりと和服の襟元を直し、吐き捨てた。

「まったく、何歳さなっても、おめの好き勝手言う癖は変わらねえな」

「好き勝手って何や。好き放題やってんのは母ちゃんでねえが！」

ツゥは立ち上がると、いきなり平手で昇の頰を叩いた。

「冗談も休み休み言え！　おめは仙台さいだがらわがんねべげっど、おらだって何もアヤを好んで見捨てたわけじゃねえ。梅毒だって知った時は、店中の金をかき集めて医院さ連れて行って、ペニシリンの注射を打ってけろと頼み込んだ。でも、あの時は戦争のせいでペニシリンの数は限られていて、なんぼ札束ばつんだところで遊郭のおなごさは回してもらえねがった」

「医者がそう言ったのが」

「はっきり言われだ。ペニシリンは女郎さは回せねえから諦めろってな」

「なら都会の病院さ連れて行くことだってできたべ」

「都会だって小さな病院は同じで、大きな病院へ行くにはツテが必要だ。唯一あったのが、おめのいた大学病院だ。でも、アヤはそれを断ったんだど」

「断った？」

「大学病院さ行って治療ば受けたら、おめが遊廓の家の子だとわかってつらい目さ遭うがら行ぐつもりはねえって言ったんだ。何度説得しても同じだった。昇の将来を自分が踏みにじることはできねえってな」

昇は体に雷が落ちたような衝撃を受けた。アヤが自分の将来を気づかって唯一残されていた治療を拒んだなんて。

ツウはつづけた。

「その後、アヤは自分から金亀荘を出て鴨ムラさ行ぐごどを選んだ。石巻さペニシリンが回ってくるまで迷惑を掛けたくないからってな」

「なして家さ置がせてやらねがったんだ」

「甘えこと言ってんでねえ。遊廓さ梅毒のおなごが住んでるなんて話が広まったら、客が寄り付かねぐなって、他のおなごたちまで路頭に迷わせることになるべ。アヤはそれを恐れて、誰さも迷惑を掛けまいとして鴨ムラさ行ったんだ。おらだって、楼主として他のおなごを守らなければならねがったから、それを聞き入れるしかねがった」

昇は口ごもった。自分が知らなかっただけで、働けなくなった遊女たちはみんな同じような末路を歩んでいたのだろう。ツウはそんな現実を嫌と言うほど見てきたに違いない。

仏壇の線香が灰になってぽとりと落ちる。ツウは昇の目を睨みつけて言った。

「おら、おめを仙台に送り出す前に言ったべ。カヤみでえなおなごを助ける医者になれって。あの子だちの痛みのわかる医者さなって石巻さもどって来いって。なのに、おめは今まで何やってだのや?」

「何って……」

「仙台で勉強し、腕を磨くのはいいんだ。んだけど、秋田で働いでる理由は何だ? そんなごとしてんだったら、石巻さ帰ってきてカヤやアヤみでえなおなごさ対してもう少し何ができたんでねえのが?」

胸がぎゅっと痛んだ。

「おらが言ってんのはそういうことだ。石巻から遊郭はねぐなった。けど、旅館にはまだ芸者がいる。若えのも年ばいってんのもいろんな事情を抱えて困ってる。そういう子たちに何かをするために医者になるって言った昇はどごさ行った?」

昇は目をそらした。ツウは言った。

「今も昔もこの町にはちゃんとした医者が必要なんだ。おめなら、かならずそういう医者さなれる。腕を磨いたんだとしたら、さっさと町さもどって来い。石巻には、おめを必要とする人間がたくさんいんだ」

脳裏に去来するのは、病院の霊安室で寝かされているカヤや、鴨橋集落で会った痩せこけたアヤの姿だった。もし医者がいれば、彼女たちはああはならずに済んだのだ。

昇は仏壇を見た。そこには先祖の位牌と並んで、白い石でできた地蔵が置いてあった。かつてツウが死んだ遊女や水子の供養のために別につくらせたものだった。

第四章　石巻

秋田市立病院を辞して石巻に帰り、開業医として生きると決めたのは、昭和三十三年の秋、昇が三十二歳になる年のことだった。

石巻でツウと話をして以来、昇は秋田へもどった後も遊郭で育った自分が医師になるにいたった経緯や、自分が世の中のためにできること、それに今後の人生について朝から晩まで一人で考えつづけた。様々な思いが去来したものの、アヤとカヤの思い出が今の医師である自分の原点であることに疑いの余地はなく、彼女らに恥じない道を進もうと考えた時、自然と石巻に帰って開業をするという結論に達したのである。

十月の秋晴れの日、昇は石巻市新田町に廃業していた外科医院の建物を医院兼自宅として借り上げて、「菊田産婦人科医院」を開院した。市内で五つ目の産婦人科医院だった。院内には手術室や分娩室のほか、十四人を入院させることができる病室を完備していた。

職員は看護婦や事務員を合わせて八人。婦長には、親戚の看護婦である香山《こうやま》たえ子に勤めてもらうことになった。背が低くふっくらとした、男の子三人の母親だった。二十代の頃は仙台の大きな病院で勤めていたこともあって、仕事に対する意識が高く、周囲によく気が回るタイプだった。

石巻から二駅離れていて、町の中心地から離れた新田町を選んだのは、昇なりの考えがあった。秋田市立病院を辞して石巻にもどると決めた時、妻の香奈枝は文句一つ言わずについてきてくれたものの、本心では実家の近くで生活していた方が便利だっただろうし、見知らぬ土地へ移ることへの不安もあったはずだ。何より、きつい性格のツウとうまくやっていくまでには多少の時間はかかる。昇はそうしたことを考慮して、最初は実家から少し距離のある新田町で開業した方がいいと判断したのだ。

菊田産婦人科医院は、開業した年からまずまずの患者に恵まれた。患者が病院を選ぶ条件は、評判がいいか、関係者と面識があるかのどちらかだ。香奈枝は医者の娘としてそれを痛感していたことから、組合や婦人会、各種式典などあらゆるところに顔を出して、病院のことを宣伝して回った。

「新しくできた菊田産婦人科医院です。東北大病院に勤めていた菊田昇が医者をしています。どうか医院をよろしくお願いします」

町で顔を合わせれば、誰彼となくチラシを手渡して挨拶をするため、町の女性たちの間で香奈枝は「チラシの奥さん」と呼ばれていた。

昇の方はといえば、男たるもの人に頭を下げるべきでないという考え方で、医院の仕事をきちんとこなしていれば絶対に患者は集まってくると信じて疑わなかった。つい最近まで大学病院や総合病院で難しい患者を扱っていたことから、石巻の中では知識も技術も自分が一番上だという自信もあった。患者にはよく「うちの医院以外は信用しなくていいがらな」と言っていた。

たえ子は昇の腕と熱意は認めていたが、要求の高さに辟易《へきえき》していた。看護婦はもちろんのこと、医療のことをほとんど知らない事務の女の子にも大学病院並みのことを求め、できなければ頭ごなしに大声で説教をする。

ある日、たえ子は香奈枝のもとへ行き、もっと配慮を示さなければ職員が辞めてしまうと相談した。かといって昇に言っても聞く耳を持たないだろう。二人は話し合い、手分けして仕事が終わった後に相談に乗ったり、季節ごとに食事会を催したりして、不平不満を取り除くようにした。

中でも好評だったのが、月に一度の「歌合戦」だった。はじまりは休日の晴れた朝に、香奈枝が豪華なお弁当をつくって非番の者たちと海近くの日和山《ひより》へと出かけたことだった。丘の上には鹿島御児《かしまみこ》神社が建っていて、そこから港町と三陸の海を一望することができた。

香奈枝はお弁当を食べてひとしきり笑い話に興じた後、思いつきで言った。

「ねえ、歌合戦やらない？　二つのチームに分かれて歌をうたって勝ったチームが賞品をもらうの」

「勝ち負けってどうやって決めるんですか」

「町のワンちゃんに決めてもらうのはどう？　前にここに来た時、中学生くらいの女の子たちが校歌をうたったら、丘のふもとのワンちゃんたちが気を良くして一緒になってうたいはじめたの。ちょっとやってみるね」

香奈枝はそう言って、丘の上から町に向かって大きな声でうたった。すると、町の方から何匹もの犬たちが、歌声に合わせて遠吠えのような鳴き声を上げる。一緒になって声を合わせようとしているらしい。

「へぇー。犬ってうたうんですね！」

「そうよ。上手な歌を聞くと一緒に声を上げようとするの。たくさんの犬をうたわせたチームが勝ちっていうのはどう？　五回戦って多く勝利した方が賞品を手にするの」

「何をいただけるんですか」

「菊田産婦人科医院から、好きなワンピースをプレゼントするわ。もちろん、夫には内緒でね」

看護婦たちは腕をまくって「はい！」と返事をし、越路吹雪やフランク永井などの流行歌を順番に海へ向かってうたった。潮の香りのする風に吹かれてそんなことをしているうちに、仕事で溜まった疲れやわだかまりが消えていく。みんなそれが楽しく、定期的に歌合戦が催されるようになった。

菊田医院は、たえ子と香奈枝にも支えられながら、だんだんと評判を高めていった。昇としては市民病院より高度な医療を提供できる病院に成長させたいと願っていたが、子宮内胎児発育不全や、新生児の先天異常が疑われる妊婦のお産といった難しい案件はほとんどなかった。世間にはまだまだ重篤な患者は公立病院へ行くという風潮があったのだ。

その代わり、医院に集まったのは人工妊娠中絶を望む患者たちだ。もともと日本では人工妊娠中絶に厳しい規制がかかっていたが、戦後のベビーブームによる人口爆発に伴って昭和二十七年に優生保護法の修正で条件が緩和され、わずか数年で百万以上の中絶手術が行われるようになっていた。

この手術を担っていたのが、地元の私立病院など小さな医院の医師たちだった。一件当たりの単価が高く、公立病院にくらべると患者の事情に応じて臨機応変な対応を取れる。昇も医院の経営を安定させるために積極的に手術を引き受けていた。

菊田医院には、二日に一人は中絶を希望する女性がやってきた。石巻の中心地から離れていて人目に付きにくい上に、遊郭で育った昇なら理解があって口が固いという印象があったのだろう。港町に暮らす漁師の妻は、夫が遠洋漁業で何カ月も船旅に出かけている間に、農家の妻は、夫が冬の間に飯場《はんば》へ出稼ぎに行っている間に、浮気して子供を宿してしまうことが多かった。

こういう女性は似たような過ちを何度もくり返しているので悪びれる風はなかった。中には四回も五回も堕したことのある女性もいて、買い物ついでにやってきてあっけらかんと言う。

「先生、またでぎちまったから、サクッとやってけろ。サクッと」

夫だって港々で商売女を抱いているのだから、自分が浮気して何が悪いという考えなのだ。手術の時も、そういう女性は手順を知っていて、勝手に棚から手術用の服を取り出して着替え、さっさと手術台に上がって股を開く。検査で器具を膣内に挿入する際も、あれこれ注文をつける。

「先生、痛《いで》えよ。嫁さんにはもっとやさしく入れでんだべ。おらさもそうしてけろ」

昇は「馬鹿言う余裕あんなら黙ってろ」とガーゼを顔に投げつける。

港や農家の女性たちはお金にいい加減なことが多く、手術が終わった途端に、こう言うことがあった。

「これまで三度堕してっから金ねえんだ。んだから、玄関さサバの燻製ばつんでおいだんで、みんなで食ってけろ」

外へ出てみると、入り口に大きな木の箱が置いてあり、サバの燻製がぎっしりと入っている。これと同じように、スイカや卵、それに生きている鶏を三十羽も手術費の代わりにもらったこともあった。

昇は、彼女たちの家計が苦しく、夫に内緒で堕しているのを知っていたため、「今回だけだど」と許していた。治療費も含めれば週に二、三度は現物で支払われることがあり、それらを入院患者への病院食として出すことにしたところ、菊田医院ではレストラン並みのご馳走が出されると評判になった。

昇はこうしたもらいものを病院で利用するだけでなく、ひそかに鴨橋集落の療養所の世話をしている文子にも渡していた。石巻にもどってくる際、昇はアヤを受け入れてくれる医療設備のある施設を探したのだが、どこからも断られてしまったため、仕方なく鴨橋集落に残していた。その心苦しさもあって現金の寄付だけでなく、折に触れて様々なものを差し入れていたのだ。

週に一度、水曜日の仕事が終わった後に、文子と会うことにしていた。昇が野菜や果物を紙袋に入れて駅の近くへ持って行くと、文子は街灯の下で立って待っていた。昇は文子に紙袋と現金を入れた封筒を差し出した。

「これ、今週の分だ。少ねえげど、アヤ姉の面倒をみる足しさしてけろ」

文子は頭を下げてお礼を言ったが、街灯の明かりに照らされる彼女の顔はどこか疲労感が漂っていた。昇は心配して尋ねた。

「顔色が悪いように見えっけど、大丈夫が」

「おらのごどより、アヤさんが心配なんだ。最近、具合が良ぐねくて……」

少し前に文子から同様の相談を受けて、医師会で仲良くしている内科医にアヤの往診をしてもらったところ、あのような劣悪な生活環境では体が衰弱していくのは避けられないと言われた。

「文子まで倒れたら何にもならねえ。あんまり気を張らねえで、週のうち半分ぐらいはしっかりと自分の時間を持つようにしたらどうだ？」

「おらが行かねば、あの家でアヤさんに寂しい思いをさせるごどさなっから……」

昇が心配していたのは、文子の家族のことだった。彼女は寺の跡取りになる男性を婿養子にもらって、小さな子供を二人育てていた。なぜ家庭の大切な時間を割いてまで、アヤの世話をするのだろうか。

「厚意でやってくれてんのはわがんだけど、文子がそごまでやる必要はあんのが。今は家族だって大事にしねげねぇ時期だべ」

線路を電車が音を立てて走っていく。文子は電車の明かりが見えなくなるのを待ってつぶやくように答えた。

「実は、アヤさんはおらの母親なんだ……」

言葉の意味が理解できなかった。

「アヤ姉が文子の母親？」

「んだ」

「文子、何言ってんだ？　俺が今話してるのはアヤ姉のことだぞ」

街灯が小さく明滅する。彼女は言葉を選んで言う。

「おらとアヤさんは親子なんだ。血のつながった本物の家族なんだ」

眼差《まなざ》しは真剣だった。文子はつづけた。

「前に父ちゃんから急にこごの話を聞いだってごどは話しただろ。あの時、正確にはこう言われた。『鴫橋集落に、遊郭のおなごたちが最期を迎える家がある。そこにおめの本当の母ちゃんがいる。これまで秘密にする約束だったから黙ってたけど、もう長くはねえだろうから、最後に会いさ行ってやれ』って。そのおなごっていうのがアヤさんだったんだ」

昇はかつてアヤから聞いた話を思い出した。彼女はカヤとともに十代前半石巻にやってきて、金亀荘で家政婦のような仕事をしていたところ、店に出入りしていた酒屋の男に手籠めにされて子供を宿し、養子に出したと語っていた。それが事実なら、青海寺の住職が文子を引き取って育てたということか。

「初めて鴨橋集落さ行って、母ちゃんに会った時は何もかもがびっくりだった。父ちゃんの言うことが信じられねがった。顔にはたくさん出来物があって、まともにしゃべれねがったけど、よぐよぐ見てっと垂れ目のどごだの八重歯の位置だの、おらさそっくりなところがたくさんあった。それでようやく父ちゃんの話が事実なんだってわがって、うちの夫さすべてを打ち明けて『母ちゃんが見つかったから世話しに行ってもいいが』って訊いたんだ」

「旦那は何て？」

「気が済むまで世話してあげろって言ってくれだ。『今一緒にいなきゃ、永遠にできねぐなる。家事ば俺と子供らで手分けしてやっから可能なだけ傍さいでやれ』って」

「いい旦那だな」

「んだな。旦那も幼い時分に両親を失った苦労人なんだ。だからこそ、親さ対しては思うごどがあったんだと思う」

「そうだったのが」

「旦那からは、ちょっとぐらい無理してでも通わねば、後悔するぞって言われてる。だから、できるだけ、傍にいでやりてえ。最初はお医者様から半年もだねえって言われてだげど、何だかんだ二年も元気でいでくれでんだから、もう少しがんばりてえんだ」

文子はそう言ってほほ笑んだ。昇はアヤにこの言葉を聞かせてやりたいと思った。

「アヤ姉は幸せだな、いい娘に親孝行してもらえて」と昇はつぶやいた。

「昇さんだってアヤさんを十分に喜ばせでんだよ、おらはアヤさんの耳元に毎日『昇さんが石巻さ帰ってきて、立派に医院をやってんだど。すげえべ』って語りかけてんだ」

「文子が？」

「アヤさんは昇さんが帰ってくるのを心待ちにしてたみてえだ。アヤさん、体調がいい時は理解してくれでると思う。今はしゃべれねえけど、心では喜んでくれでるはずだ」

「そっか。んだったらいいな」

昇は黙って街灯の下に目をやった。明かりの周りで飛び交う蛾の影が、アスファルトの上で躍っていた。

開業して一年余りで、菊田医院は朝から晩までひっきりなしに患者が訪れるほど繁盛した。新たに病床を増やし、看護婦と事務員も一人ずつ増員することになったが、人手不足は解消されず、昼食をとる暇もないくらい忙しかった。香奈枝の発案で、職員全員の給料が底上げされ、賞与も石巻の病院の中で一、二位の高さにした。

昇が業務の中でもっとも時間を割き、かつ気をつかって行っていたのが中絶手術だった。依頼件数が増えるにつれて経営の屋台骨となっていた一方で、患者からの相談の中には「通り魔に襲われた」とか「不貞相手に捨てられた」などといった重い内容もあり、二十歳そこそこの若い看護婦に任せるのは忍びなかったので、たえ子が中絶希望者への対応を一手に引き受けていた。

妊娠六カ月を過ぎてやってくるのは、大抵訳ありの女性だった。ある女子学生は大きくなったお腹をさらしでぐるぐる巻きにして、診療時間終了後にこっそりと現れた。なぜもっと早く来なかったのかと問われ、彼女はまごつきながら答えた。

「実は、父ちゃんに夜な夜な無理やりされでいだんです。お腹の赤ちゃんは父ちゃんの子なんです……。お金はねえし、誰さもそんなこと言えねくて。それでどうすればいいんだがわがらねえでいるうちにお腹がこんなになってしまいました。これ以上大きくなったら、もう隠しきれねえと思って来たんです」

母親は病気で寝たきりで、知的障害の妹がいるという。彼女が相談できなかったのは、父親が生活を支えていたからだ。

たえ子は昇に事情を話して無料で中絶手術をしてあげた上で、後日彼女の父親に会いに行き、「今後一度でも、娘に手を掛けたら警察に訴える」と言い、手術代を支払わせた。たえ子だからこそできた毅然とした対応だった。

また、手術の助手をするのもたえ子の役割だった。妊娠一、二ヵ月の初期中絶であれば、胎児はかなり小さいので、スプーン型の器具でかき出した時には血の塊のようなものが出てくるだけだ。だが、それ以上になると頭や胴体だけでなく、耳や鼻や指までがはっきりし、場合によっては未熟児の姿で流産させなければならないこともあり、人間の命を奪ったという罪悪感に苛《さいな》まれる。

昇自身、何度やっても胎児の遺体を目にするとやり切れない気持ちになった。手術が終わった後は無口になり、その夜は近所の酒屋へ足を運び、酔うためだけに酒を浴びるように飲んだ。カウンターに肘をつき、昇は自分に言い聞かせるようにつぶやいた。

「慣れるごどはねえけど、誰かがやらねばならねえ仕事なんだ。昔はヒキ婆のところで危険な堕胎をしていたし、カヤ姉みでえに命を落とした子もいだ。時代が変わった今だって、石巻には堕さねば、この町で生きていけねえ子がたくさんいる。俺はそういう子たちの力になるために石巻さもどってきたんだ」

冬が深まり、三陸の海の方から吹きつけていた雨が白いみぞれに変わった。医院の古い窓は風でガタガタと音を立てて揺れ、街灯が灯りはじめた路地には人影が見当たらない。

この日、医院では夕方まで外来診療を行った後、昇とたえ子だけが残って二十代の女性の中絶手術を行っていた。彼女は町の男性と婚約したばかりだったが、その前から関係を持っていた別の男性との間に子供ができてしまい、婚約者に内緒で堕そうとしていた。

診察をしたところ、すでに法律で中絶が許されるぎりぎりの妊娠七ヵ月に達していた。胎児がここまで大きくなっている場合、中絶の方法は二つに絞られる。胎児に劇薬を注射してお腹の中で殺して死産にするか、陣痛促進剤をつかって出すかだ。昇は母親の体調を考慮して後者を選ぶことにした。

三日前から入院させて段階的に陣痛促進剤の注射を打ったところ、女性はお腹の痛みを訴えはじめた。この方法だと陣痛から分娩まで長い時間を要することが多く、待てども待てども子宮口が開かなかった。夜になって風が一段と強くなった。ようやく子宮口が九センチまで開いたので分娩室に運び込んだものの、女性は陣痛にもだえるばかりで、胎児が出てくる様子はない。

たえ子は分娩台の横に立ち、女性の体をさすったり、額の汗をぬぐったりしながら、「がんばって！」と声を掛けた。女性は最後の力を振り絞ってお腹に力を入れる。何度もいきんだせいで、首から頬のあたりの血管が切れて、皮膚に赤いまだら模様が現れている。

部屋の隅のストーブの石油が切れかけ、注《つ》ぎ足さなければならなくなった。昇がそろそろ危険かもしれないと感じていた矢先、子宮口から赤ん坊の頭が見えてきた。

昇は叫んだ。

「出てきたど！　あとちょっとだ、がんばれ！」

頭部にはすでに髪が生えている。昇は頭に手を当てて言った。

「もう少しだ！　いきめ！」

女性は全身を震わせて下半身に力を入れる。昇は赤ん坊の頭をつかみ、一気に引きずり出した。

室内が静まり返った。へその緒《お》がついた赤ん坊は全身が土気色になっていて、指には膜のような薄い爪ができている。六百グラムほどしかなかったが、予想以上に体はしっかりとしていた。

陣痛促進剤を大量に使用して早産を促した場合、七カ月の子供であれば息をしていないことの方が多い。だが、生命力の強い子になると、ごくまれに息をして産声を上げることがあるといわれている。昇はじっと赤ん坊を見下ろしながら、「泣ぐな、泣ぐな」と心の中で祈るようにつぶやいた。

十秒が経ち、二十秒が経つ。四十秒まで数えた時、昇は、もう大丈夫だ、と思ってほっと胸をなで下ろした。時計の針は二十二時十五分を示している。母親の方にも会陰裂傷はなく、縫合の必要はない。

昇が息を吐いて片づけをはじめようとした時、予期していなかった出来事が起きた。死んでいると思っていた赤ん坊がか弱い声を上げはじめたのだ。たえ子が青い顔をして叫ぶ。

「せ、先生！」

駆けつけると、赤ん坊は口を開けて息をしていた。昇はとっさに出産を終えたばかりの女性の腰を持ち上げて、ストレッチャーに移した。女性は何が起きたのかわからず、血の気の引いた顔で呆然としている。昇はたえ子に言った。

「患者を診察室さ連れて行くぞ」

「で、でも……」

「いいがら早ぐ！」

昇が声を張り上げると、たえ子はドアを開けた。昇は女性の乗ったストレッチャーを押して診察室へ運んでいった。
二、三分して昇とたえ子がもどってくると、室内で赤ん坊はか細い声で泣いていた。途切れ途切れではあるが、しっかりと呼吸をしているのがつたわってくる。たえ子が目に涙を溜めて言った。
「先生、どうしたらいいべ」

昇も初めての経験なので混乱していた。泣き止んでくれと心の中で祈っても、声はじょじょに大きくなっていく。

赤ん坊の体の大きさからして、救命処置を施したところで、生きられてもせいぜい数週間がいいところだろう。だが、生かすということは、出生届を出さなければならないということであり、母親の戸籍にその記録が残ってしまう。それは母親が恐れる最悪の事態だった。

昇の脳裏に過《よぎ》ったのは、かつて大学病院や市立病院で先輩たちから聞いた話だった。このような場合、開業医は誰にも言わずに赤ん坊の顔に水で濡らした手拭を被せたり、浴槽に沈めたりすることで葬り去っているという。医師が密室で子供の息を止め、〝中絶〟として手続きを済ませば、外部に知られることはない。万が一の場合、開業医にはそれができるからこそ、患者の方も頼りにする。

昇は分娩の際の血が付いた手を見つめ、自分にそれができるのかと自問したが、動悸が激しくなるだけで、なかなか答えは出なかった。昔から「子返《こがえ》し」と呼ばれる嬰児《えいじ》殺しはあったが、現代の病院で行うことなどありうるのか。医師は母親の人生と子供の命のどちらを優先するべきなのか。自分が知らないだけで、何か別に打つ手があるのではないか……。

昇は悩んだ末に、電話機をつかんで石巻の医師会に属する産婦人科医の板倉正成《いたくらまさなり》に連絡して相談することにした。かつて医師会長も務めた名士で、地元のことなら何でも知っていた。

電話に本人が出ると、昇は声を潜めて今起きていることを話し、どうするべきかと尋ねた。

板倉は穏やかな声で言った。

「菊田先生は、医者がもっとも尊重し、尽くすべき相手は誰だと考えでんのすか」

「相手、ですか……」

「医者の役割は、患者の苦しみや痛みを取り除くことですよね。患者にそうしてくれと頼まれっから、私たちは医学を駆使して応じるのです。今回の場合も同じことじゃないんだべか」

「たしかに俺は患者さ頼まれて中絶をしました」

「今その患者さんは何を望んでいるんだべね。その赤ん坊が数日間生きるごとなんだべが。それとも中絶が成功して幸せな将来を生きるごとだべが」

昇は言葉が出ず、唇を嚙みしめた。電話の向こうの沈黙が重い。

板倉はゆっくりとつづけた。

「大学の医者は医学の発展のために研究ばしてっけど、開業医は地元の患者の人生のために尽くす存在だ。開業医は地元の患者さんの事情をきちんと理解し、それぞれの望みに合わせた対応をすることができる。だから、患者さんだって開業医を信頼して頼ってくるんだべ。それに応えるのが医師の役割でねえのかな」

昇の額には脂汗が浮かんでいた。板倉の言葉は理論的には間違っていないが、暗に示されたのは嬰児殺しの正当性だ。昇は自分が逃げ場のない袋小路に追いつめられたような気持ちになった。

「他の先生方も同じように考えているんでしょうが。みんな同じ決断をしてるんでしょうが」

「私の口から申し上げられるのは、この町の先生方は、みなさん責任を持って患者さ向き合っているということです。責任感がつよく、医者としての責務を全うすることに真剣なんです」

昇は唾を飲んだ。

「石巻の人々の人生はそんな先生方の誠意によって成り立っているのです。私はそのごとさつよい敬意を払っています」

「そうですか……。わがりました。ありがとうございます……」

昇は受話器を置いた時、頬や首筋には大量の汗が流れていた。口の中が干上がったように渇いている。

昇はその場に立ちつくしたままこぶしを握り締め、板倉の言葉を反芻《はんすう》した。たしかに医師の役割は患者が望むように心身の苦しみを取り除くことだ。もしこの赤ん坊が生きつづければ、患者は婚約相手に事態を知られることになり、結婚の話は破談になるだけでなく、町にいられないようになるだろう。

赤ん坊は未成熟で出てきているのでどのみち生き長らえることは難しい。少ししか生きられないのなら、ここで死なせて母親の幸せを成就させるべきではないか。母親はそう望んでいるだろうし、医師である自分なら力を貸すことができる。

昇は噴き出した汗を手の甲で拭い、たえ子に言った。

「部屋がら出て行ってけろ」

「今日は帰っていいがら。後は俺がやる。たえ子さんは家族のもとさ帰ってけろ」

「え？」

たえ子は何かを言いあぐねたが、顔を伏せて分娩室から出ていった。

ドアが閉まると、昇は天井を仰ぎ、分娩台にかかっていた手拭を手に取って洗面台へ歩いて行った。頭に浮かんでいたのは、「子返し」の浮世絵だった。母親が鬼の形相で濡れた布を嬰児の顔に押し付ける様を描いたものだ。

水道の蛇口をひねると、冷え切った水が音を立てて流れだした。手拭をその水につけて濡らしているうちに、自分の指が震えているのに気がついたが、これから行うことへの恐怖のためか、水の冷たさのためかわからなかった。

昇は布を濡らし終えると、赤ん坊のもとへ歩み寄った。果物のように小さいのに、眉毛やまつ毛までしっかりと生えて、手足を愛らしく動かしている。きちんと対処すれば、生かしてやることもできるのではないかという思いが過る。

昇は目をつぶって頭《かぶり》をふり、「母親のためだ」とつぶやいて、手拭を広げた。水がボタボタとしたたり、赤ん坊の泣き声が大きくなる。昇はそれを赤ん坊の顔にかけようとしたものの、指の震えが激しくなって手が動かなかった。何度試しても、どうしても一思いに被せることができない。

「くそっ」

昇は手拭を壁に投げつけた。患者の幸せを願っているはずなのに、何もできない自分にいら立ちと焦りが募る。

なんとかしなくてはと思って室内を見回すと、窓ガラスが凍りつき、外で白いみぞれが吹雪いているのが見えた。この悪天候では氷点下にまで達しているに違いない。石油ストーブの燃料はほとんどなくなって火も消えかかっている。

昇はふと、凍死なら苦しまず眠るように息を引き取れるはずだ、と思った。窓の取っ手を握って開けてみると、刺すように冷たい風がみぞれとともに吹き込んでくる。あまりの寒さに驚いて思わず窓を閉じる。

こんな冷気にさらさなくても、ストーブを消しさえすればすぐに室温は零度近くまで下がるだろう。昇はそう思い直し、白衣にふりかかったみぞれを払い落としてから、石油ストーブを消した。火が消えると同時に、石油の臭いが室内に広がる。

改めて見下ろすと、赤ん坊は泣き止んで昇に目を向けていた。昇は赤ん坊につぶやく。

「母ちゃんを助けると思って堪忍してけろ」

赤ん坊は黙ったままだ。

「いいが、これで終わりでねえからな。いつか、また天国で母ちゃんと会えんだからな」

部屋がしんしんと冷えてくる。

昇は一度手を合わせてから、明かりのスイッチを消そうとした。だが、真っ暗闇の中に生まれたばかりの赤ん坊を一人ぼっちにするのが忍びなく、明かりはつけたままにすることにした。

ドアを開けて部屋を出てため息をつくと、薄暗い廊下の奥にたえ子が立っていた。暖房のない廊下は震えるほどに寒く、風の音が響き渡っている。昇はたえ子に言った。

「なしてそごさいる。帰れって言ったべ」

「せ、先生……」

「言わねくていい！　俺は医者として取るべき行動を取っただげだ。どごの医院でもこうしてんだ！」

昇は足音を立てて廊下を歩いていった。

新田町の田んぼの裏に広がる林に、ニイニイゼミの鳴き声が響き渡りはじめた。狭い道を、スイカを満載したトラックが黒い煙を上げながら通りすぎていく。

その日の朝、昇はいつものように居間のテーブルで子供たちとともにみそ汁と白米を食べていた。朝刊をとりに行っていた香奈枝が廊下を走ってきて、声を上げた。

「大変！　うちが長者番付に載ってる！」

地元の新聞で前年の石巻市の長者番付が発表になり、そこに菊田昇の名前が記されていたのである。掲載されている者の中には他の病院経営者もいるが、さすがに開業二年目で自分の名前が載るとは想像もしていなかった。

もっとも喜んだのは、ツウだった。ツウはこの日の朝刊を何十部と買い求め、長者番付の箇所を切り取って町じゅうの知り合いに配って回った。昇の成功を誰よりも望んでいたからいても立ってもいられなくなったのだろう。道を歩く見知らぬ人にまで声を掛け、切り抜きを押し付けて言った。

「ほれ、今年の長者番付見でみろ。菊田昇って、おらの息子だ。市議や酒蔵の主ば抑えて、昇の名前がこんなに上さ載ってるんだど。新田町じゃ、『先生、先生』つって、子供から年寄りまでみんなに尊敬されていんだ。一度行ってみでけろ」

昇は、多くの人がツウの長い自慢話に付き合わされて迷惑しているだろうと恐縮したが、香奈枝からは「お義母さんが喜んでいるんだから、いいじゃないですか」と言われていた。最近は旅館の経営が行き詰まって弱気になることも増えていたので、これで元気になってくれたらという思いがあったのだ。

一方で、昇自身は長者番付に名前が載ったことを心から喜べなかった。医院の経営の柱は依然として中絶であり、みぞれの降った日の後も、中絶手術中に産声を上げ生まれた七カ月の赤ん坊を同じように自ら手を掛けて殺《あや》めなければならないことがあった。人には打ち明けられない罪の意識が胸の中に澱《おり》のようにたまっていた。

長者番付に入って困ったのは、ツウが予想以上に元気を取り戻し、役場の一室を借りて講演会を開くようになったことだ。チラシに〈一流の子供の育て方〉と書いたものを何百枚と刷って配り、若い女性から孫を持ったばかりのお年寄りまで集めて、育児の仕方から秀才の育て方までもっともらしく講釈を垂れる。最初は聴衆など集まる訳がないと高をくっていたが、ツウが話し上手だったこともあって毎週のように会場に入りきらないほどの客が押し寄せた。

講演会の中で、ツウは勝手に病気の相談まで受けはじめた。参加者からここが痛いとか、この病気で困っているといった話を持ち掛けられる度に、さもわかったように言う。

「そうが。菊田医院さ行け。おらが紹介状ば書いだら、昇があっという間に治してやっから心配すっごどねえ」

そのせいで、菊田医院には、お年寄りが腰痛やリウマチの治療を求めてきたりすることがあった。その度に昇は、ここは産婦人科だから、と平身低頭で謝り、別の病院を紹介しなければならなかった。

菊田医院は、長者番付に入ったことでその名が知れ渡り、これまで以上に患者が列を連ねるようになった。特に不妊に悩む患者が総合病院で何年も治療したものの結果が芳しくなく、菊田医院なら何とかしてくれるかもしれないと考え、藁《わら》にもすがる思いで受診にくることが増えた。

昇はこうした患者のために「不妊症外来」の日を設けることにした。不妊治療は夫にも検査や治療を受けてもらわなければならないため、男性でも来院しやすい環境を用意する必要があった。

日々の仕事は多忙を極めたが、昇は不妊で悩む夫婦に希望を授ける仕事にやりがいを感じていた。頭の片隅にはずっと鴨橋集落の療養所で暮らすアヤのことが引っ掛かっていて、病院がもう少し繁盛すれば、私財を投じて別棟を建ててアヤを住まわせてあげたいと考えていた。

文子が珍しく家を訪ねてきたのは、そんなある日のことだった。浴衣姿で風呂から出たところ、香奈枝から文子が来ていると言われた。玄関へ行くと、文子が青い顔をして言った。

「アヤさんが死んじまった」

言葉の意味が呑み込めなかった。

「アヤ姉がか？」

「おらの母ちゃんのアヤさんだ。最近弱ってだがら心配してだんだけど、夜さなって痙攣《けいれん》しはじめだど思ったら息が止まっちまった」

「すぐ行ぐ！」

昇はそう叫ぶと浴衣のまま革靴に足を突っ込み、家を駆け出した。

鴨橋集落までの道にはほとんど街灯がなかったが、昇はかまわずに川沿いを走りつづけた。

療養所に到着すると、部屋の隅に蠟燭の炎が揺らめいており、脇には汚れたゴザがかぶせられた遺体が横たわっていた。線香のにおいが満ち、何人かの人たちが正座して首を垂れている。

昇は遺体の脇へ歩み寄り、覗き込んだ。黒ずんで痩せこけたアヤの顔があった。

「医者ば呼ばねがったのが」

「ここさは来てくれねえよ。それに息しねぐなっちまったから、昇さんのところさ行ったんだ」

「何やってんのや。すぐに病院さ連れで行ったら助かったかもしんねがったんだど！」

長屋の中に裏返った声が響く。蠟燭の周りを虫だけが飛び回っている。

その時、背後から男性の声が響いた。

「先生、いい加減にすんだ！」

ふり返ると、作務衣《さむえ》を着た僧侶が立っていた。青海寺の住職を務める文子の夫だ。彼は声を震わせて言った。

「もしアヤさんが心配なら、文子のように毎日ここさ来てやればいがったべ。それなのに、先生は医院の仕事さかかりきりで、何から何まで文子に任せてたべ。それでアヤさんが亡くなったからつって、文子を責めるのは間違ってんでねえが」

返す言葉がなかった。部屋にいる人たちも似たようなことを言いたげな目をしている。

昇は頭を下げた。

「その通りだな。すまねがった……。俺が悪かった」

住職は息を吐いて言った。

「アヤさんは三日前から体調ば崩してたんだ。町の内科医さはみんな入院を断られた。満室だってな」

「なしてうちに相談にきてくれねがったのや」

「菊田医院には患者さんが毎日行列をつくってんでねえが。そんな先生に無理やり声を掛けるわけにいかねえべ。先生がいねぐなれば、患者さんだって、看護婦さんだってみんな困るべ」

「そうだったのが」

「葬式は明日、うちの寺でやる。席は用意しておくから時間があったら来てけろ」

昇は頭を下げることしかできなかった。

翌日の午後、青海寺の本堂でアヤの葬儀が営まれた。昇がツウをつれて参列したところ、集まっていたのは文子の子供や知人など十名に満たなかった。棺は安価なものだったが、裏山からつんできた花がたくさん供えられ、生前につかっていた髪飾りが入れられた。カヤがつけていた漆塗りの髪飾りを肌身離さず持っていたという。

住職が棺の前にすわって読経をはじめると、文子は背を正して真っすぐに棺を見つめた。長い間、鴨橋集落に通って看病をする中でたくさんの思い出をつくることができたのだろう。

唯一血のつながっている母親に対してやりつくしたという気持ちがあったに違いない。

昇はそんな文子と自分をくらべると、恩返しらしいこともできなかったと恥じ入るしかなかった。幼い頃から弟のように散々かわいがってもらい、あれだけ恵まれた生活をさせてもらったのに、介護のことは文子に任せきりで病院経営にばかり精を出し、最後に胸に残ったのは後悔の念だけだった。

葬儀は住職のお陰で滞りなく終わり、アヤの遺体は近所の火葬場に運ばれて荼毘《だび》に付された。寺に遺骨を持ち帰った後、参列者は別室に集まって食事をしながらアヤを偲ぶことになった。昇も同席したが、アヤの最期に関わった人々の話を聞いているうちに、余計に肩身が狭くなり、一人その場を離れて墓地へ行った。

墓地の隅には、遊女を葬る無縁墓があった。墓の前には新しい花や果物が供えられ、その香りにつられてミツバチや蝶が飛び回っている。カヤはここに眠っており、明日にはアヤの骨も納められることになっていた。

昇は片方の膝を下ろして手を合わせていると、アヤが語っていた将来の夢が思い返された。年季が明けた後も、彼女は石巻に残って小料理屋で働きたいと語っていた。それは、自分が母親だと名乗ることはできないにせよ、同じ町の片隅で実の娘である文子を見守りたいということだったのだろう。願いは叶わなかったものの、最後の数年間一緒にいられたことは喜んでいるのではないか。

足音が近づいてきて、文子が姿を現した。彼女は優しい口調で言った。

「大丈夫が？　急に姿が見えねぐなって心配したど」

「俺、ろくにアヤ姉の面倒ば見らいねがったがら、みんなといっと申し訳ねえ気持ちさなんだ。もうちょっと何かしてやれたんでねえがって反省してる」

「気にするごどねえよ。昇さんが手助けしてくれねがったら、ここまで長く世話できねがったもの」

裏山から動物の鳴き声が聞こえてくる。まだキツネは棲んでいるのだろうか。

「アヤ姉さしてみれば、娘に看取ってもらえたのはせめてもの救いだったんだべな」

「頭がやられっちまって会話は難しがったけど、傍さいるど何日かに一度意識がもどったみてえに、おらの顔を見て何か言いたげにすることがあったんだ。じっと目で訴えかけてくる。なんだか『恥ずかしくねえ生き方してっか』って訊かれているような気がした」

「どうしてだ？」

「先代の住職が、アヤさんがまだ元気だった時分に何べんか会ってしゃべったことがあったんだって。そん時、アヤさんは『おらはずいぶんみっともねえ人生を送ってきた。んだから、娘さはそんな思いをさせたぐねえ。自分に恥ずかしくねえ生き方ができる子に育ててけろ』って話してたそうだ。だから、長屋で世話してた時に母ちゃんと目が合うと、そう問われている気持ちがしたんだ」

遊郭の張見世にすわるアヤの姿や、男性客の手を引いて二階の客間に消えていった光景が脳裏に蘇える。彼女は仕事のことは何一つ口にしなかったが、どれだけの苦難を味わってきたことか。

墓前に供えられた花に二羽の白い蝶が近づいてくる。文子はつづける。

「鴫ムラさいる間、おらにとって恥ずかしくない人生ってどいなもんだべってずっと考えた。おらは昇さんみでえにお医者さんにもなれなけりゃ、長者番付さも載らねえ。だから、母ちゃんに精一杯向き合って生ぎるしかねんだって考えた。それを最期までできたごどは、おらさとっては満足だ」

裏山の木々が風にそよぐ。昇ははたして自分は「恥ずかしくない生き方」をしているのかと考えた。

「俺のごどば買いかぶりすぎだべ。長者番付さ載ったのだって、中絶手術を何百件とやってきた結果だ。赤ん坊の命を奪って番付に載っただけなんだ」

「それはお医者さんとしてやらねばならねえことなんだべ？」

「普通の中絶だったらそう言って割り切れるかもしんねえ。でも、そうでねえ手術もあんだ」

「どういうことだ？」

「日本の法律では、妊娠七カ月までの中絶は認められでっから、患者さんもそれを望んでくる。でも、七ヵ月の赤ん坊は手足もちゃんとできていで、薬をつかって早産させたところで、息をしはじめることがあんだ」

「でも、それは親が望まねえ子なんだべ」

「んだ。だから、医師がその子の息を止めねばならねえんだ。生がしておけば、母親の未来が壊れでしまう。医者はそれば防ぐために、生きている赤ん坊に手を下して、あの世に返さすんだ」

「昇さんもそんなごどしたのか？」

昇は「ああ」と答え、みぞれの降る日に生まれた七ヵ月の胎児のことを語った。あの時、石油ストーブを切って、冷たくなった分娩室に置き去りにした赤ん坊は、六時間後にもどってみるとへその緒をつけたまま息絶えていた。昇は呼吸と心拍が止まっているのを確認してから、診断書には「死産」と記して処理した。

後で知ったことだが、これは石巻だけでなく、日本全国の開業医が暗黙の了解のうちに行っていることだった。昭和三十五年には百万件以上の中絶手術が行われているが、そのうちの一定数は七ヵ月のそれであり、少なくない赤ん坊が医師の手によって命を奪われているのだ。

文子は思わぬ告白に言葉を詰まらせた。

「お医者さんつうのは、そんなことまでしなけりゃなんねえのか……。それって法律に反してんのが」

「未熟児の子を殺して『死産』とすんのは違法だけど、同時に七ヵ月の赤ん坊の『中絶』は合法なんだ。こごが難しいどごろなんだ。どうせ未熟児として生まれだって大半が数日以内に死んでしまうし、万が一生き長らえても障害が残る可能性が高い。家族に育てる意思がねえのなら、生がしておくのは不憫だ。だから医者は仕方ねえって考える」

「……みんな、やってんのが」

「俺が知ってる開業医はみんなだな。でも、未熟でもちゃんと産声を上げんだど。どんなに小さくても必死に息をして生きようとする。その声を聞くと思うんだ。未熟児だってなんとか生きたいって願ってるんでねえがって」

供えられた花が風に揺れている。

「俺、さっきの文子の話を聞いて、自分のことふり返ってみた。医者として恥ずかしいことはしてねえがって」

文子が見つめる。昇はつづける。

「中絶はしかたねえど思ってる。でも、違法行為をしてまで生まれてきた赤ん坊を殺すのはどうなんだべ。アヤ姉だったら許してくれっぺが。それとも、やめれって言うがな。そう考えると、俺は自分が恥ずかしくねえ生き方をしているって言い切れる自信がねえんだ」

文子がすまなそうに言う。

「おら、昇さんに変なこと言っちまったが」

「んなごどね。感謝してるべ。アヤ姉から大きな宿題ばもらった気がすんだ」

昇は無縁墓を見つめた。いつの間にか、きれいな一羽の紋白蝶が墓石のてっぺんに止まっていた。

石巻の田んぼに黄金色に輝く稲が実り、農家の人々が収穫を開始した。稲は刈られた順から、天日干しにするために稲木に掛けられていく。どの田んぼにも人々の弾むような声が響いていたが、これが終われば男たちはまた冬の出稼ぎのために全国各地へ散らばっていくことになる。

菊田医院を訪れる患者は、前年と同じくこの時期だけ急に減った。例年、収穫の時期にはなぜかどの病院でも他の月と比べて三割ほどお産件数が減るため、地元の産婦人科医たちの間では、「農家のおなごは、収穫で手が離せねえから、股さ石ころば詰めてお産を我慢してるにちがいねえ」という笑い話が生まれるほどだった。

そんなある日、菊田医院に初老の女性が若い妊婦を連れて嬉々としてやってきた。若い女性は息子の嫁で、清子《きよこ》と名乗り、お腹はすでにかなり大きくなっていた。昇は早速診察して言った。

「おめでとうございます。お腹の中で無事育ってて、今のところ異常はねえです」

姑は顔をほころばせて、初孫なのだと自慢げに言った。隣にいた婦長のたえ子も「おめでとう」と清子のお腹をなでる。

「ありがでえことです。それで、いづ生まれるのすか」

「今、妊娠八ヵ月です。お産はちょうどお正月になります」

姑の顔が途端に険しくなる。

「そいつはおがしい。嫁は息子と結婚してまだ六ヵ月だど。間違いねえのが？」

「いや、最終月経から計算しても、お腹の大きさを見ても八ヵ月です」

「わがんねえ。何がどうなってんだ」

結婚前の性行為が妊娠につながったのだろう。昇はカルテの余白に受精日から出産予定日までの日程を書いて示した。

「きっとご結婚の前に旦那様と交際している間に受精したんだべ。つまり結婚式を挙げた時にはすでにお腹に赤ん坊がいだってことだべな」

「そりゃ、ありえねえ。息子と嫁は見合いで結婚したんだがら」

それを聞いた瞬間、昇は清子には他言できない事情があったのだと気がついたが、すでに手遅れだった。清子は青ざめて視線を泳がせている。

姑は鬼のような形相で立ち上がって声を荒らげた。

「おい、清子！　どういうごどや！」

清子は震えだす。昇がなだめたが、姑は耳を貸そうとせず、清子の頭を平手ではたいた。

「説明しろって言ってっぺ！　おいの言葉が聞げねのか。口を開げ！」

清子はむせび泣き、切れ切れの声で言った。

「ご、ごめんなさい。だますつもりなんて、ねがったんです」

「まだわがんね！」

「結婚前にいい人がいだんです。途中でその人に妻子がいるごどを知ったんで別れで、お見合いをしたんです。でも、結婚が決まった後に、赤ちゃんができてだごどがわがって」

「じゃあ、お腹の子はその汚ねえ男の赤ん坊だっつうのが！」

「すいません。結婚も決まって、みんな喜んでくれでだがら、なかなか言い出せねぐて……」

姑は話を最後まで聞かず、清子の頬を力いっぱい殴りつけた。清子は椅子ごと床に転げ落ちる。

姑は昇に向かって言った。

「先生、腹の子をこの場で処分してけろ！　こんな子はうちさはいらねえ！」

「処分？」

「堕胎に決まってっぺ！　今すぐ腹ば空っぽさしてけろ。息子にはおらがらうまく説明する」

姑は清子に中絶手術を受けさせ、息子には死産だったと話して何事もなかったようにするつもりなのだろう。

診察室の外にまで声が響いているらしく、待合室で待っていた患者たちのざわめく声が聞こえてくる。別室にいた看護婦までもが様子を見に顔をのぞかせる。昇は声を抑えて言った。

「申し訳ありませんが、手術はできねえです。法律では八ヵ月に達した時点で中絶は禁じられでます。違法なんです」

「そなごど先生さえ黙っとったら誰にもわからねえでねえが。七ヵ月つうごどさして堕せば済む話だべ」

「それは犯罪です」

「犯罪もクソもあっか。おらの親戚だって八ヵ月で堕した者はいんだ。先生の気持ち次第だべ」

陣痛促進剤をつかって産ませるのなら、七ヵ月よりむしろ八ヵ月の方が簡単だ。実際に他院の医師たちは家族の意向を酌《く》んで妊娠七ヵ月と偽り、八ヵ月の胎児を堕している。だが、八ヵ月の胎児を薬で早期に出せば、未熟児として産声を上げて生まれてくる可能性が高い。今が秋であることを考えれば、最初の時のように凍死させることは難しく、バケツの水に頭を沈めるなりして小さな命を奪わなければならなくなるだろう。

昇の頭にこれまで殺めた赤ん坊の眼差しが蘇り、動悸が激しくなって全身の毛穴という毛穴から脂汗が噴き出してきた。今でも数日に一度は赤ん坊を葬った悪夢にうなされているのに、これ以上罪を重ねることなど考えられない。

目の前では、清子が床に倒れたまま顔を手で覆って泣いている。どこからか聞こえてきたのは、アヤが言い残した「恥ずかしくない生き方をしろ」という言葉だった。昇は白衣の裾を握って言った。

「無理なものは無理です。八カ月の子は目も鼻もついた赤ん坊なんです。産声だって上げるかもしれねえ。それを堕せっていうなら、俺が赤ん坊の首をしめなきゃいけねぐなります」

「小せえ赤ん坊の堕胎はやってんだべ。なして腹の中で赤ん坊ば切り刻むことはできて、外で首をしめるごどはできねえんだ」

「産声を上げてる子だど。でぎるわげねえ」

「この赤ん坊は悪魔だ。息子の幸せばぜんぶぶっ壊すんだ。母親としてそんなごどさせるわげにいがねえ！」

このまま話し合っても、姑は一歩も引かないだろう。昇は別の提案をすることにした。

「育でられねえなら一つ方法はあります。実の父親にその子を引き取ってもらうか。さもなけりゃ、施設に預けるか」

「馬鹿言ってんでね。産めば、戸籍さ名前が残る。同じごどでねえが」

戸籍を汚さないためには、赤ん坊の命を絶つしか方法がないのだ。

昇は姑の要望を受け入れて赤ん坊に手をかければ一生後悔すると思い、頑として言い張った。

「戸籍より、赤ん坊の命や法律を守ることの方が重要です。理解してください」

「それが先生の答えですか」

「赤ん坊殺しは絶対に認められねえんだ！」

姑は歯ぎしりした。昇は清子を立たせて言った。

「今日はひとまず引き取って、明日以降、冷静さなってもう一度話し合いましょう」

「おらは冷静だ！」と姑が口を挟む。

「一日でもいいから頭を冷やしてください。旦那さんにはまだ言わなくていいがら。三人でもう一回相談すれば、かならず名案が出てくるはずです」

姑は何を言っても無駄だと思ったのか、納得いかない様子で清子に「帰るぞ」と言って診察室を出ていった。

部屋の空気が少しだけ緩んだ。昇は首から下げていた聴診器をはずして椅子の背にもたれ、ふうっと息を吐く。額に汗が浮かんでいる。たえ子がハンカチを差し出し、倒れた椅子をもとにもどす。

「俺の意見ば間違ってだが？」

たえ子は昇の方を向いてはっきりと答えた。

「正しいことをおっしゃってたと思います。赤ちゃんには、何の罪もねえんですから」

「んだよな。赤ん坊はただ生まれてこようとしているだけなんだがらな」

気がつくと、白衣の下に着ていたシャツが脂汗でぐっしょりと濡れていた。

十日が過ぎ、新田町の農家では収穫が終わって出稼ぎの準備がはじまった。山の紅葉は赤や黄色に染まり、病院の庭に生えた柿の実も火照るような色になった。

あの日以来、清子と姑は医院に現れなかった。まだ家族での結論が出ないのかもしれないが、これ以上延ばせば妊娠九カ月に入り、いつ生まれてもおかしくない時期になってしまう。

昇は心配になり、何度かたえ子を清子の家へ様子を見に行かせたが、毎回姑に門前払いを食らった。清子に会いたいと言っても「具合が悪い」「外に出てる」と言って応じようとせず、お産のことを尋ねても「おめの知ったことじゃねえ」と言ってドアを閉められる。

この日もたえ子は追い払われて帰ってきた。彼女は診察を終えたばかりの昇に言った。

「今日もダメでした。もうすぐ臨月ですから、いくらなんでも変です」

産むつもりであっても、中絶をするつもりであっても、一日でも早く医院へ行かなければならないのはわかっているはずだ。

「いぎなり生まれっこどだってある。親戚さでも話して打開策ば見いださなければなんねえかもな」

「そのことなんですが、一つ懸念がありまして」

「懸念？」

「もしかしたら別の病院さ中絶を頼みに行ったんじゃねえでしょうか」

石巻には他にも中絶を行っている産婦人科がいくつもある。ありえない話ではない。

「他の医院に訊いてみればわかります。ちょっと調べてもいいですか」

「わがっだ。頼む」

その晩、たえ子は事務室に閉じこもり、医師会の名簿を頼りに石巻の産婦人科へ電話を掛けて、清子という患者がそちらへ行っていませんか、と尋ねた。狭い町だったため、医院の婦長同士はみな顔なじみで、何でも答えてくれる間柄だった。

昇が診察室の片づけを終えて事務室をのぞいた時だった。たえ子が大きな声で言った。

「先生！　清子さんのことがわかりました！」

たえ子はつづけた。

「門脇産婦人科医院さ行ってだみたいです」

「いつ門脇産婦人科医院さ乗り換えだのや」

「一週間ほど前に、うちで手術を断られたから、どうしても手術をしてもらいたいと言って大金をつんできたとか」

「だって、もう臨月だべ」

「あっちの先生はそれでも受けたみたいです。婦長ははっきり言いませんでしたけど、きっと促進剤を打って出した後、生きている赤ちゃんを殺したんですよ！」

門脇産婦人科医院は、繁華街の真ん中にあり、院長は代々遊廓の楼主となじみが深く、性病や中絶を請け負ってきた。彼なら臨月の中絶を引き受けたとしても不思議はない。何からの形で殺められ、すでに役所には流産として死産届が出されているはずだ。

昇は生まれたばかりの赤ん坊が苦しみ悶えながら殺されていく光景を想像して吐き気を催した。こんなことが、あとどれくらい繰り返されるのか。膝が震えだす。

昇は頭を抱えて、つぶやいた。

「俺の何がまずがったんだべな……」

「先生は間違ってねえです。堕胎を引き受けたのは門脇医院の先生です。昇先生はやることはやりました」

「でも、清子さんは俺の患者だったんだど」

「それはそうですけど」

「俺はついさっきまで自分が手を下さなければいいって思ってだ。でも、俺が赤ん坊を殺さなくても、他の先生に殺されるだけだ。それじゃ、何の解決にもなってねえ。産声を上げている赤ん坊が死んでいるごどさ変わりねえんだ」

たえ子は口をつぐんだ。二階の病室からここ一週間で生まれた赤ん坊たちの泣き声が聞こえてくる。

「もう二度と同じような思いはしたくねえ」

昇は息を吸ってからつづけた。

「前に思いついたことがあんだ。八カ月以上の女性には出産してもらって、その赤ん坊を不妊症の夫婦にあげてみてはどうだべ。実子として育てるんだ」

「実子として？」

「んだ。不妊症の夫婦が産んだごどさする。そうすれば、その夫婦の戸籍さ入って実子となるべ」

これは、不妊治療に来ていた夫婦の一言によって思いついたことだった。五年も不妊治療をして効果がなかった夫婦に対して、これ以上やっても妊娠の可能性はゼロに等しいと話したところ、夫婦は涙を流してこう言ったのだ。

「孤児でいいがらもらえねえでしょうか。私ら夫婦はなんじょしても子供を育てたいんです」

昇はこの切実な訴えを聞いて、かつて凍死させて殺した赤ん坊のことを思い出した。あの子を生かしていたら、この夫婦にあげられたはずなのに、と。

それ以来、昇は中絶を望む女性と、不妊症の夫婦をつなぎ合わせることで、赤ん坊の命を助けられないかと考えるようになった。それができれば、実母の戸籍を汚すことなく、別の夫婦のもとで赤ん坊は幸せに生きていくことができる。

　たえ子は言った。

「できればいいですけど、それこそ法律に反しますよね」

　夫婦が血のつながりのない赤ん坊を自分の子供として届けるには、医師が出生届で偽証しなければならない。それは明らかな違法行為だ。

「そりゃそうだが、妊娠八ヵ月の中絶だって違法だ。どうせ同じ違法行為をするなら、赤ん坊の命を助けるためにすべきでねえのが。誰がどう見だって、赤ん坊をバケツに沈めて殺すよりマシと思うはずだべ」

「それはそうですが……」

「この地域じゃ昔から、姉が不妊の妹に子供をやって実子として育てさせるってことがあった。医者だってそいづさ協力していた。姉妹でやってたことを、別々の夫婦の間で行って何が悪い」

　二階から母親や看護婦の話し声が聞こえてくる。

「先生、本気で言ってんですか」

「俺が赤ん坊を殺すのも、別の医者に殺されるのももうたくさんだ。赤ん坊ば救うには、この方法しかかねえ」

　たえ子は唾を飲んだ。

「もし医院としてやるなら、相当の覚悟が必要です。最悪、先生が逮捕されて医院がつぶれるぐらいのことまで考えておかないとならねんです」

「わがってる。んだからまず、たえ子さんに同意を求めでんのさ」

昇の声は落ち着いていた。

「どうだ? どうせ違法行為をやるなら、命ば助けるために俺はやりてえ」

たえ子はしばらく下を向いて考えた後、はっきりとした声で言った。

「菊田医院は先生のものです。私は先生さついでいぎます」

昇は感謝を示すように黙ってたえ子の肩を叩いた。

第五章　斡旋

昭和三十七年、菊田産婦人科医院は石巻駅から徒歩五分のところにある鋳銭場《いせんば》に移された。モルタル造りの二階建ての医院で、塀に囲まれた四百坪の敷地に自宅も併せてつくられた。患者が増えたことによって新田町の医院では手狭になり、市の中心地に移転することにしたのである。八十歳を過ぎたツウにも旅館経営を止めさせ、自宅に住まわせることにした。

新しい医院では、ベッドも職員も大幅に増やした。法律では医師一人につきベッド数は十九床と定められていたが、この頃の医院の多くがそうしていたように、実際は三十床くらい置いていた。さらに新しい看護婦や事務員を雇用し、住み込みの看護学生を受け入れることで、前より一回り大きな規模で、二十四時間にわたって患者の対応ができるようになった。

医院は、一階の入ってすぐのところに受付事務室があり、正面に待合室が用意されていた。その奥が診察室、手術室、分娩室、それに炊事や洗濯などができる一角だ。待合室は不妊治療などのために男性用、女性用二つに分かれていた。

診察が混み合う月曜日や週末は、早朝から玄関前にお腹が膨らんだ妊婦たちが列をつくった。彼女たちの中には干し柿や焼き芋を持参して他の妊婦に配ったり、子供のおむつ替えをしている者もいた。持ってきた座布団にすわって編み物をする者もいる。大体顔見知りで、初産の時から二度三度と昇の世話になっているのだ。

階段を上がると、二階には入院用の病室が十四室備えられている。お産の前後の女性は、ここに泊まって出産の準備をしたり、産後の体力の回復に励んだりする。

もっとも多く人が集まるのは、新生児室だ。その部屋はいつもお祝いの花とお乳のにおいが満ち、名札の下がった小さなベッドがずらりと並んでいた。布団の上には生まれたばかりの赤ん坊が毛布にくるまれ、小さな毛糸の帽子をかぶって横になっている。母親や、その家族が代わる代わるやってきては自分の赤ん坊を探し出して飽きもせずに見つめる。

「あれっ、赤ちゃんがまた笑った。よく笑う赤ちゃんだな」

「あの子、こっち見てねえが？　母ちゃんさ気づいでんだ。利口な子だ」

手を振ったり、微笑み掛けたりして、弾むような声でそう言う。

また、出産を間近に控えた入院中の妊婦たちもやってきた。彼女たちは赤ん坊の泣き声が気になるらしく、知り合った妊婦仲間とともにのぞきにきては、「なんだか、みんな同じ顔に見えるな」とか「しわくちゃでお猿さんみたいだな」とつぶやく。そのくせ、数日後には、自分が産んだ赤ん坊を見にやってくると、夫と一緒に「うちの子が一番めんこいな」と大声で語るのだ。

そんな新生児室の奥に、人目を避けるようにカーテンで遮蔽された一角があった。そこには木製のベビーベッドが三台並んでおり、おそろいの産着を着た赤ん坊が寝かされていた。ここのベビーベッドは他と違って、赤ん坊用の名札がつけられておらず、家族が会いに来ることもない。看護婦たちも哺乳瓶でミルクをやる時以外はあまり近づかなかった。

この赤ん坊たちは、実親から手放され、不妊症の夫婦に引き取られるのを待っている子供だった。一年ほど前から、昇は妊娠後期の中絶手術を断る代わりに、彼女たちが出産した赤ん坊を不妊症の夫婦にあげて実子として育ててもらう取り組みをはじめていた。

昇は若い看護婦に迷惑は掛けまいと、たえ子と二人だけでこの試みを行っていたが、最初から挫折を体験することになった。

それは、十一月の終わりの頃のことだった。当時は新田町にあった医院に、一人の女性が母親とともに傘で顔を隠すようにしてやってきた。あどけなさを残した二十歳の女性だった。診察室の椅子にすわった娘が黙りこくっているため、母親が代わりに事情を説明した。

「この子は集団就職で東京へ行って寿司《すし》屋で働きはじめたんです。そしたら、そこの店主と関係して孕んでしまいました。店主には妻子がいだがら、妊娠した娘をクビにして捨てました。それで泣く泣く荷物をまとめて一人で石巻さ帰ってきたんです。今のこの子の状況では、どうしたって一人じゃ育てられねえので、どうか堕してやってください」

検査をしたところ、すでに臨月にさしかかっており、法律の上では中絶が許されない時期だった。

昇はそのことを説明したが、母親は目を潤ませてすがった。

「一生のお願《ねげ》えです。この子のためど思ってやってください。でなければ、将来幸せをつかむことはできねぐなっちまうんだ」

聞けば貧しい農村に暮らしているという。そんなところで私生児を産めば、笑いものになり、縁談は望むべくもない。

「手術代ば何年かけてでも払います。どうかこの子の人生を台無しにしねえでください」

「無理なもんは、無理です。俺が警察に捕まります」

「でも、先生が黙っていればわからねえはずです。お願えします」

昇も母親の気持ちはわかったが、臨月の赤ん坊は産声を上げて生まれてくるに決まっている。何と言われても拒むしかなかった。

母親はそんな昇に腹を立て、敵意をむき出しにした。

「どうしても先生がやってくれねえなら、別の医院でやってもらうがらいい！　もう頼まねえ！」

昇は、ついに来るべき時が来たと思い、立ち上がる母親を押し止《とど》め、たえ子に診察室のドアを閉めさせた。

昇は声を潜めて言った。

「冷静に聞いてください。臨月の子を中絶すれば、娘さんの体にも危険が生じるかもしれません。それにうまぐいっても、ここにいる全員が産声を上げた赤ん坊を殺した罪を背負っていがねばならなぐなる。だったら、産んで他所へやるのはどうだべ」

母親は目を点にした。

「どういうごどですか」

「別の夫婦さ、産んだ赤ちゃんを育ててもらうのです」

「それって養子ってことですか？　養子なら、戸籍に出産の記録が残っちまいます」

「そこは俺がカルテや出生届を偽装すれば何とでもなります。養親がうちの医院で産んだことにするんです。主治医の俺ならでぎる」

「じゃあ、戸籍はまったく汚れねえんですか」

「んだ。だから赤ん坊の命だけは助けてやるべ。そっちの方が娘さんにしたって安全なんだ」

母親は唾を飲みこんだ。最大の懸念は、娘の戸籍に出産の事実が残ることだ。それを回避できて、かつ母体の安全にもつながるのならば、拒否する理由はない。母親は娘と話し合い、昇の提案を受けることにした。

三週間後、医院の分娩室で女性は健康な赤ん坊を産んだ。女の子だった。昇は約束通りこの赤ん坊を引き取り、これまで不妊治療に来ていたが成果がなく、養子を欲していた患者たちに連絡をした。未婚の女性が産んだばかりの女児を実子として育てないか、と問い合わせたのだ。

だが、どの夫婦も気持ちや物理的な準備ができていないということでいい返事をくれなかった。また、偽の出生届を出して実子として育てるならば、周囲の目を騙すために最低でも一カ月は母親が妊婦を装わなくてはならない。昇はそうしたことを考慮せずに、あげれば喜ぶだろうと単純に考えたのが仇になった。

引き受け先が見つからないまま、一ヵ月半がむなしく過ぎた。法律上は生後十四日以内に役所へ出生届を出さなければならない義務があるのに、親となる夫婦が見つからないのでそれすらできない。このままでは無戸籍の子になってしまう。昇は自分の軽率さを認め、乳児院へ出向いて女児を引き取ってほしいと頼んだ。

乳児院の職員は言った。

「うちで育てるには、きちんとした出生届が必要になります。また、親御さんには養育料として月に五万円払っていただかねばなりません」

「だけど、実の親は赤ん坊を産んだことを隠してほしいって言ってるんですよ」

「乳児院として無戸籍の子供を引き取るわけにはいきませんから。どんなことがあっても、実の親の名前で出生届を出して月に五万円を支払わせてください。でなければ、警察に届けることになります」

昇は頰を思い切り叩かれたような気がした。あれだけ偉そうに説き伏せたのに、結局は女性を未婚の母にして苦しい生活を強いることになるなんて……。

次の日、昇はたえ子とともに女性の家を訪れた。家は農村にぽつんと建つ小さな平屋だった。玄関の脇で皮膚病で毛の抜けた飼い犬が放し飼いになっている。家の中に向かって呼びかけると、内職をしていた母親と女性が薄汚れた服のまま玄関に出てきた。

「先生でねえが。なんじょしたのですか」

父親は出稼ぎに行っているらしい。

「ちょっと話したいことがありまして」

昇は帽子を取り、これまでの経緯を話しはじめた。二人は話を聞くにつれ、顔から血の気が引いていった。娘は目に大粒の涙を浮かべて震えはじめ、母親は唖然として口を開けている。予想もしていなかったことに何も言葉が出ないようだ。

説明が終わった時、玄関の空気は息ができないほど重くなっていた。二人の顔は青ざめて唇まで変色している。昇は深く頭を下げて言った。

「何もかも俺の責任です。すみませんが、出生届を出した上でお子さんを乳児院さ入れることをお許しください。戸籍に出産の記録は残ってしまいますが、それしか道がねえんです」

娘はその言葉を聞いた途端、悲鳴のような金切り声を上げ、顔を手で覆って家の奥へ走って行った。母親は腰が抜けたようにその場にすわり込んだきり、娘を呼び止めることもできない。飼い犬が心配したように追いかけていく。

昇はひたすら頭を下げて陳謝しつづけた。部屋の奥では娘が号泣する声が聞こえてくる。

母親は床に尻をついたまま叫ぶように言った。

「絶対にうちの子の戸籍を汚さねえって約束したでねえが!」

「申し訳ありません」

「月五万円の養育料だってどうやって払えって言うのや！　うちは先生のような長者番付に載る金持ちでねんだ。内職したってそったな大金は手に入らねえ。娘ば売れとでも言うのが！」

昇は地べたに手をついて謝ることしかできなかった。母親はさらに罵声を浴びせ掛ける。

「先生はおらだちを騙したんだべ！　娘の人生ば壊して楽しいのが！」

何を答えたところで言い訳にしかならない。昇は地面に額をすりつけて詫びつづける。

その時、奥の部屋から飼い犬の鳴き声がしてきた。いつの間にか、娘の慟哭《どうこく》が聞こえなくなっている。飼い犬の声はどんどん騒がしくなり、吠えているというより、まるで誰かを呼んでいるようだった。

母親は異変を察し、奥の部屋にいる娘に呼び掛けたが、返事はない。二度、三度と呼んでも同じだったので、母親は首をかしげて立ち上がり、奥へと歩いていった。一瞬の間があってから、母親の言葉にならない叫びが響いた。

「あぁぁぁ！」

ただならぬものを感じ、昇がたえ子とともに家の中に駆け込むと、台所の隅で娘が倒れていた。床には包丁が転がり、手首の大きな傷からは大量の鮮血が流れている。自殺を図ったのだ。

「ど、どいでけろ！」

昇は母親を押しのけて切った手首をあげた。生あたたかい血液が娘の肘をつたって昇の手に流れてくる。

「何か結わえるものはねえが！」

母親はパニックになって娘の名前を呼ぶだけだ。たえ子がテーブルの上に掛けてあったエプロンを持ってきた。昇はそれを手で裂いてヒモ状にすると、手首にきつく巻いて止血の処置を施した。傷は深いが、すぐに病院に運んで手当をすれば助かる。

昇は母親に言った。

「すぐにうちの医院さ運びます。いいですね」

母親は顔を真っ赤にして叫んだ。

「おめんどごでねぐて、十文字病院さ運んでけろ！」

「うちの方が早く治療できます」

「あんだ、この子に何をしたがわがってんのが！」

昇は言葉に詰まった。

「もうこの家がら消えてけろ。金輪際、娘にかかわんでねえ！」

昇は立ちすくんだ。たえ子が機転を利かせ、玄関へ出て近所の家に向かって「誰が来てけろ！」と叫んだ。自分たちが力になれないのなら、近所の人たちの手を借りるしかなかった。駆けつけた近所の人々によって娘は石巻十文字病院に運ばれ、一命をとりとめた。

その週の日曜日の午後三時、昇は看護婦や事務員など職員全員に声を掛け、医院の一階の待合室に来てもらった。集まりを開いたのは、赤ん坊の斡旋について昇の意思を説明するためだった。自殺未遂の一件の後、昇とたえ子は医院にもどり、今後どうするかを朝まで話し合った。

昇もたえ子も、違法な中絶手術をしない代わりに、出産させた赤ん坊を不妊症の夫婦にあげることは間違いではないと考えていた。だが、それを成功させるには、何ヵ月も前から夫婦に同意を取り、赤ん坊が生まれたと同時に引き取ってもらえる環境を整えておかなければならない。そのため、昇とたえ子は病院が一丸となって取り組む必要があると考え、職員に説明をし、協力を求めようとしたのである。

休日にもかかわらず時間通りに、職員全員が待合室に顔を並べた。昇は緊張した面持ちで前に立ち、大きな声で言った。

「今日は休みの日なのにすまねえ。赤ん坊の斡旋のことで折り入って話があんだ。重要な話だからきちんと聞いてもらいてぇ」

職員たちは唾を飲んで耳を傾けた。すでに昇たちが赤ん坊の斡旋をしようとして失敗したことはつたわっているはずだった。

「みんなは、俺が臨月の患者に赤ん坊を産ませて、不妊症の夫婦に渡そうとしてうまくいかねがったごどを聞いでると思う。恥ずかしながら、原因は準備不足だ。あれから数日間俺はたえ子さんと何回も話し合って、間違ったことはしてねえんだから、今回のことでめげねえで、これからは準備を万端にして取り組むべというごどさなった」

職員は誰一人として口を開かない。昇はつづけた。

「赤ん坊の斡旋をするには事前にいろんなことが必要になる。養親探し、周囲への偽装工作、実母への説得、赤ん坊の保護、偽の出生届……。今後は病院全体でこれらをやった上で斡旋をしていきたいと考えている。もちろん、事態が明らかになって咎められるごどさなれば俺が責任を負うげんど、場合によってはみんなに迷惑を掛けてしまうこともあるがもしれねえ」

職員の一人が心許《こころもと》ない表情で「迷惑って何ですか」と尋ねた。昇は答えた。

「たとえば、罰金の支払いや、医療業務の一時停止なんかだ。そうなれば、みんなの置かれる環境だって変わるかもしれねえ。だから、もしみんなの中に、赤ん坊の斡旋にはかがわりたぐねえという人がいたら名乗り出てけろ」

「手を挙げたら、どうなるんですか。クビですか」

「そんなつもりはねえ。うちで働きながら斡旋に関与しねえって道もあるべし、俺が推薦状を書いてやって別の医院さ移るっつう道もある。仕事さ絶対に失わせねえようにするつもりだ」

再び静まり返った。昇は語気を強めて言った。

「あとは、みんながそれぞれ考えてほしい。ただ、もし俺の考えに賛同してくれるっつうなら、ぜひ医院さ残って一緒に赤ん坊の命を助ける活動をしてほしい。俺は赤ん坊の未来に人生を懸けるつもりだ。君たちと一緒にそれを実現したい」

職員たちは下を向いて考えはじめた。昇の思いはわかるが、いきなり違法行為に手を貸してほしいと言われて戸惑いを隠し切れなかったようだ。

十秒、二十秒と沈黙がつづき、昇の中に「ダメか」という気持ちが頭をもたげる。その時、一人の看護婦が手を挙げて言った。

「私……、手伝ってもいいです」

みんなの視線が集まる。彼女は言った。

「五年前、私はこの医院で難産の末に未熟児を産みました。体が弱くて一週間もだねえがもしんねえと言われたけど、昇先生が必死になって治療してくれたし、息子も一生懸命にがんばったおかげで他の子と変わらねぐらいに大きくなりました。今、その息子は、当時のことを聞いて『お母ちゃん、おらのことを無事に産んでくれてありがとう』って言ってくれます」

彼女は別の病院で産もうとしていたのだが、切迫早産で出産は危険だと言われていたところを、昇が引き受けてギリギリのところで助けたのだ。子供は元気に育って幼稚園へ通っていた。

「赤ん坊は大きくなれば、かならず生まれてよかったと思うものです。だから、がむしゃらになって生きようとする。産声は『生きたい、生きたい』っていう声だと思うんです。私は、そんな赤ん坊を殺すごとはできねえです。人の道に反します。だから、私は昇先生の提案には賛成です。どうか私にも手伝わせてください」

昇はそれを聞いてこみ上げてくるものを感じた。家族を養いながら、違法だとわかっている行為に手を貸すのは苦渋の決断にちがいない。だが、彼女はかつて自分がかかわったお産の体験から、手伝いたいと言ってくれたのだ。

「ありがとう、感謝する」と昇は言った。

看護婦は「お願いします」と改めて頭を下げた。離れたところで見ていたたえ子が歩み寄り、手を握って感謝の言葉を言った。そして、他の職員たちに言った。

「彼女はこう決めたけど、みんなは焦って答えなくていいから。ゆっくり考えて、後でそれぞれ私のところに結論を出して。明日でも、明後日でも構わねえがら」

昇相手では言いづらいこともあると考えたのだろう。たえ子は昇に目配せして、いったんこの場から離れるように言った。昇はたえ子に後を任せてその場を去った。

わずか二日で、看護婦や事務員たちからの意見は出そろった。全員が、赤ん坊の斡旋を支持する決断を下したのである。産婦人科の慣習に従って殺すよりは、育ててくれる人に引き渡すことで命を救ってあげたいという思いで一致した。

昇が赤ん坊の斡旋を成功させる肝として考えたのが、「赤ちゃん希望者名簿」の作成だった。最初の失敗を踏まえて、赤ん坊を引き取ってくれる養親をあらかじめリストアップしておくのだ。そうすれば、母親の受診から出産まで日が少なくても、引き渡し先がなくて困ることはなくなる。

昇は名簿の作成に当たって、事前に不妊症の夫婦と面談を行って所感を記しておくことにした。家庭環境を調べたり、希望を訊いたり、こちら側が求めることに同意できるかを確認したりして、A、A′は合格、B、B′は要検討、Cは不合格とし、斡旋の優先順位をつけた。

また、実母が中絶に固執している場合の説明のマニュアルもつくった。一度、実母を新生児室へ連れて行って他の赤ん坊を見せて命の尊さを感じさせた後、別室に移って次のように語り掛ける。

「妊娠七カ月以上さなれば、お腹の中で赤ん坊は人間さなってで、どちらにしてもこの世さ生まれでオギャー、オギャーって産声を上げんだ。だから、この段階で中絶するってごどは生きている子さ手をかけて殺すってごどに等しい。実際に状況さよっては、赤ん坊の首をしめたり、水に沈めたりして命を奪わなければならねぐなる」

こう言われると、大概の女性たちは中絶に対する罪悪感を膨らます。

昇は妊婦の反応をうかがいつつ提案する。

「うちの医院には不妊治療に来ている夫婦がいて、何人かは養子をほしがっている。もしその気なら、ちゃんと赤ん坊を産んで、彼らに引き渡して育ててもらったらどうだ？　俺の方で養親が産んだことにして出生届を出せば、君の戸籍が汚れることはねえ。生まれてきた赤ん坊を殺すより、育ててえと思ってる人に育ててもらう方がいいんでねえが」

こう説得された時点で、大半の女性は赤ん坊を産もうという方向へ気持ちが傾く。

女性がお産の覚悟を決めれば、いよいよ斡旋への本格的な段階に入っていく。まず養親となる女性は、近隣住民や親戚の目をごまかすために、一〜三ヵ月間、妊婦のふりをする。お腹に大量の綿をつめた腹帯を巻いて膨らませて、あちらこちらで妊娠したと吹聴《ふいちょう》するのだ。

とはいえ、妊娠経験のない女性が妊婦を演じるのは容易ではない。お腹が張って痛むとか、コーヒーの臭いが耐えられないといった感覚はなかなかわからないし、胸やけや足のむくみが起こるとは想像もつかない。そのため、たえ子が「研修」と称して彼女たちに妊婦の食生活から妊婦特有の足を開いた歩き方といった細かな所作まで日々の過ごし方を教え込む。

初めはみんな恥ずかしそうに妊婦を演じるが、一週間ほどして板についてくると、道で会う人に自分から話し掛け、「赤ちゃんがお腹を蹴って眠れないんですよ」とか「足をつることが多くて」などと言うようになる。

いよいよ出産が近づくと、養親の女性も医院の二階の一番奥の病室に入院する。その間、養親と実母はトラブルが起こるのを防ぐため顔を合わせることはせず、お互いの身元を明かすこともない。

いざ赤ん坊が無事に生まれれば、看護婦は実母に母性が芽生えぬよう即座に赤ん坊を分娩室から離して、別室で待機している養親のもとへと運んでいく。事情があって養親が出産時に医院にいられなければ、新生児室のカーテンの奥のベッドに隔離する。こうして実母は何事もなかったかのように一人で病院を去り、養親は満面の笑みで赤ん坊を抱いて〝退院〟していく。

院内では養親の存在を知っているのは職員だけだったので、入院病棟の患者も家族も誰一人として養親の存在に気がつかなかったが、不思議なことにツウだけは見破った。ツウは病気を患っており、たまに具合の良い日があれば家の周りを散歩していた。そんな時、養親を見かけると、決まって看護婦を呼びつけて言った。

「あのおなご、妊婦でねえべ。腹さ何入れてんだ?」

看護婦がいくら、「妊婦ですよ」と否定しても信じない。

「ウソ言うな。あの腹にゃ、どう見だって赤ん坊は入ってねえ。肌や仕草を見りゃ、すぐわがるわ」

長年遊郭を経営してきたため、女性の体のことは何でも見抜く目を持っているのだろう。

看護婦たちは困って昇にこのことを相談した。ツウがよそで変なことを言い出さないとも限らないので、昇は仕方なく一度ツウと話し合うことにした。

ある日の昼下がり、昇は午前の外来診療を終えて自宅に戻って、食卓で昼食を取ることにした。ツウもすわっており、香奈枝はクジラの刺身と白米とみそ汁を並べた。食事がはじまると、昇はちょうどいいタイミングだと考え、違法な中絶を止める代わりに赤ん坊の斡旋をしていることを打ち明けた。

ツウは黙って聞いてから、切り捨てるように言った。

「そんなお上に逆らうようなことをするもんでねえ。警察さ捕まったらどうするつもりだ？ せっかく長者番付さ名前が載るようになったんだど」

「警察が来たら来ただ。俺は赤ん坊の命を助けてるだけで悪いごどはしてねえ」

「ガキみでえなこと言うな。昇くらいの立場になったら、余計なごどしねえで市議ば目指せ。市長さだってなれっかもしれねんだど」

長者番付に載ってからというもの、ツウは昇に対して市政にかかわることをくり返し勧めてきた。昇はその話をされるのが苦痛でたまらなかった。

「母ちゃんは、なしてそんなに金だの権力だのばかり求めんだ。俺はそんなごどさは興味ねえ。医者として患者がどうすれば幸せさなれんのがっつうことを追求していきてえんだ。それが使命だと思ってる」

「何が使命だ。笑わせるんでねえ」

「冗談で言ってるわげでねえど。俺は母ちゃんさ言われたようにアヤ姉やカヤ姉みてえな女性の助けになりたいと思って石巻で開業したんだ。その志は今でも変わってねえ。だから困っている女性や子供を助けようとしているんだ」

「もう石巻に遊女はおらん」

「困っている女性は遊女だけでねえっつったのは母ちゃんだべ。思いがけぬ妊娠をしてしまった女性、不妊で子供を授かれねえ夫婦、そして殺されねばならねえ赤ん坊。みんなつらい思いばしてるんだど」

「あん時と今とでは事情ば違う。あぶねえごどがらは手を引いて、市議さなって菊田の名をもっと広めろ！」

ツウは顔を真っ赤にして声を荒らげると、箸をテーブルに投げ捨てて部屋を出て行った。

昇はお茶碗を置いて、深いため息をついた。ツウとの考え方の違いを感じずにいられなかった。

「母ちゃんの頑固さはどうしようもなんねえな」

香奈枝が箸を拾って言った。

「お義母さんはいろんなものを背負って遊廓で生計を立てた分、あなたに立派になってもらいたいと願っているんですよ」

「それにしたって……」

「大丈夫。ああ言ったって、きっとどこかであなたのことを応援してるはずですよ。うち以外ではこのことは絶対に話してませんから、あなたは自分の信じる道を進んでください」

昇はうなずいてみそ汁の残りをすすった。

半年、一年と月日が経ち、赤ん坊の斡旋を何度もこなしていくうちに、看護婦たちは次第に慣れてくるようになった。養親の方も子育てが軌道に乗ってくると、医院にやってきて、「この子に兄弟さつくってやりてえんです」と二人目をほしがることもあった。昇は子供には兄弟がいた方がいいという考えから、夫婦がそれなりの責任を負えるのなら、二人目を斡旋することもやぶさかではなかった。

とはいえ、何もかもが順風満帆だったわけではない。ある日、三十代半ばの夫婦がやってきて、こう言ったことがある。

「実は、他の病院で診てもらったところ、双子だって言われました。うちは貧乏な飯場の飯炊きで、すでに三人も小さな子がいて生活は厳しいです。次に生まれてくる子が一人ならともかく、双子なんて到底育てることはできねえです。申し訳ねえげんど、どうか、双子のどちらがを堕してもらえねえべが」

減胎手術は可能だが、どうせ帝王切開で産むのならば、もう一人も生かして別の夫婦にあげてはどうか。

昇はそう考え、赤ん坊の斡旋を提案することにした。夫婦は驚いて言った。

「そんなごどができるんですか！　生かしてあげられんなら、お願えします」

数ヵ月後、その母親は医院の分娩室で無事に双子を産んだところ二人とも男児だった。看護婦がそのうちの一人を布にくるんで分娩室を出て、別室で待機していた養親である夫婦のもとへ運んで行った。夫婦は生まれたばかりの赤ん坊を抱きしめて、「ありがとうございます」と何度も頭を下げていた。

退院して三日が経った朝のことだった。養親が引き渡した赤ん坊をタオルにくるんでやってきた。昇が病気かと尋ねると、二人はおずおずと切り出した。

「この子ば返したいんですが……」

「返したいとはどういうごどだ」

「家でおらだぢがよその子をもらうべと話した時、両親からは女の子ならいいどと言われでました。そのごどは、おらも先生と面談した際におつたえしたはずです。病院で女の子でねぐ、男の子を渡された時はびっくりしたんですが、あまりにめんこいがら引き取ったんです。でも、家さ連れで帰ったら両親から『話が違う。男の子はダメだ』と言われでしまったんです」

「待ってけろ。たしかに女の子を希望していたけど、俺は男女どっちが生まれるか誰さもわがらねえんだから、どんな赤ん坊でも引き取ってくださいよと言ったはずだべ。それを今更もどすなんてあんまりでねえか」

「それはそうなんですが、両親がどうしても聞き入れてくれねえんです。うちは親父が鍛冶《かじ》職人をしていて、おらはまだ修業の身で食わせてもらっているので、反論することができねえんです。どうかわかっていただけねえべが」

それを聞いて、昇は頭に血を上らせて怒鳴った。

「赤ん坊は靴屋に並ぶ下駄でねえんだど。気に入らねえがら返すなんて許されるわけねえべ！」

「で、でも」

「でもクソもねえ！　おめえらみでえな夫婦さは子供を育てる資格はねえ。とっとど出でいげ！」

昇は男の子を奪い取り、夫婦を病院から追い出した。

この日のうちに昇は看護婦や事務員を集めて新しい養親を探すことにした。「赤ちゃん希望者名簿」に載っている夫婦のところへ順番に連絡し、男の子の親になってくれないかと持ち掛けたのである。

だがこの時は、たまたま名簿に載っていた夫婦の数が三組と少なく、妊娠を偽装する期間もなかったことから、養親のなり手を見つけることができなかった。昇が自宅まで出向いて説得に当たっても、全員に渋られた。このままでは再び赤ん坊を乳児院に預けなければならないことになる。

夜、昇は家の書斎に閉じこもって懊悩し、どうしようもなければ自分が引き取る覚悟まで決めた。その時、香奈枝がやってきて、職員の一人が訪ねてきたと言った。玄関に出てみると、大村聡子という三十代後半の女性だった。医院の洗濯室で賄婦として四年ほど働いてくれていた。夕方に仕事が終わっているはずなので、一度帰宅してからもどってきたらしい。

「聡子さんでねえが。こんな夜更けさどうした?」と昇は尋ねた。

聡子は口を開いた。

「今日、看護婦さんから赤ちゃんの貰い手がいねくて困ってるって聞いたんですが、まだ行き先は見つかってねえんだべが」

「ああ。名簿さは三人しか登録がねぐて全員さ断られちまって弱ってんだ。出生届のごどもあっから、明日、明後日には決めねばならねえんだけどな」

聡子は息を呑んでから言った。

「あの……、もしいがったら、私が赤ちゃんを引き取ってもいいべが」

「聡子さんが?」

「私が夫とともに養親になって育てるってごどです」

聡子は結婚して十五年以上経っていたが、夫との間には子供がなかった。

「旦那さんと相談したのが」

「ええ。私も夫もずっと子供が欲しいと願っていて、先生が赤ん坊の斡旋をはじめた時から養親になるのもいいねって話してたんです。それで今回こういうことがあって、改めて夫に話してみたら、ぜひ育てたいって言ってくれました」

「だけど、もう生後一週間になるから、妊婦を演じて近所の人たちの目をごまかす期間はねんだど」

「大丈夫です。しばらく女川《おながわ》の実家で赤ちゃんと一緒に過ごしてきます。近所には里帰り出産と説明して、実家の人だぢさは石巻で産んだと言えば辻褄は合います。すみませんが、その期間だけお休みをいただいてもいいですか」

「俺としては大歓迎だ。旦那さんも本当に承知してくれてるんなら、ぜひお願いしたい」

「ありがとうございます。明日、主人を連れて改めてご挨拶に来ますので、どうかよろしくお願いいたします」

聡子は深々と頭を下げた。それなりに話し合って出した結論なのだろう。昇はホッと安堵するとともに、できるだけの支援をしようと思った。

新年が明けてから、ツウは体調不良によって自室から出られないようになった。去年の夏から秋にかけて立て続けに病気をした上に、転倒して骨折したことが切っ掛けで足腰の筋肉が衰えて出歩けなくなったのだ。

ツウの落胆は大きく、週に一度医師が往診に来てもほとんど口を利かなかった。香奈枝が運んできた食事にもろくに箸をつけず、たまに口を開いても出てくるのは弱音ばかりだった。

桜の枝につぼみがつきはじめたある日、自宅にいた昇のもとに一本の電話がかかってきた。石巻で内科・小児科医院を開いている岩坂克典だった。昇の同級生で本屋の息子だった彼は、岩手医学専門学校に進んだ後、最近になって石巻にもどってきて開業していた。昇は久々の再会を喜んで再び親交を温めるようになり、医師会の会合の帰りには毎回飲みに行く仲だった。

岩坂は電話越しに言った。

「今、医師会館さいんだけど、外人さんから昇のごどについて問い合わせがあったど」

「外人？」

「日本さ暮らしている宣教師でクリスっつう男だ。会いでえから連絡先ば教えでけろって言われだんだ」

聞き覚えのない名前だった。宣教師が何の用だろう。そのことを尋ねようとすると、岩坂は声を潜めて言った。

「一つ訊きてえんだが、赤ん坊ば斡旋してるって本当が」

言葉に詰まった。

「石巻の医者の間ではちょっとした噂になってんだよ。昇のところの患者から漏れでるらしいが、本当なのが」

「本当だったらなんだべ」

「実は、クリスって宣教師は伊具《いぐ》郡で養子の活動をしてるらしい。それで昇のことを知って会いでえって言ってきてるみでえなんだ」

石巻市医師会の下に、産婦人科医だけが集まる会合がある。これまで度々そこで他の医師から斡旋のことを尋ねられたため、噂がそれなりに広まっているのは覚悟していたが、他所の町の外国人にまで知られているのは予想外だった。

「宣教師が他の医者にあれこれ訊き回るといけねえから、俺の方で昇の連絡先を教えておいた。近いうちにかかってくると思うから対処してけろ」

「わかった。悪いな」

「おめのことだがら、確固とした信念を持ってやってんだべ。俺とおめの仲だ。何かあったらいつでも言ってけろ」

「そうするべ」

昇はそう言って電話を切った。

翌週の末、アメリカ人宣教師のクリスが菊田医院にやってきた。背の高い白人で、円い眼鏡をかけた五十歳くらいの男性だった。首から十字架を下げ、流暢《りゅうちょう》な日本語でゆっくりとしゃべる。すでに二十年くらい日本に住んでいて、今は伊具郡の教会で暮らしながら、地元の学校で英語教師もしているそうだ。

昇は医院にクリスを招き入れ、ここへ来た経緯を訊いた。クリスは答えた。

「私、日本の孤児の救済をしています。それでいろんなことを勉強したいと思っているんです」

クリス自身、すでに四人の孤児を養子として引き取り、子供として育てているという。将来的にその活動を広げることを考えているらしい。

「数年以内に、教会に寄宿舎を建てて、十名から二十名の子供を育てたいと思っています。でも、私一人でやるのは限界があるので、本気で子供のことを考えている人たちとつながりを持ちたいのです」

「うちの医院さ来たのもそのためですか」

「先生は引き取り手のない赤ちゃんを別の夫婦にあげていると聞きました。うちの寄宿舎でも、赤ちゃんを引き取る予定ですし、希望があれば里親のもとに送ることも考えています。できれば活動をともにしたいのです」

クリスが昇の活動に関心を示しているのはつたわってきた。

「なんでうちが赤ん坊の斡旋ばやってるごどを知ってるんですか」

「教会に来てくれている信者さんの親戚が、先生のところで赤ちゃんをもらったそうです。その親戚が私に教えてくれたんです」

養親の中には、親族に事情を打ち明けて理解してもらっていることも少なくない。それでも市外にまで話が広まっているのは意外だった。

昇はクリスの真剣な思いを認め、誰にも言わないという約束で医院を案内することにした。「赤ちゃん希望者名簿」を見せて作成方法を説明してから、二階にある新生児室や、養親だけが入院している病室を案内する。クリスは終始感心した様子でメモを取っていた。

たまたま看護婦の一人が、赤ん坊を抱いて通りかかったので引き留めた。二日後に養親に引き渡す予定の子だった。昇はクリスに言った。

「この子は昨日生まれたばかりなんですが、明後日には三十代の夫婦に引き取られ、育てられることが決まってます」

クリスは赤ん坊を抱き上げて「かわいいです、かわいいです」とくり返す。鼻の頭にはまだ鼻皮脂が浮かんでいる。クリスは頬を撫でて言った。

「実母さんにはさぞかし大変な事情があったんでしょうね」

「そうですね。実母は家で夫からずっと暴力をふるわれていて、命からがら逃げた翌月に妊娠していることがわがったんです。家さもどるわげにいがねえし、んだがどいって中絶手術のための金もねえ。どうすっか悩んでいるうちに八カ月さなってしまってうちさ相談に来たので、俺の方から産んでよその夫婦にあげることを勧めたんです」

「他の子も同じような事情なんですか」

「我が子を手放さざるを得ない患者は、みんな多かれ少なかれ深刻な状況にあります。世の中には子供を育てられねえ親はごまんといるし、その中には産まなければならねえ親だっている。その親だけでなく、子供も一緒に支えるのが、うちの医院の仕事だと思っています」

クリスは微笑んで答えた。

「菊田先生は、素晴らしいことをしてます。殺されるはずの赤ちゃんをたくさん助けてる。みんなが先生みたいだったら、どんなにいいか」

「俺は人様にほめられることはしてねえ。助けている何倍もの数の命を、中絶手術で奪っているんだ」

「どういうことですか」

「たしかに妊娠後期の赤ん坊に関しては堕胎を断ってます。けど、初期から中期の中絶に関しては引き受けている。具体的な件数としては、そっちの方がずっと多いんです」

「そうなんですか」

「今日だって妊娠二ヵ月の小さな命を奪いました。開業した以上、産婦人科医はどんなに葛藤があったとしても、中絶とは無縁ではいられねえんです」

昇の偽らざる気持ちだった。クリスはしばらく黙ってから、一枚の名刺を取り出して言った。

「それでも先生への尊敬は変わりません。もし赤ちゃんのことで困ったことがあったら、連絡ください。私にできることがあれば何でもします」

昇はクリスと長く仲良くしていくのかわからなかったが、自分を理解してくれる友ができたような気がしたのは確かだった。

三月のしんしんと冷えた明け方、病院の一室でツゥがひっそりと息を引き取った。少し前にガンが見つかっていたが、高齢だったために治療法は限られていると医師から言い渡されていた。それで親族が呼び集められ、最期は子供や孫たちに見守られる中で永遠の眠りについた。八十八歳だった。

葬儀は、鋳銭場の家で行われた。家の塀には白と黒の鯨幕が張られ、大広間に棺桶に入ったツゥが横たえられた。菊の花が運び込まれ、祭壇には和服姿のツゥの遺影が飾られる。

喪主は長男の源一郎がつとめたが、三十年以上前に石巻を出て東京で会社を経営していたので、地元とのつながりはほとんどなかった。そのため葬儀の席では、昇が先頭に立って弔問客と言葉を交わし、その他の細かなことは家族や看護婦たちに頼むことにした。

通夜には、町中から大勢の弔問客がやってきた。芸妓屋組合で一緒だった元楼主や、取引先だった酒屋や呉服屋や布団屋の関係者、それにかつて金亀荘の常連客だった人々が喪服に身を包んでやってきた。彼らは線香をあげた後も大広間に留《とど》まり、持ち寄った酒を酌み交わした。

午後八時を回ると、大広間の弔問客の数は入りきらないほどになり、庭にまであふれた。石巻の歓楽街から遊廓の灯が消えて久しく、こういう機会でもないかぎり、かつての仕事仲間たちが顔を合わせることもないのだろう。彼らは日本酒をお猪口《ちょこ》に注ぎながら、遊女に逃げられた話、心中事件を起こされた話、借金取りから逃げ回った話など、ありし日の思い出を口々に語り合った。

酔った人々は昇に言った。

「ツウさんは幸せだな。自分では商売さ成功し、息子は医者さなって長者番付に載り、最期は孫だぢさ見守られて大往生。葬儀さだってこうやって町中の人々に来てもらえるなんて羨ましい人生だべ」

昇は「皆さまのおかげです」と答えていたものの、胸に引っ掛かることがないわけではなかった。金亀荘で働いていた遊女のうち数人は石巻に残って結婚したり、料理屋を営んだりしていたが、誰一人として姿を見せなかった。彼女たちにとって金亀荘で過ごした日々は隠したい過去なのだろう。

午後十時半を回ってようやく弔問客がいなくなった。昇は香奈枝とともに後片付けを終えてから、兄たちが集まっている居間へと足を運んだ。兄たちは昔のアルバムを引っ張り出してきて、懐かしそうにページをめくっていた。ツウが一年に一冊ずつつくっていたアルバムだ。

長男の源一郎が酒で顔を赤らめながら言った。

「おい、見でみろ。俺だぢの成績表まであっと」

アルバムには茶色い封筒が挟まれていて、そこに学生時代の感想文や日記なども入れられていた。

源一郎は子供五人の成績表をすべて取り出して横に並べた。

「俺が一番優秀だべ」

源一郎と姉の花枝《はなえ》は全科目「甲」、次男の吉次郎と三男の信之助も「乙」が一つあるだけで他はすべて「甲」。昇は「乙」どころか「丙」まである。

「この成績表を見る限り、昇が一番ビリっけつだべ。そんな昇が医者になったんだから世の中わがらねえもんだなぁ」

昇は兄たちが自分よりはるかに優秀だったものの、経済的な問題で進学を諦めざるを得なかったことを改めて思った。

「母ちゃんが金亀荘をする前は貧乏だったたって話してたが、そんなにひどかったのが」

「ひでえなんてもんでねえ。港町さ住んでいながら魚が丸ごと一匹買えねくて、市場で切り落とされた魚の頭と尻尾だけをもらってきて煮だのが食事だった。毎日同じものば食わされでだせいで、俺は未だに魚が食えねえほどだ。頭や尻尾ば見るだけで蕁麻疹が出んだ」

収入のほとんどは体の悪かった父親の薬代に消えてしまい、食事さえままならなかったらしい。

源一郎はつづけた。

「今から考えれば、母ちゃんもつらがったど思う。級長まで務めた俺だち子供を進学させてやれねがったごどで、近所がらも学校がらも散々悪口ば言われでだがらな。俺、それで母ちゃんが悔し涙ば流していたのを何度も見だごどあんだど。遊廓のことを何にも知らねえのに、金亀荘をはじめて朝から晩まで働いたのは、その屈辱さあったがらだべ」

他の兄たちも同じ体験をしていたらしく、黙って深くうなずいた。次男の吉次郎が言った。

「何はともあれ、結果はいがったんでねえか。母ちゃんの努力のおかげで金亀荘は繁盛したべし、昇ば大学さ行かせて医者さするごどができた。その昇は石巻さ帰ってきて、今じゃ院長先生だ。母ちゃんさしてみれば、最後に大輪を咲かせたような気持ちだったはずでねえが」

源一郎がうなずきながらお猪口に酒を注ぎ足す。

「その通りだな。母ちゃん、毎年夏が近づくと、石巻の長者番付が載っている新聞を送ってきたもんな。たまに帰って来た時も、今年は何位さ上がったんだって同じごどばかりくり返し聞かされだっけ。昇のおかげだど」

「んだな。昇様様だな」

昇は複雑な表情をして箸を持つ手を止めた。開いた窓からまだ冬のにおいのする風が吹き込んでくる。

「どうした？」と源一郎が尋ねた。

箸を重箱に置いて、昇は答えた。

「たしかに俺は母ちゃんに対しては孝行できたかもしんねえ。けど、遊郭で働いていたおなごはどう思うがな」

「何の話だ？」

「俺が大学さ行けたのは、おなごたちが働いてくれだがらだべ。んだげっど、今日の通夜さはおなごたちは誰も来ねがった。そいづはおなごたちが金亀荘さ嫌な思い出しかねえがらでねえのが」

部屋が静まり返った。源一郎が言った。

「そういう一面もあっかもしれねな。でも、母ちゃんは母ちゃんなりにおなごたちに申し訳ねえごどばしていると思っていたはずだ」

「なしてだ？」

「遊女が病気で死ぬごどがあっと、借金ばチャラさしただけでねぐ、一番高価な戒名ばつけて実家さ見舞い金まで支払ってたんだど。そして命日には青海寺の住職さお金ば払って無縁墓に眠る遊女に念仏を唱えてもらっていたらしい」

「なして兄ちゃんがそんなこと知ってんだ？」

「戦争から帰って来た時、二年ほど石巻に住んでだべ。その時に母ちゃんがコソコソと青海寺さ通っているのに気がついたんだ。それで不思議さ思って住職に訊いでみだら、母ちゃんが泣きながら手を合わせて死んだ遊女や水子さ謝っているっていう話を教えてもらったんだ」

ツウは経営者として強気に振る舞う裏で、カヤや水子のような人たちに対する罪悪感を抱えて生きていたのだろう。

「母ちゃんには、母ちゃんにしかわがらねえ苦悩があったんだな……」

昇はそうつぶやいて口をつぐんだ。

ツウの四十九日が終わってから、昇は休みの日を見計らって青海寺を訪れた。昇の上着の懐には、布に包《くる》まれた水子地蔵が入っていた。ツウがずっと仏壇に置いて毎日手を合わせていたものだ。遊女たちはヒキ婆に堕胎を頼んでいたことから、特定の寺で水子を供養していたわけではなく、ツウも小さな地蔵をつくって祈ることしかできなかったのだろう。

ツウ亡き後、昇が同じように仏壇に置いて手を合わせるのでもよかったが、それよりきちんとしたところで供養してあげたいという思いが膨らんだ。そこで旧知の文子に頼んでみようと思ったのである。

寺ではちょうど午前中の法事が終わり、夫が片づけを終えて家にもどってきたところだった。昇は家の居間に通され、お茶を出された。小学生になる子供たちは友達と一緒に遊びに行っているという。

昇は持参したお菓子を文子と夫に差し出した。

「母ちゃんの葬儀に来てくれてありがとうな。これ、つまらねえものだけど受け取ってけろ」

菊田家は青海寺の檀家ではなかったにもかかわらず、文子と夫はお香典まで持って葬儀に来てくれていた。

さらに昇は懐から水子地蔵を取り出して言った。

「今日は、もう一つ話があって来たんだ。これ、うちの母ちゃんが仏壇さ置いて祈っていた水子地蔵なんだけど、こちらの寺にある遊女の無縁墓の隣に水子地蔵を建てて、これを納めてくれねえべが」

文子はそれを見て言った。

「水子地蔵って、亡くなった赤ん坊を供養する地蔵のごどが」

「図々しい頼みなごどは十分に承知してる。ただ、無縁墓さはカヤ姉が眠ってるべ。隣さ水子を奉ってあげれば、亡くなった子たちと一緒になれて安心すっと思うんだ」

「そっか」

「あと、菊田医院のごどもあんだ。うちの医院でも中絶によってたくさんの水子を出してっけど、きちんと手ば合わせる場所がねえ。ここさ水子地蔵をつくってくれれば、俺も看護婦も供養に来られる。それさかかる費用は、すべて俺が支払うから考えてくれねえべが」

医院の看護婦にしても、水子供養の場所があるのとないのとでは気の持ちようは大きく違う。

昇は深々と頭を下げて頼み込んだ。文子が戸惑い気味に夫を見る。夫は剃り上げた頭を撫でてから言った。

「ありがたい申し出です。先生がそう言ってくださるなら、うちとしては歓迎ですよ」

昇は顔を上げた。文子の夫はつづけた。

「この寺に、僕は婿養子として入りましたが、先代から無縁墓のことを教えられた時に、こう言われたんです。『ここさ眠ってる遊女たちは家族と引き離され、子供も堕胎させられた寂しい子たちばかりだ。しっかりと傍さついでやってけろ』と。もし水子地蔵を建てて、子供の傍にいさせてあげられれば、先代も喜ぶはずです」

文子も微笑んだ。

「そうだな。アヤさんにとってもカヤさんの子供は甥っ子か姪っ子だもんな。ここで供養してあげられれば、天国で三人一緒に幸せになれるがもしれねえ。ぜひ、そうしてあげてえな！」

昇の胸に、文子夫妻の厚意が沁みた。昇はもう一度深く頭を下げた。

「ありがとう。いつも本当にありがとうな」

心の底から出た感謝の言葉だった。

夏が近づいていた蒸し暑い日、医院の分娩室では、看護婦たちによって慌ただしく出産の準備が行われていた。ストレッチャーの上では、中学を卒業して間もない十五歳の少女が膨らんだお腹を抱え、陣痛に襲われる度に苦しそうな喘ぎ声を出していた。

看護婦が声を掛けても、少女は返事どころか、目を合わせようとすらしなかった。産んだ子を養親にあげることが決まっている女性は看護婦と距離を置き、自力で出産を乗り越えようとするものなのだ。

この女の子が母親に手を引かれて医院に来たのは、三週間前の夕方だった。母親は昇の顔を見るなり、床に手を突いて言った。

「先生、どうか娘のお腹の赤ん坊を処分してやってけろ。お願いだ」

テキ屋をしている柄の悪い男と肉体関係になって孕んでしまったという。男は妻子がある上に、強姦未遂事件を起こした前科もあった。

検査をしたところ、少女のお腹は九ヵ月に差し掛かっていたので、いつものように中絶手術を断った上で、産んで実子としてよその夫婦に引き渡すことを勧めた。二人は渋々承諾した。

お産の日、医院には母親の姿がなく、少女は一人で出産に挑むことになった。陣痛開始から三十時間以上経ってようやく子宮口が開いて分娩台へ乗せられ、誰とも言葉を交わさないまま苦しみ悶え、何とか赤ん坊を産んだ。

昇は両手で赤ん坊を抱きかかえ、女児であることを確認してから、臍の緒を切った。情が移らないように素早く母子を引き離すのがコツだった。たえ子が赤ん坊を受け取って体を拭きながら口や目を調べていると、ふと手を止めて言った。

「先生、これ……」

昇は赤ん坊の目を見て背筋に冷たいものが走るのを感じた。瞳の黒い部分が小さく見えたのだ。ぶどう膜欠損にちがいない。瞳の一部が欠けてしまう病気で、場合によっては失明の恐れもある。

ついにこの時が来たか、と昇は思った。赤ん坊を斡旋していれば、いつか障害を持って生まれる子も現れる。そのために、昇は養親との面談の際にどんな赤ん坊でも引き取るようにと約束を交わしていたが、親の反応はその時にならなければわからなかった。

「養親は待っています。どうしますか」とたえ子が言う。

引き渡しは人目を忍んで行うため、今回、養親には昇の自宅の応接間で待機してもらっていた。長時間かかったことから、今か今かと誕生を心待ちにしているはずだ。

「きちんと説明すればわかってくれるはずだ。俺が行って話をする」

昇は赤ん坊を白い布で巻いて抱き、分娩室を出た。

自宅にもどって応接間のドアを開くと、夫婦は期待に満ちた目を向けてきた。夫婦が「ついに生まれだんですね！」と声を合わせて歩み寄ってくる。昇はとっさに赤ん坊の顔を隠して言った。

「ええ。ただ、言わねばなんねえごどがありまして……」

赤ん坊を差し出し、まぶたをゆっくりと開いて瞳を見せる。夫婦が凍りついたのがわかった。

「ご覧の通り、目さ不自由なところがあります。事前に説明したように、普通に子供を産んだって何パーセントかの割合で障害児は生まれますので珍しいことじゃありません」

妻も夫も口に手を当てたままだ。

「この子の障害は小さなもので、絶対に失明するというわけではねえです。親が手塩にかければ、立派な人間に育つはずです」

「んだども」

「ご夫婦が障害児を授かった時はみんな不安なんです。それでも毎日抱きしめて、言葉を交わしているうちに、自然と愛おしく思うものです。いつでも相談さ乗るので大切に育ててあげてください」

養親は何も言わない。夫は畳屋の跡取りで、妻は気仙沼の呉服屋から嫁いできた女性で人柄が良いと評判だった。

昇は妻に赤ん坊を抱かせた。生まれたばかりの体温と鼓動を感じてほしかった。夫は妻の顔を見ずに言った。

「わ、わかりました。私たちなりにがんばりたいと思います」

声が震えている。夫はずっと下を向いていた。

週が明けた月曜日の午後、夫婦はぶどう膜欠損の赤ん坊を抱いてやってきた。診察室に入るなり、夫は切り出した。

「申し訳ねえんですが、この赤ちゃんをお返ししてえんです」

妻の腕の中で赤ん坊は何も知らずに穏やかに眠っている。

「目のことが理由ですか」

「ええ……。親戚中から、女の子は容姿が大切だし、将来失明でもしたらどうするんだって猛反対されたんです……」

昇には親戚のせいにするような言い方が癪に障った。

「障害があってがんばって生きてる女の子だってたくさんいんでねえが。あんだらはそれを否定するつもりなのが」

「そういう子はすごく立派だと思います。でも、そいづとこいづとは違うんです」

「どう違うんですか」

「両親から、この子ば育てるなら絶縁するって言われたんです……。僕は店ば継ぐごとになってます。妻も手伝いで忙しくなるべし、跡取りだって必要になる。両親から障害児ば育てる余裕なんてねえって言われてるんです」

前に拒否してきた者たちも一様に親の反対を理由にしたが、つまるところ夫婦に赤ん坊を育てる自信がないだけなのだろう。

昇の後ろに立っていたたえ子が手にしていたカルテを机の上に叩きつけた。ペンケースが倒れて鉛筆が散らばる。

たえ子は憤怒の表情で言った。

「さっきから聞いでれば、あんだら何様よ？　自分だぢが子供を選べる神様になったつもりなのが？」

「んだなつもりじゃ……」

「言い訳なんが聞ぎたぐね。障害児の親が、どんな気持ちで一生懸命我が子を育てているのか想像もでぎねえのが。そんな人間が店の跡取りだのなんだのって笑わせんな！」

たじろぐ夫婦に、たえ子はなおも罵声を浴びせ掛けた。

「あんただぢの汚ねえ顔なんて見たぐねえ。その子ば置いて帰ってけろ！」

妻の腕の中で赤ん坊が声に驚いて目を覚まし、小さな声で泣きはじめる。

昇はため息をついて言った。

「婦長の言う通りだ。さっさと出でいってけろ」

妻は何か言いたげに口を動かした。夫はそんな妻から赤ん坊を取り上げてベッドに横たえると、「行くど」と言って診察室から出ていった。

取り残された赤ん坊がもだえるように手足を動かして泣きはじめる。たえ子が抱き上げてあやす。昇は散らばった鉛筆を見つめてつぶやいた。

「さて、どうすっかな」

「赤ちゃん希望者名簿」には他に一組の夫婦の名前しか載っておらず、家庭の事情から半年後からでしか赤ん坊を引き取れないと言われていた。出生届の期限があるので、早く斡旋先を決めなければならない。

昇は悩んだ末に、かつて医院を訪れたアメリカ人宣教師のクリスへ相談してみることにした。困ったことがあったら連絡をくれと言われたのを思い出したのだ。名刺の電話番号に掛けてみる。

クリスが電話に出た。昇は恐縮しつつ今回の出来事を打ち明け、何か手立てはないか尋ねた。クリスは少し考えてから変わらぬ口調で言った。

「その赤ちゃん、ぜひ私にいただけませんか」

「クリスさんに？」

「うちには混血の子も含め、いろんな事情をもつ子どもたちが暮らしていて、障害のある子もいます。きっとみんなで助け合いますよ」

そんな提案を受けるとは思ってもおらず、昇はどう答えていいかわからなかった。

「みんな神様から授かった大切な命です。親にどうしても育てられない事情があるなら、私が引き取って立派な人に育てます」

「そう言ってくれっとありがてえ」

「明日の朝、一番の電車に乗って石巻に行きます。赤ちゃんに会うのが楽しみです」

昇はクリスの実直さに何度も感謝の言葉を述べて電話を切った。

たえ子が心配そうに尋ねた。

「クリスさん、何て言ってましたか」

「あの宣教師は心の広い人だ。どんな赤ん坊でも神様から授かった子だから、自分が引き取るってよ」

たえ子は目を丸くした。

「クリスさんはそれだけの理由で、この子を引き取ることを決めてくれたんですか」

「そうらしいな」

「宣教師だからでしょうか」

「そうでねえ、あの人の人間性だべ」

窓を開けると、少しだけ雨の匂いがまじった風が吹きつけていた。

一週間後、昇は病院の業務を終えた後、たえ子とともに北上川へ向かった。石巻では例年八月頭に石巻川開き祭りが開かれ、夜は流灯が行われていた。数年前から昇は病院の職員たちと参加し、中絶した水子の供養をすることにしていたのである。来年からは青海寺に水子地蔵を建ててもらえることになったので、流灯はこれで最後かもしれないと話し合っていた。

昇が赴くと、あたりには大勢の人だかりができていて、川には無数の灯籠の灯が浮かんでいた。赤、白、青、何色もの灯籠が蠟燭の炎で光りながら川面を埋めつくしている。石巻の灯籠は四角く一色のものが多いため、まるで小さな家が何千という数になって海へ向かって一斉に流れているように見える。

川辺の人波の中から、女性の声がした。

「昇先生、こっちです。こっちにみんないます」

助産婦の大村聡子が手を振っていた。先に来て用意をしてくれていたのだ。他にも看護婦や事務員ら職員が集まっており、足元には用意した灯籠が十挺ほど並べられている。

昇はみんなのもとへ歩いて行って、遅くなったことを詫びた。たえ子が職員たち一人ひとりに灯籠を渡し、マッチで火を灯《とも》していく。灯籠の紙の色がすべて異なるため、それぞれ違った色に輝きだす。何人かが「きれい」とつぶやく。

昇はみんなの前で言った。

「いつもみんなの仕事ぶりさは感謝している。毎年ここで水子の供養をすんのはつらいけど、最近は赤ん坊の斡旋も軌道さ乗ってきて増えできてる。俺とすれば、水子の数より、斡旋の数を多ぐしてえというのが正直なところだ」

職員の何人かがうなずいた。病院ぐるみで赤ん坊の斡旋をはじめたことで、職員たちが前向きになっている実感はあった。

「俺たちが赤ん坊の命を助けていることは水子だちだって喜んでくれているはずだ。堂々と俺たちなりに正しい生き方ばするべ」

たえ子が「はい」と言うと、他の職員たちもそれにつづいた。

昇は川辺にしゃがみ、四角い灯籠をゆっくりと流した。職員たちもそれにつづいて灯籠から手を離す。それらは蠟燭の炎でわずかに明滅するように輝きながらゆっくりと海の方へと水面を滑っていく。

看護婦の一人が水子との別れを惜しむように、「元気でね」と囁いた。他の職員たちもそれを聞いて思わず、「さようなら」「次は生きて生まれるんだべ」と声を掛ける。灯籠は傾いたり、揺れたりしながら水に流されていった。

灯籠が見えなくなると、昇は職員たちに言った。

「そろそろもどるか。うちで香奈枝が飯をつくってくれてるから、食べさきてけろ」

川を離れようとすると、一人の男性が前からやってきた。

「あれ、菊田先生でねえが」

門脇産婦人科医院の医師である白尾元《しらおげん》だった。かつて昇が中絶を拒否した女性の手術を行った医師だ。昇より五歳下だったが、肥満体で頭が禿げ上がっているため、五十歳くらいに見える。

「夜更けに看護婦ば連れて何してんだ」

昇は舌打ちした。白尾は日頃から遊廓で育った昇を見下げるところがあり、仲が悪かった。

「見ればわがるべ、流灯だ」

「菊田先生は流灯の習わしも知らねえのが。ツウさんの魂を送るのは来年だど」

「母ちゃんのでねえ。病院で亡くなっていった水子の供養のためにやってんだ。一々口ば挟むな」

昇が通り過ぎようとすると、白尾が言った。

「菊田先生、最近なんか外国人宣教師とつるんで違法行為をしてるって話を耳にしたんだが本当が？」

ふり返ると、白尾は見下すような笑みを浮かべていた。クリスが来たことは広まっているのだろう。

「前々から怪しいごどばしてるって噂だったけど、まさかよその町の外人と組んでるとは思わねがった。一体大丈夫なのが」

「あんださは関係ねえべ」

「まったく関係ねえごどはねえ。菊田先生が違法行為で逮捕されるようなごどがあれば、石巻医師会の恥だからな」

昇は怒りをあらわにした。

「違法行為、違法行為ってうるせんだ、この！　おめだって、九ヵ月の妊婦の中絶をしたでねえか。あの患者はもともと俺の患者だったんだど！」

「知ってるよ。菊田先生がおっかねがって堕してくれねがったから、こっちさきたって言ってた。俺が引き受けたら母親からは泣いて感謝されだど」

「黙れ、銭のごどしか考えねえヤブ医者が！」

昇がつかみかかりそうになったので、たえ子が引き止めた。

「先生、相手にする必要ねんだ。早く帰るべし」

白尾は口の端を歪めて笑っている。昇は睨みつけ、その場から離れた。


年が明けた四月、石巻医師会館では産婦人科医の定例会の開催準備が進んでいた。

この年の末に日母（日本母性保護医協会）の全国大会が開かれる予定になっていて、そこでは各都道府県の開業医のお産に関する医療統計を集めて発表することになっていた。石巻でもデータを集約しなければならなかったことから、宮城県支部の支部長と副支部長も仙台から駆けつけて話し合いに参加する段取りが決まっていた。

昇もデータ収集のメンバーに入ってかかわらなければならなかったが、少し前に起きた出来事で手が回らなくなっていた。石巻に暮らす四十代の夫婦から、妊娠したにもかかわらず、経済的な事情で育てることができないと相談を受けた。昇は中絶を思い留まらせて、出産させた上で、赤ん坊の斡旋を行ったものの、この時もいくつかの不運が重なってなかなか引き取り手が見つからなかった。

昇は連日のようにたえ子と相談し、赤ん坊をどうするか話し合った。クリスの名前も出たが、少し前に障害児を引き取ってもらっていたし、困ることが起きる度に頼むのは失礼だという思いがあった。

そうこうしているうちに、実親である四十代の夫婦はいら立ちを募らせて、養親を見つけられないなら警察に通報すると言いだした。赤ん坊を押し付けられるくらいなら、昇にだまされたと警察に訴え出るつもりのようだった。

昇は悩みに悩んだ末、たえ子にこう言った。

「どうせ警察に訴えられるなら、医師会館で行われる定例会で他の医者に相談してみるのはどうだべ。他の産婦人科医院なら、すぐにでも子供ば引き取ってくれる不妊症の夫婦を知っているかもしれねえ。当日参加する日母宮城県支部の支部長さんとだってこの問題について話ができるいい機会だべ」

産婦人科の開業医にとって、妊娠八ヵ月以上の中絶の問題は決して他人事《ひとごと》ではないからこそ、昇が赤ん坊の斡旋をしても見て見ぬふりをしてくれているはずだ。勇気を出して相談してみたら、協力してくれる人も現れるかもしれない。

その日は午後二時から、医師会館で産婦人科医の会合が開かれた。昇は誰よりも早く来て真ん中の席にすわり、議論が進むのを見守っていた。会合ではまず全国大会のことを決めなければならないため、それが終わってからしかるべき時を見計らって、斡旋について切り出すつもりだった。

二時間ほど話し合いが行われて議論が一段落し、十五分の休憩に入ることになった。医師たちが立ち上がろうとした時、昇は「ちょっといいですか」と手を挙げた。

「一つ、みなさんに相談したいことがあるんです」

医師たちが顔を見合わせたり、煙草に火をつけたりする。昇は唾を飲んでつづけた。

「みなさんは、俺が赤ん坊の斡旋をしているのを小耳に挟んだごどがあると思います。切っ掛けは妊娠七ヵ月の患者から中絶を頼まれてやったところ、未熟児で生まれてきて、手を掛けなければならねぐなったごどでした。慣例に従って処理しましたが、あまりにもつらく、二度としたぐねえと思って、それ以降は患者を説得して赤ん坊を産ませた上で、不妊の夫婦に斡旋するごどにしたんです」

場が一気に凍りついた。

「こんなことを話したのは、今うちの医院にもらい手のねえ赤ん坊が一人いるからです。俺の努力だけじゃもう無理なんです。先生方、どうかこの子を引き取って育ててくれそうな夫婦を知っていたら、ご紹介いただけねえでしょうか。赤ん坊に幸せな人生を歩ませてやりてえんです」

部屋にいた医師たちは一様に苦虫を嚙みつぶしたような表情をして口をつぐんだ。何人かは明らかに日母の支部長たちの目を気にしている。

「お願いします。夫婦が見つかれば、子供は苦しまなくて済むんです」

医師たちはまったく反応を示さない。昇は仕方なく端から順に医師たちの名前を出して
「先生、どうでしょうか」と個々に呼び掛ける。

四人目までいった時、日母の支部長の吉井康幸《よしいやすゆき》が遮るように言った。

「菊田先生、もう止めなさい」

「だけど……」

「今の話は聞かなかったことにしてやっから、早く休憩時間に入りなさい」

副支部長が空気を読み、手を叩いて「休憩だ」と他の医師たちに退室を促す。昇はここで止めるわけにはいかないと思い、食い下がった。

「待ってください。俺は真剣に言ってるんです」

なごみかけた空気が再び凍りついた。医師たちの動きがぴたりと止まる。吉井はついに声を荒らげた。

「何回同じことを言わせんだ！　違法行為を打ち明けてえんだったら、一人で警察署さ行ってやってこい！」

「お言葉ですが、この問題はございる先生方に共通のもののはずです！　今日俺が話した

のは、俺個人の問題を解決したいのとは別に、産婦人科医が直面してきた不条理を正面から議論したかったからです。今の法律がある以上、俺たち産婦人科医は中絶に失敗して生まれてきてしまった赤ん坊をどうするかという難題を突きつけられます。問題を先送りしても何も変わらねえんです！」

いきなり法律の問題を持ち出されて動揺が走った。吉井は目を吊り上げて言い返す。

「先送りも何も、君が勝手に問題だと言いだしてるだけでねえが。誰もそんなふうには考えてねえ」

「そんなの嘘っぱちです。妊娠七ヵ月の中絶を禁止すれば、医者が産声を上げた赤ん坊を殺める必要はなくなります。もしその時期を過ぎてしまって産まざるを得ない状況でも、赤ん坊をよその夫婦に実子として引き渡せて、戸籍にもそれが記録に残らねえようにすれば、母親の負担はずっと軽くなります」

「妄想ならよそで言え！」

「聞いてください。実際に海外ではこうしている国があるんです。日母が全国大会でこの問題を大きく取り上げて議論すれば、国だって法律の改正に動かざるを得なくなります。どうでしょう、しっかりと議論して上に話を持っていきませんか」

昇は他の医師たちにも呼び掛けるように話した。だが、みな気まずそうな表情をして目をそらしているだけだ。

吉井が両手で思い切り机を叩いて立ち上がった。灰皿が振動でひっくり返って吸い殻が散らばる。

「止めろと言ってんのがわがらねが！　法律ば改正したければ、政治家さ持っていけ。ここで話すごどでねえんだ！」

「そいづは違います。まず日母で話し合いをして具体案を出して初めて政治が動くんです。殺される赤ん坊だって、殺さねばならねえ医者や妊婦だって、幸せな者なんて一人もいねえんです。そごさ異議を唱えて、改善することがなして悪いんですか！」

「君の思い込みだ」

「思い込みでねえでしょ。この問題さ苦しんでいる産婦人科医は全国にごまんといるはずですから、かならずや多くの賛同が集まるはずです」

「もう今日の定例会は終わりだ！　全国大会のことは君たちで何とかしたまえ！」

吉井は顔を紅潮させてバッグを手にすると、そのまま部屋を出ていってしまった。副支部長も慌てて追いかけていく。

他の産婦人科医たちも昇に冷たい眼差しを向けると、荷物をまとめて一人また一人と部屋から去っていった。重いため息をついていく者もいた。白尾は部屋から出て行く際、ふり返ってこう言った。

「とんでもねえごとしてくれたな。おめほど馬鹿な奴は見だごどねえ」

ドアの閉まった部屋に残ったのは昇ただ一人だった。

この日、医師会館から帰った昇は、自宅の書斎に閉じこもった。窓から隣の医院を見ると、当直室に明かりがついていた。昇の頭に浮かぶのは、新生児室にいる引き取り先の決まらない赤ん坊の顔だった。今日の反応を見るかぎり、医師会の医師たちの支援を得ることは難しいし、日母も動いてはくれないだろう。大人の事情で、一人の子供の人生が生後数日にして絶たれてしまうなんて……。

昇は頭を抱えているうちに、ふと養親を一般に募集してみるのはどうかと思い立った。たとえば新聞に広告を打てば、何千人、何万人という読者の目に留まり、名乗り出てくれる夫婦もいるかもしれない。一方で、それは明らかな違法行為であり、警察が気づいて調べに来る可能性がある。

その時、ドアをノックする音がして、香奈枝がコーヒーを運んできた。彼女は昇の表情を見て何かを読み取ったようだった。

「晴れない顔をしてますけど、どうなさったんですか」

「十年分の不幸と屈辱をいっぺんに味わったような気分だ。だけど、香奈枝さその不満を言ったところで、何さもならねえ」

香奈枝は「そうですか」と言ったものの、心配そうな顔をして立ったままだ。医院から赤ん坊の泣き声が聞こえてくる。

昇はコーヒーを飲んで言った。

「なして香奈枝は俺みたいな男と結婚した？」

「今更どうしたんですか」

「なんか自分に自信がねぐなってきたんだよ」

香奈枝はくすっと笑って橙色《だいだい》のエプロンで手を拭いた。

「あなたからそんなこと訊かれたのは初めてですね。私は結婚を急ぐ気はありませんでしたが、実家の病院に出入りしている人からの紹介でしたし、親からも行ってみてはどうかと言われたので、周りの顔を立てるくらいのつもりでお見合いをしたんです」

昇が気難しそうな顔をする。コーヒーの湯気がゆっくりと立ち上る。香奈枝はつづけた。

「実際にお会いして驚きましたよ。私が自己紹介でクリスチャンだって言ったら、あなたはいきなり『俺は大学時代は聖書研究会に入っていたけど、祈りなんて医者の仕事にまったく役に立たねえ。だから俺は神頼みはやめて、医者としての腕一本で患者に向き合うことにしたんだ』なんて大声を出すんですから。お見合いなのに、お世辞もまったくないんですもの」

「そんなごどあったがな」

「でも、不思議と嫌な気持ちにはなりませんでした。むしろ、そんなふうに言えるあなたを素敵だって思ったんです。自分が思う正義を信じて、その通りに生きられる人って決して多くないと思うんです。みんな正義から目をそらして、長いものに巻かれて都合よく生きようとする。だから、あなたみたいな方と一緒に人生を歩んだら、大変だろうけど、満足できるだろうなって思ったんです」

昇は窓の外を見て「そうが」とつぶやいた。窓の外に見える桜の木には小さなつぼみがついている。

香奈枝は昇の横顔を見つめて言った。

「今日、あなたがどんな目に遭って、何をお考えなのかわかりませんが、今まで通り、あなたが正しいと思った決断をすればいいんじゃないですか」

「医院のみんなに迷惑を掛けるかもしんねえぞ」

香奈枝は苦笑した。

「何言ってるんですか。気がつかないだけで、あなたはこれまでみんなにたくさん迷惑を掛けてますよ。それでも、みんなあなたを信じてるからついてきてくれているんです。今回だって同じですよ」

昇は香奈枝の話を聞いて、自分の進むべき道に光が射したような気がした。産婦人科医としてすべきは、自分を大事にして守るのではなく、すべてを投げ捨ててでも患者と赤ん坊を幸せにすることなのだ。

医院から聞こえてくる赤ん坊の声が力強く聞こえた。

第六章　広告

二日後の昭和四十八年四月十七日、地元の新聞二紙に、菊田産婦人科医院の広告文が掲載された。次のような内容だった。

急告！
生れたばかりの男の赤ちゃんを我が子として育てる方を求む　菊田産婦人科

昇は病院の誰にも相談することなく、広告の出稿から文面までを一人で行った。本来「赤ちゃんを実子として育ててくれる夫婦を望む」と書くべきところを、「我が子として育てる方」と遠回しな表現にしたのは、警察に違法行為を疑われないようにする意図があった。

朝から、菊田産婦人科医院には新聞を読んだ人から問い合わせの電話がひっきりなしにかかってきて、事務員たちは大わらわだった。そればかりでなく、看護婦たちが外来や入院の患者から次々と記事の切り抜きを出されて「これは何か」と尋ねられたり、赤ん坊の顔を見せてくれと頼まれたりした。

事務員や看護婦は寝耳に水で、昇に説明を求めた。昇は何食わぬ顔で言った。

「今朝の新聞で養親を募集したんだ。電話での問い合わせでは余計なごとは言わねえで、とにかく面会さくるようつたえてけろ。患者には親の事情で手放すことになったとだけ答えておくように」

問い合わせの電話でも、夫婦たちは「我が子として育てる」という言葉の意味について訊いてきたが、その場では言葉を濁し、面会時に詳細を説明すると答えた。

この日、事務室の電話は鳴りやむことがなく、問い合わせだけで三十件を上回った。そのうち、今すぐに男児を引き取ることができて、当日に面会が可能だったのは八組。できるだけ早く出生届を出さなければならないことから、ひとまず彼らと面会をして養親を決め、それ以外の者に関しては、後日別に面接をして次の機会のために待機してもらうことにした。

診療を終えた後、昇は夕食もとらずに自宅の応接間で八組の夫婦と順番に詳細な面接を行った。本当に不妊症なのか、兄弟や親戚に反対している人はいないか、子供を育てていくだけの経済的余裕はあるのか。夫婦の協力体制は整っているのか。赤ん坊をできるだけ恵まれた環境の家庭に送り出してやりたかった。

昇が八組の夫婦への面接を終え、一晩考え抜いて選んだのは、市内で布団屋を経営している三十代後半の夫婦だった。自分のことだけでなく子供の幸せを切に願う夫婦の姿に心打たれ、彼らに託したいと思ったのだ。

広告を出した翌日の夜、昇は同じ応接間に夫婦を呼んで、もう一度だけ念を押した。

「君たちには、この男の子を実子として育ててもらうごどさなる。親にはきちんと話をしたと思うが、それ以外の人たちに対しては秘密さしておがねばなんねど」

夫婦は手を握り合ってうなずいた。

「おらだちは十年以上子供ができずに苦労してきました。両親はそれをわがってるので全面的に協力を約束してくれでますし、どんな子供であっても大切に育てるという約束もしました」

やはりこの夫婦に任せてよかったと思った。

「赤ん坊は今日連れて帰ってもらうが、もし具合が悪くなったり、わがらねえことがあれば、すぐに電話すんだど。初めは慣れねえごどが多くて大変だべっげど、俺も看護婦もすぐに飛んで行って力さなっから」

昇がドアの外に向かって声を掛けると、たえ子が赤ん坊を抱いて応接間に入ってきた。夫婦は赤ん坊を前にして目を輝かす。

「今から君たちが親だ。しっかり抱きしめてやってけろ」

たえ子が母親のもとへ歩み寄り、そっと乳臭い男児を渡す。男児は驚いたのか、小さく泣いた。母親はぎこちないしぐさで、まるでもろいガラス細工でも触るようにやさしく赤ん坊を受け止める。赤ん坊は体温を感じて安心した表情になり泣き止んだ。彼女はまじまじと顔を見てつぶやいた。

「かわいい。なんか、顎のあたりとか、主人とそっくり」

夫が照れ臭そうに「似でるわけねえだろ」と答える。だが、母親は「そっくりよ」と何度もつぶやきながら、小さな目や鼻や耳を愛おしそうに見つめる。

たえ子はその様子を見て思わず言う。

「医院みんなで応援してっからね。あんだだちみたいな夫婦に引き取ってもらえて、この子は本当に幸せよ」

昇は腕を組みながら「んだな」とつぶやいた。


翌日、医院では昇はいつもと変わらず外来の診察を行っていた。待合室には、顔なじみの妊婦たちが並び、看護婦たちはせわしく動き回っている。

午後の外来の二人目の患者を診終えてカルテを書いていた時、事務員の女性がスリッパの底をすって入ってきた。彼女は声を押し殺して言った。

「先生、新聞社の記者を名乗る男性が来ています。先生にお会いしたいって」

昇はペンを置いた。

「今来ているのか」

「ええ、お二人です。どうしていいがわがんなくて、入り口でお待ちいただいています」

勘づかれたか、と昇は思った。記者たちが来たのは、一昨日の広告記事について問い合わせだろう。

「どごの社だ」

「これが名刺です。両方とも男性です」

差し出された名刺には、毎日新聞社と朝日新聞社とある。二人とも石巻の通信員だった。二社に嗅ぎつけられたということは、他社の記者が訪ねてくる可能性もある。地元の記者たちがその気になって調べれば、過去の斡旋の事実が明らかになるのは時間の問題だ。

昇は聴診器を外して天井を仰いだ。先日の日母の支部長らの反応を見るかぎり、法律の見直しが議論されるのはまだ先だ。この機会にマスコミをつかって自ら事実を公表し、法律改正の必要性を訴える手もあるかもしれない。自分一人の犯罪ではなく、産婦人科医が抱えている問題だと理解してもらえれば、自分だけが捕まる心配はないだろうし、望んでいた議論を呼び起こすことができる。

ドアの向こうから、陣痛がはじまった患者の声が聞こえてくる。昇は事務の女性に言った。

「記者さはこうつたえてくれ。俺としては後で詳しく話をする用意があるが、診療中なので出直してくれ、と」

「何時ならいいかと訊かれたら、どう答えますか」

「診察が終わる五時過ぎと返事しておいてくれ」

事務の女性は、はい、と言ってもどっていった。昇はしばらく机の上に置いた二枚の名刺を見つめていた。

この日、昇は早めに外来の受付を終えてもらい、午後五時には手が空くように調整した。

診察の最中、ずっと頭では記者への説明の仕方を考えていた。彼らには何としてでも日本の産婦人科医の問題として取り上げてもらう必要があった。

五時半に、二人の記者はそろってやってきた。昇は入院患者に配慮して、くぐり戸を通って自宅へ回ってもらい、応接間へと案内した。記者たちはソファーに腰を下ろすなり、バッグの中から取材用のノートとペンを取り出した。

昇は表情を崩さず、記者たちに向かって言った。

「日中は失礼した。まず、君たちがこごさ来た目的を教えてもらいたい」

毎日新聞の記者が、石巻日日新聞と石巻新聞の二紙を取り出した。昇の出した広告が赤い丸で囲まれている。

「この記事のことが少し気にかかりまして。一見すると養子の斡旋をなさっているようにも読めますが、『我が子として育てる』とはどういうことなんでしょうか」

やはりそこか。昇は白衣の袖をまくり上げて覚悟を決めた。

「君たちはどこまで本気でこの問題さ向き合う意志があるだ?」

記者たちが顔を見合わせる。

「どういうことですか」

「これは石巻の小さな出来事でねくて、日本の医学会が抱える大きな闇が背景にある。日本中の産婦人科の開業医が何十年と悩んで、苦しみながら抱えてきた問題だ。もし今回の出来事を報じるなら、そうしたごどさまで言及しねばならねえ。君だぢが本気でそれをやるっつうなら、俺はすべてを話すつもりだ」

毎日新聞の記者はペンを持ったまま唾を飲み込んだ。

「僕は医学のことについてはさっぱりなんで、もう少し具体的に教えてもらえねえでしょうか」

昇はうなずいた。

「たとえば、日本中の多くの産婦人科医が、早産で生まれてきた赤ん坊を自らの手で殺して『死産』として処理していたらどうする？」

「え？」

「あるいは、中絶は現行法では八カ月未満と決まっているのに、八カ月、九カ月の赤ん坊の中絶が横行しているとしたらどうだ？　もしくは、出生届に虚偽の事実を書いて赤ん坊をよその夫婦に実子としてあげでだとしたら？」

二人の記者は唖然とした。

「ち、ちょっと待ってください。話を順番にお聞かせいただけますか」

「君たちには申し訳ないが、一つ条件がある。それは、これから話すことを新聞の一面か社会面のトップで大きく扱うということだ。地方欄の小せえ記事でねぐて、産婦人科医療の問題として記事にすんだ」

「一面か、社会面のトップですか……」

「そごだけは譲れねえ。俺はこれから産婦人科の現実ばかりでねぐて、俺のしてきたことも赤裸々に打ち明ける。だが、それをするのは議論を全国に広めて、法律の見直しが必要だと訴えるためだ。端的に言えば、俺は新聞をつかってこの問題を全国に知ってもらいてえ。君たちが力になってくれるのなら、俺は何でも話す」

「僕は石巻の通信員です。一面にするかどうかを決めるのは支局、いや本社の偉《え》え《れ》人になります」


「そんなのはわがってる。だから君たちがきちんと俺の話ば聞いで、上さ掛け合うんだ。君たちの責任でそれをしてくれるなら、話すと言ってんだ」

　記者は少し間を置き、唾を飲み込んで答えた。

「わかりました。精一杯やってみます」

　朝日新聞の記者も当惑気味にうなずく。

　昇は改めて記者の顔を見た。まだ二人とも三十歳そこそこだろうか。目を見るかぎり誠意はつたわってきた。

「よし。君たちを信用するべ。やるなら本気でやっから君たちも腹ばくくってけろ」

　そう切り出すと、昇はこれまでのことを語りはじめた。産婦人科医の間で違法な中絶が横行していて、自分もそれに手を染めたことがあったこと。しばらく前から赤ん坊の斡旋を行い、その数は約百人になっていること。そして、この問題を根本から解決するには、中絶可能期間の短縮や戸籍法の改正が必要であることなどだ。つい先日、医師会館で主張した内容を嚙み砕いた言葉で説明したのである。

二人の記者は昇の告白をすべて書き記すと、しばらく言葉にならない様子でメモを何度も読み返した。毎日新聞の記者が顔を上げて言った。

「よく理解できました。臨月の堕胎が行われているって噂は聞いたことがありましたが、実際にこんなに広く行われていて、さらに法律の矛盾があるとは考えもしませんでした」

「今までは医者と妊婦が抱え込んで済ましてきただけなんだ。でも、もう限界だ。俺はこれを日本の問題として議論してもらいてえ」

「記事にするにあたって一つお願いがあります。実際に先生が斡旋したという実母、養親、赤ちゃんを紹介していただけねえでしょうか。先生の話が事実かどうか裏を取らねばならねえんです」

「証拠を見せろっていうごどが」

「はい。本社に掛け合ったところで、それができてねえと、記事にすんのは難しいです。どうしても本人の証言が必要なんです」

昇は爪を嚙んだ。家族は赤ん坊を実子として育てているため、メディアの前に出て真実を語りたがらないだろう。

それでも、一人だけ心当たりはあった。医院で賄婦として働き、数年前に双子のうちの男児一名をもらった大村聡子だ。彼女であれば、これまでの経緯をすべて理解しているし、匿名を条件に話をしてくれるはずだ。

「養親なら、紹介できる人物がいる。俺が言えば、たぶん大丈夫だ」

「これからお会いさせていただくことはできますか」

「養親の紹介は、全国版の一面か、社会面のトップの掲載が決定してからだ。決定した時点で、絶対に会わせると約束する。だから、先に会社の確約を取ってきてもらいたい」

新聞社にしてみれば、証拠がなければ記事にすることは難しい。昇はそれを全国版のトップ記事として報じてもらうための駆け引きの材料にしたのだ。

記者は考え込んでから言った。

「わかりました。今から社に帰って上の者と話し合ってきます」

腕時計を見ると、午後の七時になっていた。

「明日の朝刊さ間に合うか」

「本社の了解さえすぐに出れば。それまで自宅でお待ちいただいてもよろしいでしょうか」

「何時まで待てばいい」

「午前一時くらいまではお時間を頂戴できればと思います。全力を尽くしますので、どうかお願いいたします」

記者の二人はそう言うと取材道具をバッグにしまって、急いで応接間を出ていった。昇は額に浮き出た汗を拭き、応接間から出ようとした。すると、廊下に香奈枝が立っていた。香奈枝は言った。

「話を聞きましたよ。ドアが少し開いていて……」

「そうか。明日から、余計に忙しくなっかもしれねえど」

「覚悟しています」

香奈枝はまっすぐに昇を見つめた。

翌朝の診療開始前、菊田産婦人科医院は、張りつめたような静けさに包まれていた。前の日の夜、いち早く連絡があったのは毎日新聞の本社からだった。朝日新聞が掲載を見合わせる一方で、毎日新聞が一面で報じるとの約束で追加取材を求めてきたのである。東京版がこの日の朝刊に、地方版はその翌日の朝刊にこの件を記事にすることになっていた。昇は問い合わせがあった時のために、職員全員に出勤を命じて対応の準備を進めていた。

外来診療がはじまって間もなく一本の電話がかかってきた。青海寺の文子からだった。彼女は昇が出るなり言った。

「テレビば見で！　『モーニングショー』で昇さんがニュースさなってる。赤ちゃんを斡旋したって」

毎日新聞の報道を受けて、テレビニュースでも流れたのだろう。昇は東京版の新聞記事を見ていなかったので、本当に一面掲載されているのかどうか不安だったが、これを聞いて確信を得た。

「心配いらねえ。すべて承知の上でやったごどだ」

「でも、違法行為だって言ってると」

「それも織り込み済みだ。問題があんのは、法律の方なんだ。それを世間にわがってもらうためにやったんだ。しっかりと見守ってでけろ」

昇は、そう言って電話を切ったが、心臓がばくばくと音を立てていた。これから起こることを冷静に受け止めなければと自分に言い聞かせた。

世の中の反響は、昇が想像していた以上に大きかった。文子からの連絡を皮切りに、事務室の電話は鳴りっぱなしだった。医院の前には、新聞やテレビの記者が押し寄せてインタビューを求めてきた。あらゆるメディアから問い合わせがあることが、全国規模のニュースになったことを物語っていた。

昇は診察中であることを理由に昼休みの午後一時過ぎに会見を開く旨をつたえていたが、患者に向き合っている間も何をしゃべるかをずっと考えていた。新聞やテレビが報じる情報は限られているので、上手にまとめなければ誤解を生む。法律の矛盾という一点に話題を集中させなければならない。

正午を過ぎて、午前中の外来診療が終了した。昇は記者たちから要望のあった会見を開く準備をしていた。その時、一本の電話がかかってきた。日母の石巻支部長からだった。彼は電話越しに声を張り上げた。

「菊田君、今すぐに医師会館まで来てくれ」

「待ってください。今から会見ばするんです」

「なにが会見だ、ふざげんでねえ！　君のせいでマスコミが石巻じゅうの産婦人科医院さも押し寄せているんだど。医師会や支部としてきちんとした回答をしねばなんねえがら、今すぐ来い！」

マスコミは、昼休みの会見まで待ちきれずに、午前中のうちに市内の別の医院へも取材に行ったのだろう。医院の中には対応に追われて仕事にならなかったところもあるに違いない。昇はやむをえず会見の中止をつたえ、医師会館へ出向いた。

医師会館の会議室のドアを開けると、石巻医師会の会長を筆頭に市内の医師十名ほどが集まっていた。産婦人科医は全員が顔をそろえており、昇が入ってくるなり会話をぴたりと止めて、目を向けた。事務の女性が、昇を真ん中の一つだけ空いている席に案内する。

医師会長は咳払いをして言った。

「みなさんに今日集まってもらったのは他でもない。今朝の新聞の件で医師会が大きな問題に直面しているからだ」

マスコミから入手したのだろう、机の上には東京版の毎日新聞が一部置いてある。

「時間がないので前置きは省略させていただく。菊田君、どういうつもりなのか、この場できちんと説明を願いたい」

思いがけずに巻き込まれた医師たちが不満を覚えるのは当然だった。迷惑を掛けたことについては申し訳なく思ったが、ここで引けばすべてが水の泡となってしまう。

昇は冷静に言った。

「先日新聞広告で赤ん坊のもらい手を探しました。それを見た全国紙の記者が話を聞きてえってことで、昨日やってきたんです。彼らから赤ん坊を斡旋する理由を訊かれたので、俺なりに事実を正直につたえたまでです」

門脇産婦人科医院の白尾が机を叩いて大きな声を出した。

「何が正直につたえただ！　新聞さよれば、菊田先生は違法行為を認めているばかりか、法律の改正の是非にまで言及してんでねえが！」

「法律の改正の重要性については、日母の支部長がいらした会合で話した通り、俺は非常に重要なことだと思っています。今のままであれば、嬰児殺しや違法な斡旋はずっとつづいていくだけなので、できるだけ早く法改正の議論を進めていく必要があります。俺としては持論を率直にしゃべったにすぎません」

「これは菊田先生一人の問題でねえべ！　他の先生方まで巻き込んでいるんだど。その重大性を理解してんのが」

「お言葉を返すようですが、今回の問題の根本にあるのは、産婦人科医が違法行為をやらなければならねえ状況にあるという現実です。だからこそ、俺だけでねくて、他の先生方の問題にもなるわけですよね。それを正したいなら、やはり法改正の議論が不可欠になってくると思います」

「屁理屈言うな！」

「屁理屈でねえんです！」

「グダグダって言ってねえで、まず石巻で起きているこの事態を収拾しろ！」

白尾は灰皿を手に取り、壁に投げつけた。吸い殻や灰があたりに飛ぶ。

奥の席で腕を組んで聞いていた元医師会長の板倉がゆっくりと腰を上げた。板倉は床に転がった灰皿を拾い上げ、温厚な口調で言った。

「まあまあ、白尾先生、落ち着きましょう」

板倉は咳払いをしてつづけた。

「白尾先生のおっしゃることはごもっともです。ただ、医師が個々に取材を受けるわけにはいがねえので、医師会としてこの件に関する公式な談話を出す必要があるでしょう。まず先に、談話の内容を決めなければなりません」

医師会長が貧乏ゆすりをしながら答える。

「談話では菊田君の主張を取り入れることはできません。医師が違法行為をやっていたなんて公式に認めるわけにいきませんからな」

昇が大きな声で反論する。

「やっていることをやっていないと嘘をつくつもりですか！」

再び白尾が立ち上がった。

「じゃあ、医師全員に刑務所さ行げと言うつもりが！」

白尾と昇が睨み合う。板倉は間に立って言った。

「そんなカッカしないで。問題はまさに、お二人が指摘するそこです。認めるわげにいがねえけど、事実としてはそれがまかり通っているってごど。つまり、否定すっことも、肯定すっこどもできない点です」

「ならば、どういう談話を出せばいいとお考えですか」と医師会長は言った。

「石巻の問題でねくて、全国的な問題にするしかねえでしょう。石巻だけの問題さすれば、みなさん一人ひとりの罪を問われでしまう」

「つまり？」

「こう言えばいいんでねえがな。菊田君の主張さは正当なところもあるし、全国の医師の中さはそうした現実に直面して選択を迫られている人もいるかもしれない。だからこそ、今後は前向きに議論をしていきたい、と。つまり、産婦人科全体の問題として、今後の検討課題にしたいって言うんです」

昇にはその場しのぎの弁明にしか聞こえなかった。だが、産婦人科全体の問題に転化してくれるのならば、目的と一致する。

板倉は昇の方を向いた。

「菊田先生、それでいいですか」

「わかりました」

白尾がこめかみに血管を浮き上がらせて怒鳴った。

「これで終わったわけでねえど！　この騒ぎは、責任を持って収めろ。わがったな！」

昇は白尾を睨み返し、この男の言うことだけは聞いてたまるか、と腹の底で思った。


その日、昇が医院での仕事を終えて自宅に帰ったのは、深夜の零時過ぎだった。

昼間の医師会館での会合を終えた後、昇は入院患者の診療をしなければならなかったが、その間もひっきりなしに問い合わせがあった。それに対応しつつ患者の診察を終えたのが午後六時。その後は石巻警察署の刑事に事情を聴かれたり、電話で大学の医局や日母から説明を求められたりして、食事どころか息をつく暇もなかったのである。

自宅の居間のテーブルには、冷たくなった夕飯が並べられており、香奈枝の字で「寝室で子供を寝かしつけています」のメモ書きが置かれていた。三人の息子のうち、長男と次男は仙台に下宿して学校へ通っていたが、小学生の三男は石巻の自宅に住んでいた。母親に寝かしつけてもらう年齢でもなかったが、今日の騒ぎでなかなか寝付けずにいるのだろう。

昇は座布団にすわって箸を手にしたが、体中がだるく食欲がわかなかった。今年で四十七歳になる体は明らかに疲れが抜けにくくなっていた。冷蔵庫から瓶ビールを取り出し、日中に事務員が書き記した電話の伝言メモに目を通すことにする。

電話を掛けてきた人の中には一般の人も多く、「よく沈黙を破ってくれた」「法律改正のためなら寄付も惜しまない」「親が見つからなければ赤ん坊を引き取りたい」といった励ましの言葉が届いていた。「あなたのような先生がいれば私も赤ちゃんを殺さずに済んだ」というメッセージもあった。

昇は毎日新聞が自分の主張通りに記事を書いてくれたことには満足していたが、何もかもがはじまったばかりだ。医師会や日母が正式な態度を表明するのはもう少し後になるだろう。警察にしても、問題の規模から、どう動くかを決めあぐねている様子だった。明日以降のマスコミの報じ方や、世論の反応によって、彼らの姿勢も大きく変わってくるはずだ。

ビールを一瓶空けたところで、香奈枝が寝室から姿を現した。子供が寝静まったようだ。

「お疲れ様でした」

香奈枝はそう言うと、テーブルのビール瓶が空になっているのを見て冷蔵庫から新しいビール瓶を取り出した。心なしか、顔に疲れが見える。彼女もまた対応に追われていたのだろう。栓抜きで蓋を開け、昇のグラスにビールを注ぐ。

「いろいろ、すまねがったな」と昇は言った。

「大丈夫ですよ。正しいと思ってやったことは、みんな理解してくれるはずです」

昇はビールを飲んだ。

「家では大きな問題はねがったが。会見を中止したから新聞やテレビが来たべ」

「記者さんたちが代わる代わるいろんなことを訊きにきたけど、私は何も答えませんでした。そうそう、何人かの記者さんが、あなたが毎日新聞だけにスクープを出したのは卑怯だって言ってましたよ」

「卑怯？」

「自分たちにも毎日新聞と同じくらい取材に協力しろってことなんでしょうね」

そういう受け止め方もあるのか、と昇は苦笑した。今後は他のマスコミともバランスを取った付き合いをしていく必要があるかもしれない。

「あと、秋田の実家から連絡があって、母が明日からしばらく手伝いに来てくれることになりました。テレビを見て、いても立ってもいられなくなったみたい。父も『昇君は立派なものだ』と電話で褒めてました」

「そっか。ありがでな」

明日以降は他社の新聞にも大きく掲載されるため、さらに忙しくなるのは明らかだ。義母が応援に来てくれるのは心強い。

　香奈枝は言った。

「それともう一つ。参議院の方からも電話がありました」

「参議院の誰だ？」

「法務委員会の人です。今朝のニュースのことが国会でも話題になっていて、もしかしたら週明けに参考人として出席してもらう可能性があるってことでした」

「参考人ってなんだ」

「このことについていろいろと質疑に答えるということじゃないでしょうか。それで週明けのスケジュールを知りたいと言われたので、わかっている範囲でおつたえしておきました。大丈夫でしたか」

「大丈夫もなにも、国会で議論をしてもらうことは願ったり叶ったりだ」

　そうは言いつつ、まさかこんなに早くに政府を巻き込めるとは思っていなかった。考えてみれば、今回の報道は日本中の産婦人科医が違法行為をやっているということであり、国も黙って見過ごすわけにはいかなくなっているのだろう。

「いざそうなっと緊張すんな」

　声が震えているのがわかった。宮城県からほとんど出たことのない自分が、国会で議員の前でしゃべることなんてうまく想像できない。

「あなたは正しいことをしているんですよね」

「俺はそう思っている」

「それなら何も心配はいりませんよ。あなたの正直な気持ちを話せばいいだけですから」

香奈枝は昇の手を握りしめた。


三日後、東京の霞が関で行われた参議院法務委員会を終え、昇は電車を乗り継いで石巻にもどった。

午後二時過ぎに石巻駅に降り立つと、改札口の先に人だかりができて大きな声が響き渡っていた。男女数人が紙のビラを配りながら、大きな声で何かを訴えているようだった。政治運動だろうか。町の若い人たちが集まって、彼らを励ますように「がんばれ!」「そうだ!」などと声を上げている。

昇は何げなく前を通ろうとして思わず足を止めた。ビラを配っている男女が掛けているタスキに「妊娠七カ月の中絶を全面禁止せよ!」「赤ちゃんの命を救え!」と書かれていたのだ。耳を傾けると、一人がこう叫んでいた。

「産婦人科医たちは嬰児を殺す殺人者だ! 即刻、殺人医師たちに刑事処罰を!」

ビラには、「菊田昇先生を支持する!」という字も見えた。毎日新聞が記事を掲載した日から約一週間、いつの間にか若者たちがこれを社会的な問題として捉え、反対運動を起こしているのだ。

奥にはテレビの撮影クルーが二組集まって、その様子を撮影していた。ニュースの映像にでもつかうのだろうか。昇は支持してくれる人がいることに嬉しさを感じる半面、自分のあずかり知らないところで運動が加速していることに不安を覚えた。余計なことには巻き込まれない方が得策だと考え、昇は顔を伏せてその場を通りすぎた。

家に帰ると、香奈枝と義母、それに十七歳になっていた長男の陽一が玄関に出てきた。義母が仙台で下宿している長男と次男が批判の的になっているのではないかと懸念して、急遽《きゅうきょ》石巻に帰らせたという。到着したばかりらしく、陽一は制服のままだった。

香奈枝は、昇の荷物を受け取って言った。

「お疲れ様です。昼食を用意しておきましたよ」

居間へ行くと、食卓の上には手の込んだご馳走が並んでいた。真ん中には昇が好きな牛肉のステーキがある。

「ビールはお飲みになりますか」と香奈枝は言った。

窓の外はまだ明るい。

「いや、夜まで止めておく。後で医院の方へも行かねばならねえし」

留守の間は外来を中止して入院患者を看護婦に任せ、緊急の時だけ仲のいい医者に診てもらうようにしていた。

「お茶を持っていきますので、お食事していてください」

香奈枝が台所へと歩いていく。昇はテーブルについて、用意されていたおしぼりで顔を拭いた。料理に箸を伸ばし、ゆっくりとそれらを口に運んでいく。どれも好物だったが、頭は参議院法務委員会でのことでいっぱいだった。

国会で行われたのは昇を詰問するというより、中絶の実態や赤ん坊の斡旋が道理にかなったことかどうかを検討するためのものだった。自民党、社会党、公明党などの政治家が質疑を投げ掛け、それに昇が答えるという形式が採られた。

昇が一貫して主張したのは、赤ん坊の斡旋は違法ではあるが、命を助けるためには他に方法がなかったという点だ。医師法では合法とされている七ヵ月の手術であっても、赤ん坊が命を宿した状態で出てくることがあり、その際は医師が手を下すのが暗黙の了解だった。自分はそうした「殺人」を避けるために赤ん坊の斡旋に踏み切らざるを得なかったのだ、と強調した。

そして、今後同じような問題が起こるのを防ぐ方法として二つの大きな提案をした。一つ目は、八ヵ月未満まで認められている人工妊娠中絶を七ヵ月未満に制限することで、手術の際に赤ん坊が早産で生まれないようにすること。二つ目は、母親の戸籍に残らない形で養子に出せる特例法を設置することだ。これらが実現すれば、医師は七ヵ月の中絶をせずに済むし、母親がやむをえず子供を産んでも戸籍を汚さずに養子に出せる。

昇には自分の主張は正しいという自負があったが、世の中の人がどこまで深刻に受け止めてくれるかは読めなかった。

香奈枝が数紙の新聞を持ってきてテーブルに置いた。

「これ、お留守の間に全国から届いた新聞です。委員会での発言に、いろんな方がコメントを寄せてますよ」

一番上の新聞には、小説家の遠藤周作が寄せたコメントが載っていた。記事にはこうあった。

〈人命尊重ということから考えて、菊田医師の行為は結構なことだと思う。法律違反というが、法律は人間のためにあるんだから改正してもいいんじゃないか。菊田医師も法律を知ったうえで、あえて踏み切られたのは、いろんな事情を深く知っての上のことだろうし、その勇気に敬意を表したい〉

学生時代に聖書研究会にいたこともあって、長らく愛読してきた作家だった。その人物にこのような言葉を掛けてもらったことで、昇の胸に安堵感が広がった。他の新聞記事に掲載されている有識者のコメントも、おおよそ赤ん坊の斡旋に対して理解を示す内容だ。

「みんなちゃんと見てくれてんだな。さっきも駅前でビラを配っているグループを見かけた。この動きは確実に全国に広がってる」

昇は腕を組んで満足げに何度も読み返した。香奈枝は言った。

「取材の依頼もひっきりなしに来ています。どれを受けるか選ぶだけでも大変そうです」

「全部受けるに決まってるべ」

「ワイドショーからの依頼も多いですよ」

「俺の主張をきちんと広めてくれるなら何だっていいんだ」

「医師会の人たちに良い印象を与えません」

「医師会が何だ。今は、これから先の数十年、赤ん坊の命を助けられるかどうがってごとなんだ。つまらねえごどを気にする必要はねえ」

「あなたは医師ですよ。医師として訴えるべきことを訴えたら、あとは政治家に任せていいんじゃないですか」

「そうはいがねえ。政治家つったって医療についてはずぶの素人だ。俺が先頭に立ってやっていがねど」

断固とした口調に、香奈枝はそれ以上言うのをやめた。

食事を終えて東京で買った土産を手にして医院へ行くと、看護婦たちが普段よりもせわしく走り回っていた。事務員たちも総出で出勤して電話を受けたり、書類を書いたりしている。休日のはずの職員の姿もあった。

事務室の入り口に立って、昇は大きく咳払いをした。看護婦や事務員たちが足を止めて目を向ける。

「忙しそうだな。今日も全員出勤してんのが」

　看護婦や事務員が顔を見合わせる。たえ子が奥から出てきて言った。

「先生、今、医院はてんてこ舞いなんです」

「どういうごどだ」

「先生の国会での発言がニュースになったことで、問い合わせが増えているんですよ」

「マスコミが」

「それだけでねえんです。今入院している患者さんの家族が心配してやって来たり、ニュースを聞いた妊婦さんが相談に来たりしてるんです。二日前と昨日にも妊婦がいぎなりやって来て、お腹の子を育てられないから養子に出してくれって頼まれました」

　訳ありの妊婦からの連絡が多少あることは予期していたが、直に病院にやってくるのは想定外だった。赤ん坊を斡旋する場合は、養親を探すところからはじめなければならないため、突然来られてもどうしようもない。

「それで、その女性はどうしたんだ」

「二人ともベッドを用意してうちで預かってます。田舎からやってきて、家さは帰れないって泣きつかれたので、受け入れざるを得なかったんです。外さは記者さんがたくさんいんので、騒がれても困りますし」

「そうが……」

その時、入り口のドアを叩く音がした。男性の声がする。

「すいません！ 先ほどの新聞社の者です！ こちらの患者さんにコメントを聞かせていただけませんか！」

たえ子が参ったというように両手を挙げて言った。

「断っても断っても、マスコミがくるんです。私たちが答えることはないと言うと、今度は患者さんさ話を聞かせろって……」

「こっちは勤務中だぞ」

「あの人だぢにはそんなこと関係ありません。それより、患者さんだぢがこの騒ぎのせいで動揺しています。予定日が迫っている患者さんもいるので、先生の方から会って声を掛けていただけないでしょうか」

昇は「わかった」と答え、ハンガーに掛けてあった白衣を着ると、階段を上がっていった。

二階は、手前の病室が一般の妊婦用であり、奥が子供を養子に出す予定の妊婦たちの部屋だった。最初は分けていなかったのだが、同室の妊婦たちが出産後もつながりを持つことが多いのを考慮して、区別することにしたのだ。

奥の病室のドアを開けると、カーテンが閉め切られて薄暗い中に看護婦が二人おり、その周りを患者たちが囲って何かを問いつめていた。看護婦の困惑した顔や、患者たちの心許なさそうな様子を見て、一連の騒動について話していたのだと察した。

昇はつとめて明るく振る舞って言った。

「みんな元気さしてだが！　東京さ行ったついでに、銀座のうまい饅頭《まんじゅう》ば買ってきたど」

紙袋をテーブルの上に置いて、饅頭の入っている箱を開ける。江戸時代からつづく老舗《しにせ》の名物だった。昇は饅頭を取り出して病室の患者に配ったが、一様に浮かない顔をして口数が少ない。

「ほら、食べてみろ。滅多に手に入らないものだど」

昇がわざと大きな口を開けて食べたが、患者たちはほとんど見ていない。

しばらくして、三十代前半の妊婦が重い口を開いた。

「先生、ちょっとだけいいですか」

彼女は離婚後に妻子ある男と肉体関係になって結婚の約束までしていたのだが、妊娠してから「やはり妻とは離婚できない」と言われて捨てられた。だが、お腹の赤ん坊は中絶可能な時期を過ぎてしまっており、昇のところで出産してよその夫婦にあげることにしていたのである。

「私は赤ちゃんを養子さ出すためにここさ入院しています。でも、新聞の報道があってからというもの、取材の人が朝から晩まで医院を取り巻いてるし、警察官も見回りさ来ています」

彼女は毛布の端を握りしめてつづけた。

「先生に訊きてえんです。おら、この医院で赤ん坊を産んで、養子に出せるんだべか」

「どういうことだ？」

「だって、おらが産んだ子を別の両親にあげるのは違法なんだべ。こんなに注目されている中でやったら、おら、逮捕されることになんでねえべかって、すごく心配なんです」

目が涙で潤んでいる。自分がどうなるか不安で仕方ないのだろう。

隣のベッドから別の女性のすすり泣く声が聞こえてくる。その女性も声を詰まらせながら言った。

「養子さ出せねぐなったら、おら、どうすればいいんだべ……。もう、子供と心中するしかねえ……」

通り魔に襲われて妊娠した二十歳そこそこの女性だ。

昇は二人のむせび泣く姿を見ながら、今回の騒動が妊婦に掛けている負担の大きさを改めて感じた。

「みんな安心してけろ。誰に何と言われようとも、俺はここで赤ん坊の斡旋をする。それはかならず約束する」

「でも、警察に違法だって言われたらどうすればいいんだべか」

「絶対にそんなことはさせねえ。今のところ世論は俺の味方だし、俺を捕まえれば他の医者も捕まえなければならねぐなる。だから、この問題が注目を浴びている間は、見過ごしてもらえるはずだ」

「話題にならなくなったら、どうなるんですか」

「その前に、実子特例法を成立させればいいんだ。合法さなれば何の問題もねんだ。俺は一分一秒を惜しんで尽力すっから、安心して丈夫な赤ん坊を産んでけろ。それがみんなの役割だ」

女性は険しい表情のまま言った。

「おら、先生ば信じます。よろしくお願いします」

他のベッドにいた妊婦たちも、つられるように頭を下げて「お願いします」と口をそろえた。昇は改めてできるだけ早く特例法を成立させなければ、と思った。

五月五日の「こどもの日」、石巻の町には、たくさんの鯉のぼりが潮風に吹かれてなびいていた。民家、商店、学校、神社、子供の有無は関係なく、どの家も門に大きな鯉のぼりを飾り、町の子供の成長と幸せを祈るのが町の習わしなのだ。漁師の家の中には、鯉のぼりの代わりに、大漁旗を飾っているところもあった。

この日は土曜日だったこともあって、医院の午前の診療を終えた後、昇は看護婦たちとともに日和山にある鹿島御児神社へお参りに行った。毎年、医院で生まれる子供たちの健康と幸せを願うのが慣習となっていた。

昇たちは参拝を終えた後、昼食を取るために神社の片隅にあるベンチに腰を下ろした。香奈枝が重箱に入った弁当を持たせてくれていた。神社の広場にはお参りに来た親子が写真を撮ったり、子供たちが追いかけっこをしたりしている。

看護婦の一人がつぶやくように言った。

「今年はいろいろあったけど、〝特例さん〟も踏ん張ってくれたな」

「特例さん」とは養子に出す赤ん坊を出産する母親の呼称だった。特例法の成立を願い、誰からともなく彼女たちのことをそう呼ぶようになっていた。

別の看護婦が言う。

「そうだな。あんな騒動の中でみんなしっかり産んでくれるんだもの。赤ちゃんを何とか幸せにしてやらねえど」

神社の敷地にある松の木に、三人の兄弟が裸足になって登っていた。紙でつくった鯉のぼりを背中に差している。

隅にいた助産婦の大村聡子が口を開いた。

「ちゃんとしたお父さんお母さんが見つかれば、赤ちゃんはかならず幸せになりますよ。それは私の体験からも断言できます」

聡子が引き取った男児は、小学生に成長していた。

「うちの息子は、私たち夫婦のことを実の両親だと思っていますし、私たちも実親と変わらない愛情を注いでいます。いつかは真実を打ち明ける日がくるでしょうけど、お互いの関係は実の親子と同じなんです。赤ちゃんの斡旋には、何も悪いごとはない。それをわかってくれれば、かならず特例法は成立するはずです」

「そうね。それまではマスコミに囲まれたり、変なこと言われたりすっかもしれないけど、赤ちゃんのためにがんばらねばなんねな」

昇は嬉しさで口元を緩めた。医院の職員は赤ん坊の斡旋からマスコミ対応まで、他の医院とは比べものにならないくらい大量の仕事に追われている。にもかかわらず、こんなにも心を一つにしてくれているなんて。

背後から、昇を呼ぶ声が聞こえた。見ると、旧友の岩坂が着物姿の子供たちを連れて立っていた。神社でお参りをした帰りのようだ。

岩坂は言った。

「昇、産婦人科医の集まりには出なくていいのが？」

子供たちの声が響いている。昇は答えた。

「なんだ？　集まりって」

岩坂が怪訝な顔をする。

「知らねえのが」

「だから何のことだって。今日は集まりなんてねえど」

「だったら、昇だけが教えられてねえんだよ。今、医師会館で産婦人科医が集まって話し合いしてんぞ。例の斡旋事件についでだ」

看護婦たちの箸を持つ手が止まる。

「なんで、俺のいねえどごろで、そんな話さなってんだ」

「ここ数日、駅前でチラシを配っている若いグループのこと知ってっか？『菊田先生を支援する石巻市民の会』って名乗って昇を支持してる連中だ」

「一度見たごどはあっけど、名称は初耳だべし、面識もねえ」

「奴らは今回の件で昇を大いに賞賛する一方で、他の産婦人科医は赤ん坊を殺している悪徳医師だってチラシさ書いて配ってる。他の産婦人科医たちはさすがに見て見ぬふりはできねえってごどさなって、今日集まって対応を練っているらしい」

昇は看護婦たちに知っていたかと尋ねたが、全員が首を横に振った。

「この通り、俺らは駅前の連中のことには無関係だ」

「それは昇の言い分で、他の先生はそうは受け取らねえがら気をつけろ。あいづらさしてみれば、おめがあんな事件を起こしたせいで、自分だちがいらぬ批判ば受けることになったんだって考えるのが普通だべ。今日、おめを除いて集まっているのも、そのためなんでねえのが？」

言われてみれば、ここ何日か産婦人科医たちに避けられていた。道ですれ違って挨拶をしても顔を背けられたり、東京土産を渡しにいっても居留守をつかわれたりしていた。国会で発言したことについても、地元の医師からはまったく反応がなかった。裏で、予期せぬ事態が動きだしていたのだ。

「参ったな」と昇は言った。

「慎重に事を進めた方がいいど。石巻の産婦人科医として連判状を作成して、日母の宮城県支部さあげるっていう話も小耳に挟んだ」

「連判状って何だ」

「昇の処分を求めるもんでねえが。それが行われだら、おめは公の場で釈明をしなければならねぐなんだど」

昇は腕を組んで押し黙った。あずかり知らないところで、最大の理解者になってくれるはずの産婦人科医たちとの間に大きな亀裂ができてしまっていたのだ。松の木を見上げると、黒いカラスの群れがしゃがれた声を上げて飛び回っていた。

仙台にある日母宮城県支部から呼び出しを受けたのは、十二日後のことだった。

この日、昇は午前中の診療を終えると、昼食もとらずに石巻駅から電車に乗り、仙台へ向かった。春の日が射し込む車内は家族連れでにぎわう中、昇は眉間に皺を寄せて腕を組んでいた。神社で岩坂に忠告されて以来、頭の片隅で覚悟していたことだったが、まさか本当に医師の側から反発を受けるとは思ってもいなかった。

事の経緯はこうだった。石巻の産婦人科医たちは、赤ん坊の斡旋事件が表沙汰になったばかりの時は静観する構えだった。だが、民間人が報道を受けて「菊田先生を支援する石巻市民の会」という組織を結成し、駅前など目立つところで大々的に昇への支持を表明するとともに、後期中絶を行う産婦人科医たちを糾弾し、メディアも盛んにそれを報じた。

石巻の産婦人科医たちは、この状況に危機感を募らせた。その急先鋒が門脇産婦人科医院の白尾だった。彼は昇の勝手な行動によって自分たちが批判にさらされているのは不当だとして、医師たち全員を説得して昇の言動に問題があるとする連判状をつくり、日母宮城県支部に提出して対処を求めたのだ。

県支部はそれを受けて協議を行い、「菊田事件処理小委員会」を発足させ、事件の検証を行うことにした。特に問題とされたのが、昇の主張によって日本の産婦人科医全体が誹謗中傷の的になっていることだ。メディアや民間団体の中には、産婦人科医が殺人者であるかのように言うところまで出てきており、このままでは政治や警察が介入してくることも考えられる。

委員会は、これ以上放っておけば医師の存在や医院の経営の根幹を揺るがす事態になりかねないとして、事態の鎮静化に向けて動きだした。そして、問題を起こした本人である昇を医師会館に呼んで、事情聴取を行うことにしたのである。

仙台駅を降りると、車の排気のにおいが混じる乾燥した風が吹きつけてきた。石巻とは違って潮の香りがまったくせず、どこまでもコンクリートのビルが重々しく連なっている。住んでいた頃には思わなかったが、人の数は多いのに、なぜか町全体によそよそしい空気がある。

宮城県医師会館は駅から真っすぐに青葉通をいったところに建っていた。入り口の前に、女性職員が立って待っている。宴会の席で何度か言葉を交わしたことがあったが、彼女は目を合わせようとせずに事務的な口調で「こちらへ」とだけ言って背を向け、昇を広い会議室へと案内した。

会議室は煙草の煙で白んでいた。県支部の幹部や菊田事件処理小委員会のメンバーたちが落ち着かない様子で煙草を吸っていたのである。彼らは昇の顔を見ると、渋い表情をしてコの字に並べられた席へとつき、また新しい煙草に火をつける。

女性職員は昇を真ん中の椅子に案内し、一礼して会議室から出ていった。まるで裁判の証言台だ。

議長を務める禿げた背の低い医師が咳払いをして言った。

「遠路はるばるおいでくださり、ありがとうございます。私が宮城県医師会に設けられた菊田事件処理小委員会の議長を務める、仙台上里医院の上里彰《うえざとあきら》といいます。先生方みなさまお忙しいので、早急にはじめさせていただきたいと思います」

昇は「わかりました」とバッグを床に置いて、ペンとノートを取り出した。議長は言った。

「先月、菊田先生は赤ん坊の斡旋を違法に行っていることを新聞で公表しました。前提として、あれは先生一人の意思で行ったということで間違いありませんね」

はい、と昇は答えた。

「その後、先生は国会で個人的な発言をしただけでなく、マスコミの前でも産婦人科医として様々な発言をしています。まず、どのような理由でそうしたのかを説明してください」

昇は姿勢を正して、赤ん坊の斡旋を公にした経緯から取材対応の内容について話した。それは、これまでくり返し述べてきた人工妊娠中絶の矛盾に対する指摘であり、現状を改善するには法改正をするしかないという主張だった。

同じ産婦人科医であればわかってくれるはずというのが昇の気持ちだったが、会議室の医師たちの反応は正反対だった。副議長の医師は苦々しい表情で感想を述べた。

「私の意見を申し上げれば、菊田先生の考え方は、あまりに浅はかだと言うほかありません」

「浅はか……」

「まず、医師が今回のような斡旋をすることは違法です。ましてやそれを新聞広告で行うなど愚の骨頂でしょう」

「そこだけ見ればそうかもしれません。でも、赤ん坊を殺すか、生かすか、という選択肢の中ではやむを得ないことであって」

「それは、先生が勝手に二つしか選択肢がないと思い込んでいるだけです。大前提として医師はきちんと医師法に従って業務を遂行しなければなりません。赤ん坊を殺めることも、斡旋することも違法なんです。みんなが先生みたいに軽々しく法を破って、何か問題が起きたら、先生はどう責任を取るつもりですか」

「問題とは何ですか」

「そういう質問が浅はかなんです。たとえば、斡旋した赤ん坊に後で遺伝疾患が見つかって、引き取った親が何年か後に『こんな子を育てられない』と言いだしたらどうするつもりですか。その赤ん坊は誰が育てるんですか」

昇は言い返すことができなかった。すでに障害児は一人生まれて似たようなことが起きており、遅かれ早かれそうした事態には直面するはずだ。ゆえに、昇はできるだけ早く特例法の成立を目指しているのだが、そうした細かいことを後回しにして斡旋をしてきたのは事実だった。

副議長は畳みかけた。

「養親の問題だってあるでしょう。もし養親に経済的な問題が起きて子供を育てることができなくなったらどうするつもりですか。あるいは、養親が暴力をふるって子供を殺してしまったら、斡旋した人間の罪は問われないのでしょうか。こうして一つひとつ考えていけば、簡単なことではないのは明らかです」

「それはわがってます。だから今回この問題を提起して、みんなで議論していこうと……」

「先生は議論をする前に、百名以上の赤ん坊の斡旋をしたんですよ。今私が問題視しているのはその部分です。先生はご自身の行為を間違っていなかったと断言できるんですか」

是が非でもこちらに非を認めさせるつもりなのだろう。

委員会のメンバーの老医師が立ち上がった。

「菊田先生の過失は明白ですので、そろそろ話を具体的にどうするかということに移しましょう。まず、こちらをご覧ください」

そう言って机の上に一枚の紙を置いた。それは石巻駅の前で「菊田先生を支援する石巻市民の会」を名乗る団体が配っていたチラシだった。石巻の医師たちが連判状を出す際に参考資料として提出したものに違いない。

「このチラシには見当違いで、見逃すことのできない中傷が書かれています。赤線で囲った箇所をお読みください」

チラシに目を落とすと、「中絶をする悪質な医師　法を超えた善意の医師」「赤ちゃん殺しの医師と、赤ちゃんの生命を一生懸命に守った医師と、どちらが立派でしょうか？」といった文字が目に入ってきた。

「おわかりになると思いますが、チラシには産婦人科医を批判するような言葉が多数書かれています。それが町で堂々と配られれば、産婦人科医がどれだけの損害を受けるか想像できますよね」

「俺はこの団体とは何の関係もありません。チラシを読むのも初めてです。この人たちが勝手にしているごどです」

「本当にそう言えますか？　彼らは先生の影響を受けてこういうチラシを配ったんじゃないですか」

「どういうごどですか」

「先生は国会でこう発言しています。『七ヵ月、八ヵ月の人工中絶ということはイコール殺人なんです』と」

「そ、それは……」

「この団体は先生の発言を受けて、我々医師を殺人者呼ばわりしています。だとしたら、先生が彼らと無関係だというのは理屈に合わないんじゃないでしょうか」

たしかにそう発言した記憶はあった。国会という場で、議員から矢継ぎ早に質疑を投げ掛けられたことで、気がせいて思わず表現が過激になってしまったのだ。

「言うには言いましたが、あれは政治家の先生方にわかりやすくつたえようと思っただけで……」

「先生がどういうつもりだったのかなんて関係ないんです。少なくとも現在の法律では七ヵ月の中絶は合法であって殺人ではありません。それなのに、先生は間違った発言をした。それによって一般の人は、産婦人科医を殺人者のように捉えている。それは、石巻だけでなく、日本全国の産婦人科医に対する冒瀆《ぼうとく》です。先生の誤った認識と発言が、全国一万人以上の産婦人科にかかわる医師に汚名を着せたんです！」

殺人だと発言したことで世論に誤解を与え、他の産婦人科医に迷惑を掛けたのだとしたら、自分にまったく無関係だと言い切ることはできない。

何人かの医師たちが、勝利を確信したように一斉に新しい煙草をくわえて火をつける。

「申し訳ありません。その点に関してはうかつでした」

「ここで謝ったって全国の産婦人科医の名誉が回復されるわけではありません。先生がやらなければならないことは別にあるでしょう」

昇が顔を上げる。老医師は他の医師たちを見回してから言った。

「きちんとご自身の過失を公に認めることですよ」

「公に認める……」

「正当な中絶を殺人だと中傷したこと。駅前で配られたビラで他の産婦人科医の名誉を傷つけたこと。そして斡旋が軽率な行為であったこと。それらを先生の名前できちんとつたえるのです。それが、今やるべきことです」

新聞に謝罪広告を出して、産婦人科医の名誉を回復しろということだろう。せっかく盛り上がっている議論に水を差すことになりかねないが、拒めば日母から厳しい処分を下される。

仮に日母から除名されるようなことがあれば、中絶手術をするのに必要な定期研修を受けることができなくなり、医院の経営の柱である初期中絶ができなくなる恐れも出てくる。彼らはそれをわかった上で強気に出ているのだ。

「謝罪すれば、許してもらえるんですね」

「許すも何も、それが最低限すべきことだと言っているんです。間違った発言をして同業者を貶《おとし》めていることを自覚してください」

「わかりました……。できるだけ早く対処するようにします」

昇は深々と頭を下げたものの、屈辱と怒りで顔が紅潮していた。なぜ日母は赤ん坊を救うことではなく、自分たちの立場を守ることに心血を注ぐのか。奥歯で悔しさを噛みしめた。

五日後、石巻日日新聞に、昇の謝罪広告が掲載された。日母宮城県支部での話し合いの通り、国会での不用意な発言で誤解を与えたことを認め、産婦人科医に迷惑を掛けたことに対する謝罪文を掲載したのである。宮城県支部の幹部に裏切られた気持ちだったが、これで産婦人科医の協力を得て活動を広めていければと思っていた。

謝罪広告を出した後も、地元の産婦人科医たちは昇に対する冷ややかな態度を崩さなかった。謝罪文の内容に関しては完全に無視。ほとんどの者が相変わらず話し掛けてもこなかったし、医師会の定例会の席で誰からも目を合わせてもらえないこともあった。

困ったのは、病院を不在にしている時の応援を断られることだった。事件のせいで、昇は人工妊娠中絶に関する勉強会や検討会に呼ばれて地方へ出かけることが度々あった。医師会の協定で、担当医が不在の間は近所の別の産婦人科医が患者を診ることになっていたのだが、事件以来、昇が頼んでも何だかんだ理由をつけて断られるようになった。

昇は何度か電話で声を荒らげた。

「患者の健康にかかわるごどなんだど！　医者なら俺に対する私情とは別に、患者の体を第一に考えでけろ！」

だが、相手の医師は手術があるだの、法事に参加しなければならないだのと言って首を縦に振らない。

「用事が丸一日かかるわけねえべ！　俺への嫌がらせが」

「どうとでも受け取れ。何にしてもおらは無理だ」

そう言われて電話を切られてしまうのだ。昇はやむをえず、仙台から大学病院時代の同僚に来てもらったり、岩坂など産婦人科医以外の医師に応援を頼んだりしなければならなかった。

このままでは、いつか一大事に発展しかねない。その思いを強くしたのは、九月に入って間もない日のことだった。その日の夕方、昇は医院の分娩室で難産の母親の対応に当たっていた。妊娠中毒症を起こして予断を許さない状況だった。そんな分娩室に婦長のたえ子が駆け込んできた。

「先生、新しい妊婦さんが来ました。急患です！」

「今は手が離せねえ。後だ」と昇は答えた。

「そうでないんです。もう生まれてるかもしれないんです。一刻を争います」

自分一人でなんとか切り抜けなければなるまい。

「わがった。少しだけ見に行ぐ。看護婦二名はこごさ残って患者さんを見でてけろ。何かあったらすぐに呼びに来い」

分娩室にいた看護婦が「はい！」と口をそろえた。昇は患者を看護婦に預け、手術用手袋をつけたまま分娩室を飛び出した。

玄関の前には、タクシーが止まっていて、後部座席には二十代の女性が倒れ込むようにすわっていた。たえ子の話によれば、ここへ来る電車の中で産気づいて痛みが激しくなり、駅からタクシーで直行してきたという。女性は破水して下半身がぐっしょりと濡れていた。

「大丈夫が。動げっか」

女性はか細い声で答えた。

「す、すみません。神奈川県から来ました……。どうしても育てられない赤ちゃんだったから先生にお願いしようとしたんですが……。電車の中で、痛みがどうにもひどくなってしまって……」

昇はたえ子とタクシー運転手の力を借り、女性を担架に乗せて診察室へと運んだ。ベッドに寝かしてスカートとコルセットを外したところ、昇は絶句した。下着の中から、ゼリー状になった血の塊とともに、臍の緒がつながった赤ん坊が出てきたのだ。お腹をきつくしめていたため、本人も気がつかないうちに出産してしまっていたようだ。慌てて赤ん坊を抱き上げたが、呼吸も心拍も停止している。

「ダメだ。もう死んでる……」

死産、もしくは窒息死だろう。女性は何も言わずに顔をそらしていた。

昇は赤ん坊の死体をベッドに置き、自分一人で医院を回していくことの限界を感じた。赤ん坊の斡旋事件が話題になって以来、赤ん坊を養子に出したいという女性の数は急増していた。その中には、陣痛がはじまって飛び込んでくる女性だけでなく、アパートで産んだ赤ん坊を風呂敷につつんで電車に乗って運んできた女性もいた。地元の医師の協力がまったくない中で、こういう案件が増えれば、近いうちに大惨事に発展するだろう。

たえ子が昇の胸中を察して言った。

「先生、今が辛抱の時です。特例法ができれば、こんなことは二度と起きずに済むんですから」

昇は赤ん坊の死に顔を見つめて「そうだな」と答えるのが精一杯だった。

それから数日後のことだった。昇のもとに一本の電話がかかってきた。日母宮城県支部の支部長である吉井康幸だった。日母の会長から事件に関する伝達事項が送られて来たので、会って直接その内容を告げたいということだった。吉井の方から日母本部の人間を伴って石巻まで来るという。

昇は受話器を持ったまま言葉に詰まった。日母の本部からは事件の直後に「生命尊重の心情には敬意を表する」という声明を出してもらっていたし、県支部との関係も謝罪広告を掲載して和解に至っていたはずだ。それでもわざわざ石巻まで足を運ぶというのは、何か重大な用件があるからなのだろう。

その日は、前日から降り注ぐ雨のせいで町全体が濡れそぼっていた。昇は長靴を履いて、水溜まりを避けながら指定された駅前の喫茶店へ向かった。クラシック音楽の流れる店内の六人掛けの席に、吉井が本部の幹部と並んで待ち構えていた。吉井は昇が挨拶するのを遮って、椅子にすわるよう指示した。ウエイトレスがコーヒーを運んでくるのを待ってから、昇は切り出した。

「今日はどのようなご用件ですか」

吉井が不愉快そうに答える。

「君は我々の質問にだけ答えたまえ」

封筒から一枚の紙を出し、テーブルの上に置いた。日母本部の会長からのものらしい。

「ここには、今回の事件について会長が君に確認したいという事項が記されている」

「確認、ですか」

「そうだ。会長は、君が国会やメディアでしている発言が、日母の指針から大きく外れていることを懸念されている。このままでは日母全体が誤解されかねない。今後日母としての対応を決めるが、その前に四つの点について明らかにしておきたいそうだ」

昇は喉に嫌な渇きを覚えてコーヒーを飲んだ。苦い液体が喉をつたっていく。

吉井は老眼鏡をかけ、会長の印が押された紙に目を落とした。

「まず確認するのは、君が言っている特例法についてだ。日母としては法の改正が必要だと言ったことはないが、君はあくまでそれを主張しつづけるのか」

「今回、新聞社に事実をつげたのは、養子に関する特例法が必要だと思ったことが一つにあります。これができれば、多くの女性が困難な状況から脱せるはず……」

「端的に答えたまえ。今後も特例法の成立に向けて活動をするのかと訊いているんだ」

「はい。そのつもりです」

本部の幹部が大きく舌打ちした。吉井も眼鏡の隙間から睨むような目をする。

「二番目の質問をする。君は未だに違法な赤ん坊の斡旋をしているらしい。今すぐ中止するのが筋だが、それについてどう思ってるんだ」

「たしかに違法ですが、未熟児として生まれてきた赤ん坊を殺すのだって違法です。子殺しか、斡旋かと言われれば、今後も俺は斡旋を採ります」

「今後も違法行為をつづけるという回答でいいんだな」

「やむをえない斡旋はするということです」

「同じことだ」

今度は目を合わせようともしない。

「三番目の質問だ。君がこの事件に関する手記を出そうと目論んでいると聞いている。今それをすれば、誤った見識を世に広めることになりかねない。中止すべきだと思うが、どうだ」

少し前に東京の出版社から本の執筆依頼を受けており、昇は自分の考えを世につたえ、特例法成立に向けての運動を加速させるためのいい機会だと考えて引き受けていた。その話が本部につたわったのだろう。

「出版は、俺の意思を正確に世の中につたえるためです。あくまで自分の意見を言うだけです。言論の自由は憲法で保障されているはずですが」

本部の幹部が、「ぬけぬけと」とつぶやいて言った。

「四番目の質問は私から訊かせてもらう。君は日母がもっとも重要にしている法律の遵守や団結をかき乱そうとしているらしい。場外戦なら、一人でやるべきじゃないのか。つまり、日母を退会してやるべきことじゃないのか」

本部は昇を日母から出ていかせたがっているに違いない。だが、退会すれば、昇は現場にいる産婦人科医としてこの問題に取り組んでいくことができなくなる。あくまで当事者として問題提起しなければ説得力がないのだ。

昇は声を震わせて答えた。

「これは産婦人科医全体の問題です。ならば、きちんと日母とか学会として見解ばまとめて取り組んでいくべきことだと考えています」

「そう考えているのは君しかない」

「今はまだ声を上げていないだけです。俺と同じ悩みを持っている人は大勢いるはずですし、そういう声が集まって大きな波になっていくのは確実です」

「君の妄想だ」

「妄想なんかじゃねえんです。現状から目をそらしていることの方がおかしい。俺は自分のやってることに恥ずべきことは一つもねえど思っています。だから、日母を退会するつもりはありません」

吉井が老眼鏡を外して呆れた顔をした。

本部の幹部は言った。

「君の意向は理解した。最後に一つだけ警告しておく。日母としては今回の回答を踏まえた上で君の処遇を考えるがいいか」

「俺は日母に対して違反行為をしているつもりはありません。少しでも状況を改善したいだけです」

「違法行為をして、日本全国の産婦人科医を『人殺し』呼ばわりして、よくそんなことが言えるな。いずれにせよ、我々としては日母からの除名も含めて処分を検討する。そのつもりでいたまえ」

本部の幹部はそう言うなり立ち上がり、喫茶店から出て行った。吉井が慌てて紙と封筒を手にして後を追う。静まり返った店内で、昇はいつしかズボンを握りしめていることに気がついた。ズボンは手汗で黒いしみができていた。

喫茶店を出た後、昇は医院に帰る気にはなれず、港へ行って物思いにふけっていた。海沿いの工場からはどす黒い煙がもくもくと上り、汚水が流れ込む海水は濁ってヘドロのような臭いがする。かつては魚が飛び跳ねていた透明な湾も、今は公害による汚染が進み、海水浴どころか、釣りさえできない状態になっていた。

昇は巨大なドブのような海を前に、何度もため息をついた。粘土のような色をした海面には魚や虫の死骸が浮かんでいる。

その時、後ろから昇を呼ぶ声が聞こえた。ふり返ると、文子の夫が法衣《ほうえ》を着て立っていた。その後ろには町の女性が五人立っている。

彼は言った。

「昇先生、お久しぶりです。ここにおったんですね。ご自宅に伺ったんですが、奥様から外出中だって聞かされたものですから、捜してたんです」

「何だ、俺に用が」

「実は彼女たちが昇先生にどうしても会いてえって言いだしたんで連れてきたんです」

彼は女性たちを指さした。よく見ると、そこにいたのはかつて昇が中絶手術を施した患者たちだった。

「昇先生は前にうちの寺に水子地蔵をつくってくれましたよね。彼女たちは定期的に拝みに来てくれているんです」

無縁墓の隣に水子地蔵が建てられたという話が広まり、中絶や流産の経験がある女性たちが自然と集まるようになったという話は文子から聞いていた。ある者は毎日のように、ある者は祥月命日の度にやってきては手を合わせているのだそうだ。

「新聞で斡旋の事件が報じられてから、彼女たちは昇先生のことを心配してました。先生の厚意が間違った形で受け止められるんじゃないか、警察が動き出すんじゃないかって。特に先生に対する反論記事が掲載された時はそうでした。それで、先生に一度会って話をしたいって相談されたんです」

新聞は最初こそ昇に好意的だったが、最近は日母や医師会の反論も大きく載せるようになっていた。彼女たちはそれを心配してくれたのだろう。

彼は「あんだたぢも話せ」と女性たちを促した。一人の女性が恥ずかしそうに前に出てきて言った。

「先生、その節はありがとうございました。おらのこと、覚えてますか」

「あんだは……」

顔を見て驚いた。昇が真冬に初めて手をかけて殺した赤ん坊の母親だったのだ。

「覚えていてくださってだようで嬉しいです。お陰様で、今は新しい男の人と結婚し、つい先日赤ん坊も生まれました」

「そうが。幸せにやってんのが」

「今回の事件がニュースになって以来、ずっと先生のことを気に掛けていました。町の産婦人科の先生の中には、昇先生の悪口ば言っている人がいっけど、先生が妊婦のごどを考えて赤ちゃんを斡旋していたごどはわがってます。でも、それをあんまり強く言うと、おらが中絶したって知られてしまうから言えねがった」

「あんたが気に掛ける必要なんてねんだ」

「それは違うべ。先生が斡旋をはじめた切っ掛けの一つは、おらの赤ん坊を死なせたごどだべ。新聞のインタビューでそう言っているのを読みました。先生は、おらのせいで長い間苦しんで、斡旋をはじめた。だどしたら、今回のことはおらのせいでもあると思ってるんです」

彼女はつづけた。

「赤ん坊のことでずっと苦しんできました。何年間も、赤ん坊の産声が耳に残っていて、先生が青海寺に水子地蔵をつくったと聞いてからは毎日のように出かけて供養をさせてもらってます」

「そうだったのが」

「おらみたいなつらい思いをする女の人を一人でも減らしてやりでえど思ってます。そのためには、先生が今やっている斡旋を合法さして、もっと広く行っていがねばならねど思うんです。先生が目指していることは、絶対に実現してもらわなくてはならね。それがおらの望むごどなんです」

昇は感動で鳥肌が立つのを感じた。あの時の女性が自分の知らないところでそんなことを思い、応援してくれていたなんて。

彼女は言った。

「先生、負けねえでください。先生のしていることは間違ってねえ。絶対に正しい。いつかそれが証明されるはずです。だから、がんばってください！」

他の女性たちも一緒になって「私も同じ気持ちです」「できることがあればします」「応援させてください」などと言いだす。みんな昇に人生を助けられたという思いがあるからこそ、四面楚歌の昇をなんとか励ましたいとやってきたのだろう。

文子の夫が言った。

「今日ここさ来られなかった女性たちも、先生のことを支持しています。そのうちの何人かからは手紙ももらってきました。これです」

差し出されたのは五通の手紙だった。名前は伏せられていたが、異なった書体で「署名や上申書が必要なら何でも書きます」「菊田医院を妊婦の友人に勧めています」などと書かれていた。

昇は目から熱いものがこぼれるのを感じた。

「嬉しいよ。本当に嬉しい。みんなのために精一杯がんばっから」

母親たちが歩み寄り、手を握りしめて「応援してますから」と口々に言った。

第七章　反発

昭和五十年の正月、石巻にはいつにも増して内陸側からの乾いた風が吹き荒《すさ》んでいた。そのせいもあって市内では民家の火災が相次ぎ、連日消防団が数時間おきに地域の見回りに出ている。

菊田産婦人科医院では、年末年始の区別なく、昇が白衣を着てせわしく動き回っていた。例年は医師会の同僚や、市議の人たちが新年の挨拶に代わる代わるやってくるのだが、今年は斡旋事件の影響で来客はほとんどない。

日母の昇に対する処分の決定は、もう一年以上も先延ばしにされていた。東京では国会議員が超党派で実子特例法に関する勉強会を開き、地方の議会でもこの問題が盛んに取り上げられていたことから、厳しい決断を下しかねていたのかもしれない。

三が日を過ぎて間もなく、NHKの撮影クルーがドキュメンタリー番組の撮影のために医院にやってきた。撮影の依頼が届いたのは、一ヵ月ほど前のことだった。札幌市議会で実子特例法に関する意見書が採択されたことで、赤ん坊の斡旋の実態を撮影して放送したいと言われたのだ。

昇にしてみれば願ってもない話だった。斡旋が全国的な話題になってから一年半が経ったものの、法改正への具体的な道筋はまだ見えていなかった。ここ半年は報道されることも少なくなり、医師の間ですら話題になることが減っていた。

世間から忘れられれば、日母はここぞとばかりに自分に除名処分を下してくる可能性もある。何かしら手を打たなければならないと考えていたところに、ドキュメンタリーの話が来たので、それを承諾して妊婦に協力を仰いだのである。

　手術室に集まったディレクターやカメラマンはお産に立ち会うのは初めてのようだった。妊婦が体を反り返らせて叫ぶ様に怖気《おじけ》づき、近づこうともしない。時折、昇がふり返って言う。

「おい、もっと近くで撮らねえで大丈夫なのが？」

　彼らはへっぴり腰で一、二歩近づいてくるだけだ。昇が小さな声で「どこでも男つうのは頼りさならねもんだな」と言うと、看護婦たちがクスクスと笑う。

　昇は妊婦に囁いた。

「もうちょっとの辛抱だがらな。すぐに元気な赤ん坊が生まれっから。絶対に、産んでもらったことをありがたく思う日が来っからな」

　妊婦は息を切らし、「はい」と言う。男性カメラマンは、ハンカチでしきりに汗を拭く。

　分娩室に入ってから一時間ほど経って、無事に赤ん坊が生まれた。見るからに元気そうな女の子だった。昇は赤ん坊に産着を着せて母親に顔を見せた後、分娩室から連れ出して隣の自宅へと向かった。

　昇がカメラマンたちとともに訪れたのは、一階にある応接間だった。この部屋には、赤ん坊を実子として引き取る予定の三十代後半の女性が、夫とともに今か今かと待ちわびていた。

この二カ月、女性はお腹にタオルをつめて妊婦と偽り、一週間前からは偽装入院をしていた。

女性は昇の腕に抱かれた赤ん坊を見るなり破顔した。

「生まれだんですね！」

「めんこい子だ」

駆け寄っていく。昇が「ほら」と赤ん坊を差し出す。彼女は抱こうとしたものの、思い留まっておずおずと言った。

「本当の母ちゃんは？」

「もう別れを済ませた。この子はもうおめだぢの子だ」

「おらだぢの子……」

「そうだ。ほら、抱っこして顔見せてやってけろ」

女性は手を出して、ぎこちなく赤ん坊を抱きしめる。赤ん坊特有の甘い香りがあたりに漂う。彼女が頭をゆっくりとなでると、赤ん坊は体温を感じるのか、体をくっつけようともがく。

「この子の名前は決めたのが」

「はい。数子と名付けます」

夫と顔を見合わせて恥ずかしそうに顔を赤らめる。長らく不妊治療をつづける間に、夫婦で何度もこの日を夢見ながら名前を考えてきたに違いない。

「いい名前だな」

女性は「数子。お母ちゃんだぞ」と囁く。赤ん坊が反応するように身をよじる。看護婦に促され、隣にいた夫も赤ん坊の背中をさする。

ディレクターが、昇に向かって少しインタビューをさせてくれと頼んできた。番組用にこれまでの経緯を説明してもらいたいらしい。昇がうなずくと、ディレクターはマイクを向けて質問を投げ掛けてきた。

「この赤ん坊がどうやって養子に出されることになったのか、説明していただけませんか」

昇は夫婦を一瞥して答えた。

「この赤ちゃんの実母は、九州さ暮らす二十代半ばの女性です。相手の男性は一年ほど前に彼女と結婚の約束をして結納したにもかかわらず、別の女性と逃げて行方がわがらねぐなってしまいました。実母はすでに彼との間に赤ん坊を身ごもっていたため、いったんは中絶を考えて病院へ行ったんですが、そこでよその赤ちゃんの泣き声を聞いて『殺せねえ』と思った。そんな時に、たまたま雑誌でうちの医院のことを知って、他の夫婦に大事に育ててもらえるならと考え、ここさ来たんです」

「ということは、菊田先生がいなければ、中絶されていた、と?」

「彼女が中絶の相談へ行った時、お腹の赤ちゃんは八カ月さなっていました。もし中絶するとなれば、違法で母体にも大きな危険の伴う手術になったはずです。下手をすれば、母子ともに命を落としてしまう可能性だってあった。こういうことを防ぐためにも特例法は必要なんです」

昇はカメラの向こうの視聴者を意識して言葉を選んだ。特例法の必要性を何としてでも実感してもらいたかった。

次にディレクターは夫婦にマイクを向けて尋ねた。

「こちらのご夫婦は、今回赤ちゃんをもらって育てようとしている方です。どのような経緯でこの医院にいらっしゃったのでしょうか」

妻は赤ん坊を抱いたまま顔を隠すようにして黙っている。夫が代わりに答えた。

「僕たち夫婦は子供がほしいと思って十年以上不妊治療に取り組んできました。でも、どうしても授かることができなかったのです。一時は養護施設から養子をもらおうと考えましたが、どうせなら赤ちゃんの段階から育てたかった。そんな時に、菊田先生の活動を知って、お願いしたのです」

「もしですよ。もしこの後、赤ちゃんに重大な病気が見つかったらどうしますか」

昇は意地悪な質問だと感じて遮ろうとした。だが、夫はまっすぐにディレクターを見つめて答えた。

「どんな赤ちゃんでも、僕たちは親として責任を持って育てます」

「歩いたり話したりできなくてもですか」

「もちろんです。僕たちには実の親としての責任がありますから」

夫は力強い眼差しをディレクターに向けている。ディレクターは怯むように質問をやめて、

「ありがとうございました」と引き下がった。

この日、赤ん坊の引き渡しの撮影が終わると、ディレクターやカメラマンたちは撮影機材をバンに載せて帰っていった。昇は診察室の洗面台で顔を洗い、椅子に腰を下ろして大きく息を吐いた。無事に終わってよかった、と思った。カメラの前で分娩中に事故が起きたり、赤ん坊に何かしらの異常が見つかったりすれば、ドキュメンタリー番組はまったくの逆効果をもたらすことになったかもしれない。

ドアをノックする音がした。やってきたのは、大村聡子だった。

「先生、ちょっと訊きたいごどがありまして」

「何だ？」

「今日NHKの撮影が入ってますよね。看護婦さんの中には、あれは違法行為をしているのを全国に流すことになるので、まずいんでねえがって言ってる人がいます。先生はどう思ってるんですか」

「これまで斡旋の事実は国会でもテレビでもしゃべってきたべし、検察だってやむを得ねえと判断して見逃してくれでる。今更テレビで流しても、大事にはならねべ」

「どうしてわざわざ放送を？」

「去年から全国の自治体の議会で特例法のことが議論されている。ＮＨＫが全国放送すれば、それらの自治体の背中を押すごどさなるはずだ」

昇には勝算があった。前年の七月に行われた参議院議員選挙で、ある議員が実子特例法制定を公約に掲げて当選していた。議員は石巻の昇のもとまでやってきて、今後は特例法の制定と七ヵ月の中絶禁止についての活動を共にすることを約束してくれた。それゆえ、もう一度社会にこの問題を投げ掛けて議論を呼び起こせば、今度は国会議員や市議会議員の後押しを受けながら活動を一気に進めていけるという確信があった。

聡子は言葉を選びながら言った。

「先生の意思はわがりました。赤ちゃんの命を助けるためですからね。ただ、一つだけ気に留めておいてほしいごどがあるんです」

「なんだ？」

「先生を支援してくれる養親がたくさんいる一方で、戦々恐々としている夫婦もいます。なぜだがわがりますか」

昇は首をかしげた。聡子はつづける。

「医院には『赤ちゃん希望者名簿』があります。そこには養親全員の名前や住所、それにいつどの赤ちゃんをあげたかが記されています。もし先生が逮捕されて、名簿が警察の手さ渡れば、赤ん坊を斡旋してもらった事実が明るみに出てしまうんでないがって恐れているんです」

「そうなればの話だが……」

「家族にはそれぞれの事情があります。先生が赤ちゃんを救うための活動に身を投じていることは立派だど思います。だから、私だってここで働いて、できるだけの協力をしてきました。でも、一部の夫婦は、先生が表に出て声高に活動するのを見て、いつか家族の秘密が外に漏れるんでねえがって不安を抱いているんです。そのことだけは忘れねえでください」

言い返すことができなかった。これまで自分は正しいことをしているという信念のもとに突っ走ってきたが、一部の人たちを不安に陥らせている現実もあるのだ。

「んだな。養親も赤ちゃんと同じように守らねばな……。肝に銘じておく」

昇はそう答えた。聡子は診察室から出ていった。

二月になって間もなく雪が降った。温暖な港の町が白銀に染まるのは久しぶりのことだった。

この日、ＮＨＫでは菊田産婦人科医院で撮影した映像がドキュメンタリー番組として放送された。医院の六号室、つまり「特例さん」たちが入院する病室に密着取材したもので、実母が事情を抱えて赤ん坊を産んでいく過程や、養親がタオルやさらしを巻いて妊婦を装って入院し、新しく生まれた赤ん坊を実子としてもらうシーンが流された。

番組では、昇がこう語る場面が映った。

「たとえ形式的には違法であっても、赤ちゃん斡旋をつづけざるを得ないのです！」

この言葉が強調されたことで、昇があたかも国や医学会に宣戦布告しているかのように受け取られる危険があった。

テレビ放送が終わってからの反響の大きさは、予想通りだった。電話が鳴り止まなくなり、一時は遠ざかっていた記者たちが再び医院の前に行列をつくってインタビューを求めてきた。手紙も郵便受けに入りきらないほど届き、その数は最初に毎日新聞で取り上げられた時に匹敵した。

ただし、それらを細かく見ていくと、最初に、毎日新聞が報道した時ほど支持一色に染まっているわけではなかった。妊娠七カ月の中絶禁止については、先進国の先例もあって、日本も倣うべきだという意見が多数だった。だが、実子特例法については、赤ん坊に遺伝疾患がある可能性や、養親の選定基準の曖昧さを理由に、慎重論も出るようになっていた。この問題がメディアで議論されるようになってから、反対派の識者がそうした懸念をいく度となく示してきたせいだろう。

番組の放送から五日後の夜、昇は仕事を終えてから自宅の書斎で雑誌に頼まれた原稿を書いていた。妻の香奈枝がやってきて言った。

「仙台の小林先生からお電話です」

医者になって間もない頃に勤めていた大学病院の先輩医師だった。長身の痩せた姿が思い出される。当直室で酒ばかり飲んでいた彼も、五十代の後半に差し掛かって市内の中堅病院の院長に就任し、日母宮城県支部の幹部を務めていた。

昇は居間へ行って電話に出た。小林は開口一番言った。

「テレビのドキュメンタリー番組見たぞ。とんでもねえことやらかしたな！」

「どういう意味だ？」

「あの番組のせいで、県支部の上層部の怒りに火をつけたぞ。みんな、何度も警告したのに、菊田は聞く耳をもたねえばかりか、テレビの前で堂々と違法行為をして正当化してるって言いだしてる。せっかく先生方が静観してくれていたのに、どうしてよりによってテレビなんかの取材を受けたんだ。百害あって一利なしだ」

昇は小林の言葉を聞いて、日母の犬め、と心の中で悪態をついた。

「特例法に関する報道はないも同然だったでねえが。このままだと何事もなかったことにされでしまう。もう一度国民に問題提起するには、テレビをつかうしかねがった」

「そんなの言い訳だ。去年はいくつもの自治体が特例法に関する意見書の採択を決めてたじゃねえが。七カ月中絶の禁止だって国会議員の先生が動いてくれてる。このままいけば、日母だって態度を変えなければならなくなったはずだ」

「それは嘘っぱちだ。日母のお偉方は静観して俺の処分を下す時期を見計らってたでねえが。

奴らが法改正に動いたごどなんて一度もねがったべし、他の会員だってみんな沈黙していだ」

「もしそうだとしても、テレビで斡旋シーンが映し出されれば、誰だって見過ごすわけにいかなくなるのがわかんねえのか」

「俺は、斡旋はやむを得ねえと言ってきたし、赤ん坊を守るためにはつづけると宣言してたはずだ。テレビで放送されようとされまいと同じだ」

「同じなわけねえだろ。口で言うのと、テレビで斡旋の現場の映像を流すのとでは訳が違う！」

小林の割れるような声で耳が痛くなり、昇は受話器から耳を離した。

窓の外はすでに暗くなり、部屋の明かりが降りつづく雪を照らしている。小林は声を震わせて言った。

「この電話で言い争ったって何にもならねえ。今日は一つ重大なことをつたえる」

「何だ、重大なごどって」

「日母の県支部の代議員委員会で、今回の番組の放送を受けて処分を決めることになった。幹部の一人が、違法行為がテレビ放送された以上、日母として何かしらの処分をせざるを得ないと言いだしたんだ」

「除名ってごどか」

「その可能性もある。代議員委員会で出した結論は、本部に上げられて最終的な判断が下される」

「俺が言い分をつたえる場はあんのが」

「ねえ。すでにおめに対する意見聴取は終わってるから、委員会がこれまでのことを参考にして決定する。来月には結論が出ると思うからそのつもりでいろ」

屋根につもっていた雪が落ちる音がした。昇はそれ以上言わずに電話を切った。よかれと思って受けた番組化が、日母に引き金を引かせることになってしまったのだ。こうなった以上は、処分ができるだけ軽いものになることを願うしかない。

窓の外に目をやると、大きな氷柱《つらら》が庇《ひさし》から垂れ下がっている。その時、窓ガラスに香奈枝の姿が映っているのに気づいた。電話を聞いていたのだろうか。昇は振り返った。

「何だ、俺さ用が？」

「こんな手紙が届いています」

香奈枝は手にしていた手紙を差し出した。ドキュメンタリー番組の放送後、連日にわたって届く大量の手紙の仕分けを香奈枝に任せていた。

昇は渡された手紙を開いてみた。差出人の欄には、「櫻田《さくらだ》祥子《しょうこ》」という見知らぬ名前が記されている。開くと次のように記されていた。

前略

ＮＨＫの番組を見てお手紙を書きました。私の親戚の一人にハワイで弁護士をやっている村岡正という人がいます。ハワイには日系人が多く、彼に依頼してくるお客さんのほとんどが日系人です。

番組を拝見するかぎり日本での赤ちゃんの斡旋は違法とのことですが、ハワイでは合法的に行うことができます。合衆国には「完全養子縁組」の制度があって、実母とのつながりを戸籍の上で消して、養親の実子として育てられるのです。

村岡は弁護士として、ハワイの日系人から日本人の養子がほしいという相談を多数受けています。もし菊田先生のところで生まれた赤ちゃんをハワイの日系人の親のもとに出していいということであれば、村岡を介して手続きをさせていただくことはできないでしょうか。

もちろん、最初は村岡がきちんと石巻へ行き、法的な手続きを行います。可能だということでしたらご連絡をください。何卒よろしくお願い申し上げます。

草々

昇は目の前に新しい道が開かれたような気分だった。

四十八歳になるこの年齢まで二十年近くにわたって赤ん坊の斡旋をしてきたが、石巻という狭い港町で暮らしていたこともあって、海外へ養子に出すことなど考えもしなかった。だが、日本では戦後に戦災孤児や米兵との間に生まれた私生児を欧米に養子に出してきた歴史があり、海外の養子制度をつかえば、昇が望んできたように実子として他所の夫婦に託すことができるのだ。

「この手紙、どう思う？」と昇は訊いた。

「詳しいことはわかりませんが、方法の一つとしてはいいんじゃないでしょうか」

香奈枝は昇のしていることにほとんど口を挟んでこなかったが、今のままでは限界があると感じていたのかもしれない。

昇は手紙を香奈枝に返して言った。

「一度試してみてもいいがもな」

「そうですね」

「手紙の差出人と一度会って、じっくり話ば聞いでみるべ」

香奈枝は頭を下げて部屋を出ていこうとしたが、何かを思い出したようにドアの手前で立ち止まった。

「ちょっと北上川へ散歩に行きませんか」

「今がらが？　外は雪だど」

「成三《せいぞう》に誘われたんです。学校の友達と川辺にいるから来てって。最近あんまりあの子に構ってやれてないので、ちょっとかわいそうな気がするんです」

三男の成三は中学生になっていたが、忙しさのあまり一年以上家族で出かけられていなかった。

「そうが。なら、行ってみっか」と昇は言った。

夜の町に出ると、風がほとんどなく、雪だけが綿のように静かに舞っていた。道は膝の高さまでつもった雪で覆われ、月に照らされてうっすらと青みがかっている。野良猫の足跡が雪の上をどこまでもつづく。

昇は香奈枝の手を引きながら、二人きりでこうやって夜に出歩くのはいつ以来だろうと思った。気がつけば、長男は大学の医学部へ進学し、次男は仙台で暮らしながら高校へ通っていた。三男もそろそろ石巻を離れることを考えているはずだ。

北上川の中州の近くまで来ると、二人は手を取り合って土手の上に上った。風が急に吹きはじめる。昇は川辺を見下ろした時、目に映った風景に思わず息を呑んだ。雪化粧した川のほとりに無数のカマクラがつくられていたのだ。百はあるのではないか。

昇は白い息を吐いて言った。

「すごい数だな。石巻でこんなにカマクラを見だのは初めてだ」

香奈枝が手に息を吹き掛けて言った。

「成三が友達とカマクラをつくったら、同級生や近所の人たちが真似してこんな数になったんですって。今日は友達と一晩ここに泊まるんだって言ってるんですよ」

カマクラは一つひとつ趣向が凝らされ、大きさも形も違う。三角形のピラミッド形をしたものや、ラクダの瘤のように二つのカマクラをつなぎ合わせているもの、カモシカの顔を形づくって角の代わりに木の枝を突き刺しているものもある。

どのカマクラも中に蠟燭や懐中電灯を持ち込んでいるためうっすらと光って透き通っているように見えた。蠟燭の場合は炎がゆらめく度に明滅しているし、懐中電灯やランプの場合はものによって明かりの色が異なる。遠くから見ると、丸い生き物が群れをなして集まっているようだ。

「幻想的な風景だな。成三は寒ぐねえのがな」

「ええ、カマクラの中はとても暖かいんですって。寝袋とお弁当を持って行きましたよ」

「成三のカマクラはどごだ」

「これだけあると、わかりませんね。友達五、六人と泊まるって言ってたので大きいものだと思いますけど」

昇は白い息を吐きながら川辺を見回した。多くの者たちが食べ物を持ち込んでいるのだろう。魚を焼くにおいがしたり、湯気が立ち上っていたりする。

「子供っつうのは、いづの間にか大きくなって家を持って独立していぐんだべな。こごのカマクラみでえに大きな家もあれば、明るい家もあるし、小さくてもいいにおいのする家もある。どんな家をつくっかは、人それぞれだ」

「そうですね。考えてみたら、私たちだっていつの間にか石巻で暮らしていますもんね。結婚した時は、ここで開業するなんて考えてもいなかったのに。子供たちも、私たちが想像もつかない人生を歩むことになるのかもしれませんね」

「んだな」

昇は相槌を打ちながら、かつて母親のツウから「医者さなれ」「偉ぐなれ」「金持ちさなれ」と口を酸っぱくして言われたのを思い出した。幸か不幸か、医者になってそれなりの実績を残した。だが、今は赤ん坊の斡旋のおかげで日母から除名される危機に瀕して長者番付から陥落し、医院運営のために元患者たちから支援を受ける身だ。

それでも、これまでの人生をふり返って、後悔は何一つない。むしろ、今が自分なりにもっとも充実した時間を過ごしていると感じている。

雪ダルマの形をしたカマクラから、男の子たちの歌声が聞こえてきた。香奈枝が手に息を吹き掛けて言った。

「成三の声がしますね。あの中じゃないかしら」

耳を澄ましてみると、たしかに成三の声がまじっていた。友達と一緒にカマクラの中で歌声を響かせているのだ。

「見に行ってみますか」

昇は首を横に振った。

「やめとけ、親がでしゃばっていいごとはねえんだ」

「そうですか」

「親は見守っているだけでいい。子供なんて勝手に生きていぐもんだ」

成三たちの歌声につられたのか、他のカマクラからも歌をうたう声が聞こえてきた。女の子同士の合唱もあれば、手拍子の音もしている。

昇は香奈枝の手をしっかりと握り、光の灯るカマクラをやさしい目で見つめていた。


空には薄いおぼろ雲がかかり、春の陽光が透き通っていた。空気はだいぶ暖かくなり、外《がい》套《とう》が不要なくらいだ。

その日の昼過ぎ、菊田産婦人科医院の前には、退院する親子の見送りのために三十人ほどが集まっていた。赤ん坊は男児ばかりの三つ子だった。

昇の医院では三つ子の出産は初めてだったので、最初は石巻十文字病院で産むことを勧めたが、母親から姉たちもみんなここで産んだので自分もそうしたいと懇願された。それで昇は引き受けることにし、帝王切開で三児を取り上げた後、二カ月間赤ん坊の体が成長するのを見守ってから退院させた。

三つ子誕生の報が地元紙に紹介されたこともあって、親族ばかりでなく、町中の人たちが一目見ようと見送りに集まってきた。人々はおそろいの産着と毛糸の帽子をかぶる三人の赤ん坊を前に、まるで幸せをわけてもらったかのように手を振ったり、「みんな同じ顔してて本人たちも見分けがつかねえじゃねえか」「一人ぐらいうちに来ねえか」などと冗談交じりに声を掛けたりする。

見送りを終えて看護婦たちと遅い昼食をとっていたところ、事務員がやってきて来客があると言われた。玄関に行くと、医師の小林が立っていた。髪がずいぶん白くなっていたが、ひょろりとした体型は昔のままだ。

「小林先生が。久しぶりだな。急にどうした」

昇は小林の硬い表情を見て嫌な予感がした。胸には病院のバッジが光っている。小林はバッグから封筒を取り出してきた。

「これ、日母の宮城県支部から預かって来たんだ」

「なんで、先生が持ってきた」

「宮城県支部の医者は東北大出身者ばかりだ。俺とおまえの関係はみんな知ってる」

小林に持って行かせれば、黙って受け取ると考えたのだろう。階段の上から看護婦たちがのぞいている。

封筒は紙が一枚入っているだけの薄っぺらいものだった。昇は開ける気になれずに言った。

「どういう処分だ。内容は知ってんだべ」

「除名だ……。日母はおまえを除名することに決めた」

昇は靴箱の下に転がっているハエの死骸を見て、「そうが」とつぶやいた。

予想していたとはいえ、最悪の処分が下されたのだ。もっとも困るのは、優生保護法指定医師の資格の維持ができなくなることだ。このままでは、経営の柱である中絶手術ができなくなる。

「今日、仙台の医師会館で県支部の幹部が、マスコミを集めて処分の発表をすることになっている。明日か、遅くとも明後日の新聞が報じるはずだ」

「俺をさらし者さするつもりだな」

「だから俺は止めろと言っただろ。おまえはそれを聞かずに強引な真似をしたんだ。怒りを買ってもしかたねえじゃないか。今からでも遅くねえ。とりあえず、斡旋を止めて何年間かおとなしくして、ほとぼりが冷めてから謝罪しろ。そうすれば、大学病院時代の仲間で協力して復帰できるようにしてやるから」

昇は封筒を握りしめ、「同情はいらねえ」とつぶやいた。

「おまえ、何言ってんだ。指定医の資格を失ってどうやって産婦人科医をやるんだ」

「俺は何一つ悪いごどはしてねえ。こんなクソみでえな脅しに屈するわげねえべ。先生はもう帰ってけろ」

「ち、ちょっと待て。意地を張るな」

「いいがら帰れ！　こごは俺の医院だ！」

昇は大声で怒鳴った。小林は少し悲しそうな顔をしてから「わかった」と言い残して帰っていった。

玄関が静かになると、看護婦たちが恐る恐る階段を下りてきた。昇を呼んだ事務員が困った様子で立っている。昇は頭に血を上らせたまま彼女に言った。

「すぐに弁護士の先生を呼んでけろ。今日の午後の外来は中止だ。こんなバカげた処分を受げ入れてたまっか！」

医院に弁護士の浜本邦広《はまもとくにひろ》が車でやってきたのは三十分後のことだった。百八十センチを超える長身で、白熊のように太った体をしていた。昇より一歳下の地元の後輩、医師法にも詳しかったことから、今回の事件が起きてから何度か会って相談に乗ってもらっていた。

昇は浜本を医院ではなく、自宅の応接間へ通した。そしてソファーに腰を下ろすなり、声を荒らげた。

「ついに日母が処分を下した。除名だ」

浜本は落ち着いた口調で、ひとまず封筒の中身を見せてほしいと言った。彼は汗をぬぐいながら、日母からの書類に丁寧に目を通す。

昇は言った。

「日母は俺から指定医の資格を奪うことで廃業に追い込むべどしてんだ。汚ねえごどしやがって！」

「ここさは除名とありますが、指定医の資格の剝奪とは書かれていませんよ」

「日母は全国の指定医で結成される組織だ。除名は資格の剝奪と同じごどだ」

「もしそうなったとしても、裁判所に異議を申し立てれば判決が出るまで数年間は資格を保持できるはずです」

「そりゃそうかもしれねえげど、長期戦になったら不利なのはこっちだ。向こうは全国組織なんだど！」

浜本はパイプを取り出してマッチで火をつけた。煙が部屋に漂いはじめる。

「裁判は私たちが忍耐強くがんばればいいですが、一番の懸念はこの処分が検察の判断に影響を与えることです」

「どういうごどだ」

「日母は先生を除名にしたことによって、斡旋は違法であり、人道的見地からも認められないと宣言したわけです。検察はこれまで日母の対応を見守って起訴を見送ってきましたが、日母が除名に踏み切れば、彼らも足並みをそろえるかもしれません」

「つまり起訴されて裁判さかげられるってごどが」

「可能性はなくはありません。そうなれば、これまで斡旋した夫婦を守ることを考えなければならなくなります」

昇は言葉に詰まった。起訴されれば、検察は「赤ちゃん希望者名簿」を証拠として押収するだろう。万一、そこに記された個人情報が裁判などで明かされれば、養親のプライバシーが暴かれる恐れがある。

「私は弁護士として先生を守るつもりですが、市内外に散らばる養親さんたちまで守れる自信がありません。私からの提案なのですが、しばらく斡旋を控えてはいかがでしょうか」

「なぜだ？」

「除名処分になった後も斡旋をつづけていれば、検察は反省していないと考えてそこを狙ってくるでしょう。そうなれば、これまでかかわってきた養親にまで害が及ぶことになる。個人的にはしばらく中断した方がいいと考えます」

昇の額から一筋の冷たい汗がこぼれ落ちた。部屋に響くのは壁時計の振り子の音だけだ。

昇は渋い表情で答えた。

「ちょっと考えさせてくれ」

その夜、昇は夕食も取らずに、一階の事務室に一人で閉じこもっていた。日勤の職員はみな帰宅して、明かりの消えた廊下や待合室は静まり返っている。時折、二階にいる夜勤の看護婦や入院患者の咳払いが聞こえてくる。

昇は眉間に皺を寄せて腕を組み、赤ん坊の斡旋をつづけるべきかどうか悩んでいた。客観的に考えれば、浜本の忠告はもっともだ。斡旋は、自分にとっても養親にとっても、危険を冒す材料にしかならない。

一方で、昇は斡旋をしているからこそ説得力を持って特例法の必要性を訴えることができた。日母の批判を受けて斡旋から手を引けば、これまで支持してくれた人を裏切ることになりかねず、一連の行動が水の泡になることも十分に考えられる。

窓に一羽の蛾がぶつかった。昇はふと、日本国内でなく、海外への養子縁組に切り替えたらどうかと思いついた。一ヵ月前に連絡があったように、ハワイの日系人に赤ん坊をあげるのであれば、合法的な手続きが可能になる。検察に違法性を問われることもなければ、斡旋から手を引くことにもならない。

昇はポケットに入れていた手帳を取り出した。香奈枝が差出人の櫻田祥子に返事を書いたところ、電話番号が記されたはがきが送られてきたので、昇はそれをメモしていたのだ。

電話番号はすぐに見つかった。市外局番からすれば、櫻田祥子は東京在住らしい。昇は夜遅いことなど気に掛けずに電話を引き寄せてダイヤルを回した。呼び出し音が四度鳴った後、中年女性の声が聞こえてきた。櫻田だった。

昇は手帳を握りしめて言った。

「もしもし、石巻の菊田医院の院長をしている菊田です」

電話の向こうで一瞬の沈黙があった後、櫻田の「ああ！　菊田先生ですか！」と嬉しそうな声が聞こえてきた。

「遅い時間に申し訳ねえです。実はハワイへの養子縁組について一考してみたいど思ってんです。どういう流れで、どういう手続きが必要なのかということを教えてもらいたぐで」

「ありがとうございます！　そう言ってくださるんじゃないかってずっとご連絡をお待ちしていました。今、先生のところにいる赤ちゃんを養子に出すおつもりなんですか」

「実は日本で検察の目が厳しくなってきていて、合法的な養子縁組の方法がないかと考えていたんです。それで改めてちゃんと説明をお聞きしてみたいと思ってまして。もしうまくいきそうなら、段階的に進めていくことも考えています」

「そうなんですね。どちらにしても赤ちゃんの命と未来のためにお力になれるなら嬉しい限りです！」

前向きな言葉に、昇は光明を見た。

家の応接間からは、庭に植えられた大きな桜の木が見えていた。木の幹につけられた巣箱から、小鳥が顔を出して鳴いている。患者の一人が入院中につくったものを設置したところ、春の到来と同時に住み着いたのである。

応接間のソファーには、櫻田祥子と弁護士の村岡が腰掛けていた。足下には旅行バッグが置かれ、正面の席にはたえ子と香奈枝がすわっている。櫻田の胸には、産着にくるまれた生後三週間の赤ん坊が抱かれていた。

たえ子は微笑んで言った。

「生まれて間もないのに、これからハワイまで行くなんて大旅行ですね」

「そうですね。このぶんだと、この子は大きくなったら飛行機乗りか、宇宙飛行士にでもなるんじゃないかしら」

応接間に笑い声が響く。香奈枝が赤ん坊の寝顔を見つめて言った。

「これからハワイでいろんな国の人に出会い、英語を喋れるようになり、私たちが想像もできないような人生を歩むんでしょうね。うらやましい」

「それが国際養子のいいところでしょう」

この日、櫻田と村岡は今回初めて石巻に赤ん坊を引き取りにやってきた。三日前から駅前のホテルに滞在し、医院の見学をしたり、アメリカでの手続きや法律などを話し合ったりして親睦を深め、今後の方針を固めた。

村岡の説明によれば、赤ん坊をハワイへ連れて行った後にアメリカ国籍を取得させれば、戸籍から実母の名前は消え、養親は実の子として赤ん坊を育てることができるということだった。日本で昇が目指していた特例法が、アメリカでは法律としてつくられ、きちんと機能しているのだ。

昇はアメリカの法制度に感心するとともに、ハワイでの養子縁組を今後も行っていく覚悟を決めた。ただ、まだ村岡弁護士が持っている日系人のネットワークが限られているため、規模を大きくするには何年かかかると思われた。

ドアが開き、昼の診療を終えた昇が白衣の姿で聴診器を手にやってきた。彼は大きな声で言った。

「お待たせして申し訳ねえ。診察が延びてしまって。今からハワイへお帰りですね」

櫻田が言った。

「こちらこそ、今回はありがとうございました。医院のことを詳しくご説明いただいたお陰で、今後の課題もはっきり見えました。何より、赤ちゃんのことをますます助けたいと思うようになりました」

「俺だちとしても引き続きできるだけ合法的な形で斡旋をつづけたいと思っています。段階的にということになると思いますが、今後も密に連絡を取り合ってやっていけたら嬉しいです。日本で、俺が求めている特例法が成立すればいいんですが、それまでは合法的にやる方向で進めなければならねえんです。実は、日母だけでなく、日本産科婦人科学会も俺に対して処分を検討しているんです」

「先生に対する処分ですか」

「日母と学会は表向きは別組織ですが、コインの裏表のような関係なので、日母の決定に合わせて俺を除名処分にしてくると思っています。数週間後には結論が出るはずです」

「先生は彼らに言われて合法的なハワイへの養子に切り換えたんですよね。それなのに処分だなんておかしいですよ！」

「面子《メンツ》の問題なんでしょう。日本の組織の悪いところですよ」

「先生、なんとかこの閉鎖的な状況を打破してください。日本を変えてください！」

昇はうなずきながら、そう言ってくれる人が周りにいる幸せを嚙みしめた。時計を見ると、午後二時を過ぎている。櫻田と村岡は今から仙台へ出てから東京へ向かい、二日後に飛行機でハワイへと発つことになっていた。

「そろそろ電車の時間じゃないですか」

二人がそろって時計を見る。

「赤ちゃんの名前が決まったら、教えてください。いつかこの子が真実を知ってうちを訪ねてくることがあった時のために」

「もちろんです。かならず家族写真とお名前はお送りすることにします。ありがとうございます」

櫻田と村岡は立ち上がり、改めて頭を下げた。

「では、そろそろお暇《いとま》します。赤ちゃんのためにできることは何でもしますので、今後ともどうかよろしくお願いいたします」

挨拶を済ませると、香奈枝が二人を玄関へと案内した。

昇は櫻田たちがいなくなると、ソファーにすわった。部屋に赤ん坊のにおいがうっすらと残っている。庭の巣箱の中から小鳥が顔を出している。昇は聴診器をテーブルに置いて深呼吸をした。

たえ子が言った。

「やっぱり学会からも除名処分が下されるんですか」

「あいづらは顔に泥を塗られたって思ってんだ。しかたねえべ……」

「もしそうなったら医院は厳しくなります。昨日も患者の一人が別の病院で産むって言って、荷物をまとめて帰ってしまいましたから」

「双子を身ごもってる患者が？　あと二、三日中に生まれんだど」

「私もそれは言いましたよ。彼女のお父さんが押し掛けてきて、『医者の資格のねえ医院では生ませられねえ』って言って無理やりつれていってしまったんです。説明しても耳を傾けてくれませんでした」

またか、と思った。日母が昇を除名にしたというニュースが流れた後、町の人たちは昇が医師失格の烙印を押されたと考えた。それで急に患者が集まらなくなり、入院中の患者も不安になって別の病院に乗り換えるということが続出していた。

「最近は患者ばかりでなく、スタッフからも懸念する声が上がっています。大村聡子さんから医院を辞めたいという話を切り出されました」

「聡子さんまでもが……」

さすがに動揺を隠しきれなかった。かつて男児を引き取り、毎日新聞が最初の記事を出した時は養親として取材を受けてくれた女性だ。よりによって彼女までそんなことを言いだすなんて。

「昨日も話したのですが、引き留めは難しいかもしれません」

「今夜、俺が家さ行って話してくる」

晩になり、昇は市内にある聡子の家を訪ねた。ちょうど食事を終え、夫が小学生になった息子に勉強を教えているところだった。聡子は昇の顔を見ると何かを察し、家族の目を気にして近所の公園へと案内した。

公園には街灯が一つ立っていて、奥の田んぼからカエルの鳴き声がしている。

「婦長から聞いたど。辞めるごどを考えてんのが」

「すみません……」

「ここまで勤めてくれだのに、なしてだ」

「夫から強く言われたんです。もし警察が斡旋の容疑で捜査に踏み切れば、医院に勤めている私の息子が真っ先に狙われるはずです。息子にはまだ出生について詳しい説明はしていません。私たちが説明するより先に、警察が何もかも息子に言えば、家庭は滅茶苦茶になってしまいます」

「けど、これまでだって警察が踏み込んでくる可能性はあったでねえか」

「先生さは黙ってましたが、夫婦の間では新聞記事になった頃からこの問題を話し合っていたんです。日母を除名されたことがニュースになって、夫だけでなく、実家の親からも医院で働きつづけることは認められねって言われました」

月に雲がかかり、公園が陰った。田んぼのカエルが鳴くのを止める。

気がつくと、聡子は涙声になっていた。

「すいません。辞めさせてください」

「今すぐが？」

「はい。これ以上、私が抵抗したら家族がバラバラになってしまうんです。だから、辞めさせてください」

ここまではっきり言われれば、無理に説得するべきではない。

「わがった。すまねがったな。俺がもっと早くに気づいて家族に説明しておくべきだった」

「謝んねえでください。私の力不足です。いろいろしていただいたのに、申し訳ありません……」

そこまで言うと聡子は嗚咽して言葉を継げなくなった。昇は聡子の肩を叩いた。

「言わねくていい。もういいから」

月が雲の間から姿を見せたが、カエルたちの声は途絶えたままだった。

土曜日の午後、昇は珍しく鮮明な夢を見ていた。

金亀荘の和室の広間で、子供の昇はアヤと一緒にカルタをしていた。天井からはステンドグラスのライトがつるされ、部屋の隅ではお香が炷《た》かれている。昇は夢中になってカルタに飛びつく。

形勢が有利になりかかった時、桃色の着物姿のカヤが庭から上がってきて「昇さん、遊ぶべ！」と声を掛けてきた。長い黒髪に漆塗りの赤い髪飾りがついている。

昇が今いいところだから少し待ってくれと答えると、カヤは「遊ぶべし！」と駆け寄ってきて、昇の首や脇をくすぐって気を散らそうとする。アヤが注意しても、カヤはふざけて止めようとしない。

やがてアヤも一緒になって昇の脇腹を指でつつきだす。昇は笑いながら悶絶して「助けでけろ！」と言うが、二人は一層激しくする。アヤとカヤに挟まれ、昇は苦しいほど大きな声で笑いながら床を転がりつづけた――。

ハッと夢から覚めると、部屋の隅で昇は丸めた座布団を枕にして眠っていた。昼過ぎから酒を飲んでいるうちに居眠りしていたのだ。部屋のちゃぶ台では兄の源一郎と信之助がすき焼きの鍋を囲んで酒を飲んでいる。香奈枝がつつく鍋からは湯気が上り、楽しそうな笑い声が部屋に響く。

この日、源一郎と信之助は正月に帰省できなかったからという理由で二人そろってツウの墓参りに来てくれていた。仙台で警察官をしている信之助とは、家に子供たちを下宿させてもらっているので頻繁に連絡を取っていたが、東京で会社経営をする源一郎と顔を合わせるのはツウの葬儀以来だった。

源一郎は自分の会社の経営に夢中で、こまめに実家に連絡をよこすタイプではなかった。それなのに、信之助を誘っていきなり顔を出したのは、斡旋のニュースを知って何か思うことがあったからなのだろう。

兄弟三人集まると、話は斡旋のことより、かつて正月やお盆に会った時の懐かしい思い出ばかりになった。ツウにまつわる笑い話も盛り上がった。昇もいい気分になって、注がれるままにお猪口を傾けているうちに酔って眠ってしまったのである。

源一郎が、昇が起きたのに気がついた。

「ようやくお目覚めが。昇、二時間近く寝てだど！」

信之助が笑いながら言う。

「昇もお疲れなんだべ。今や時の人だがらな」

昇は頭をかきむしってちゃぶ台にもどった。香奈枝がコップに水を入れて持ってきてくれる。昇はそれを一気に飲みほした。

鍋はまだグツグツと音を立てている。源一郎は一升瓶を引き寄せて、自分のコップになみなみとついだ。

「これまでの斡旋のニュースは一通り見てきたど。今も難儀してるのか」

「まあな」

「最近は、昇に対する批判が強まってるようさも思えるし、検察も違法な斡旋を取り締まるため動きだすがもしれねって話も出ている。検察が起訴すれば、昇が無実を勝ち取るのは簡単でねえんだべ」

告発のことを言っているのだろう。少し前に日母の担当弁護士をしていた男性が昇の違法行為を告発したことがあった。赤ん坊の斡旋の際に出生証明書を偽造した証拠を見つけ出し、証拠書類とともに検察庁に告発状を送ったのだ。この件ではまだ検察から連絡はなかったが、起訴に向けて動いているという話が出ていた。

「検察がどう決断するがはわがんねえ。現段階では人道的な配慮で見逃してくれでっけど、いろんな状況からそうならねぐなるごともあるかもしんねな」

「そうか……。万一、そうなった時には、俺さ任せろ。東京の議員さんを何人が知ってるべし、弁護士先生さも知り合いがいる。もしこっちさに信頼できる弁護士がいるなら、費用ば全部俺が持ってやる。絶対に負げんな」

「まだ裁判になると決まったわけでは……」

「常に先のことを想定して動いておいて損はねえべ。相手は国なんだど。どれだけ準備してたって早いってごどはないんだ。いいな。とりあえず、弁護士費用は俺さ任せておけ」

「弁護士は知っているし、金のごども心配いらねえよ」

「金のあるなしの問題でねえ。支援者をしっかりとかかわらせておぐがどうがってごどだ。おめだって、一人で国と闘うのは精神的にもしんどいはずだ。そんな時に、経緯を知っていて一緒に動いてきた人間が近くにいれば楽だべ。最後の最後に頼れるのは家族なんだど。だから、俺の言うごどはきちんと聞げ」

長男として少しでも弟にできることをしたいと思っているのだろう。その気持ちがありがたかった。

「わがったよ。悪いな、兄ちゃん……」

源一郎は満足そうにうなずき、コップの酒を一気に飲み干す。隣にいた信之助がほっとした表情になる。

酒を注ぎ足し、源一郎は目を細めて仏壇に置かれた母ツウの遺影を見上げた。皺だらけだが、目には明治から昭和を生き抜いた力強さが宿っている。源一郎は思い出すように口を開いた。

「昔、母ちゃんがこう言ってた。昇は、石巻から日本を変えていくべき男なんだって。おめが世界を変えるんだってな」

「母ちゃんがか？」

「東京や横浜、それに仙台さ比べれば、たしかにちっちぇえ町だ。でも、石巻には漁港、田んぼ、工場など何でもあって、貧乏人から大金持ちまでそろってる。人間のありがたさもいやらしさも、全部手の届く範囲にある。ここほど人間臭い町はねえ」

「んだな」

「石巻の人間だから感じられる世の中の矛盾はある。石巻の医師だからできるごどもある。東京や仙台じゃ、あまりに大きすぎるべし、つぶされるごどはあっても、石巻なら可能なことがあるんだ。今、おめが国や医者たちを相手にしてんのは、まさにそんな闘いなんだと思う」

「そうがもしんねえな」

「昇、母ちゃんが言ってたように、石巻から日本を変えろ。苦しんでいる人だぢば助けてやれ。石巻は日本の縮図なんだ。わがったな」

「ああ、がんばるよ」

源一郎はもう一度酒をあおった。耳や頬がだいぶ赤くなっている。彼は手を伸ばして大きく伸びをした。

「わがればいいんだ。けど、よぐ飲んだな。今度は俺がひと眠りすっぺ」

そう言ってコップをちゃぶ台に置くと、そのまま先ほど昇がつかっていた座布団を枕にして横になった。

ちゃぶ台にはビールや日本酒の空き瓶が転がっている。昇は毛布を持ってきて源一郎に掛けた。信之助はコンロの火を消して立ち上がった。

「昇、兄ちゃん寝ちまったし、一緒に外を散歩しねが」

町には一月の寒い風が吹いていた。二人は家を出て霜が降りた道を歩いた。公園では子供たちが走り回って凧揚げをしている。

路地を抜けて北上川の土手についた。信之助は川のほとりで足を止めて言った。

「今日はいぎなり押し掛けて邪魔したな」

「なんもかまわねえ」

「ここさ来ようって言ったのは、兄貴だったんだ。告発の件があってから、俺のどころさ何度も電話してきて、昇が検察につかまるんでねえがって心配してた。いても立ってもいられなくなったんだべ、三日前に『昇を励ましに行くぞ』って突然言われて、来ることになった」

それだけ心配してくれていたのだろう。

「墓参りの間もずっと昇のことを話してたよ。中絶手術みたいな重要などごこそ、曖昧にしておいだらダメなんだ。正しい法律の下で行われなければならねえし、そのためにはあいづを一人にさせちゃいげねってな」

「そうだったのが。きょうだいつうのは、ありがでえもんだな」

信之助は白い息を吐いて答えた。

「俺も兄貴同様に昇を支える覚悟はしてる。下の息子のことは俺が何とかすっから、昇は自分がやるべきことに向き合え」

「下の息子って、成三のことか」

「そうだ。もうすぐ高校進学だべ。兄貴二人と同じように仙台の高校へ入れでえんだったら、俺の方で面倒みっから。家族さはそのことは話してあるがら大丈夫だ」

「すまねえな。気ばつかわせて」

「そんなごと言うな、昇らしぐもねえ。俺みでえに警察で働いででも、自分なりの正義を貫けるごどなんてそうそうねんだ。んだから、俺は昇が自分の正義をもって国や医者の組織と闘っているのを見でっと、勇気をもらえんだど」

離れ離れになっていても、何かあった途端に、こうして集まって支えてくれるなんて。改めてきょうだいの結びつきを感じずにいられなかった。

その時、少し離れたところから、女性の声が聞こえてきた。

「先生！　昇先生！」

見ると、医院の看護婦や事務員が走ってきた。看護婦は白衣、事務員は制服のままだ。入院中の患者に何かあったのだろうか。昇が口を開こうとすると、看護婦の一人が声を裏返して言った。

「やりました。先生、やりましたよ！」

何のことか。看護婦は息を切らして言った。

「七ヵ月中絶です。やったんです！」

「何や？　何がやったんだ？」

「七ヵ月児の中絶の禁止が、決まるって東京の議員さんから連絡がありました！　週明けにはニュースになるだろうって！」

昇は「えっ！」と大きな声を上げた。隣にいた信之助が言った。

「日母は七ヵ月の中絶は問題ないと主張していだんだべ。それを覆して禁止さすってごどが」

「そうです！　昇先生の主張が受け入れられるんです！」

「昇、す、すげえごどでねえか。やったな！」

昇はようやく事態を飲み込んだ。妊娠七ヵ月での中絶の禁止についてはさかんに議論されてはいたが、一時は日母の反対を受けて頓挫しかねない状況にあった。だが、国会議員たちが動いてくれたこともあって、厚生省が意見聴取をし、最終的に法律を改める方向へ進んだのだ。

「じゃあ、中絶が認められるのは妊娠六ヵ月までってごどさなんだな」

「そうみたいです！　もう未熟児として生まれた子を殺さなくてもいいようになるんです！」

別の看護婦が言った。

「これは昇先生が日母さ勝ったたってことですよ！　先生が正しかったたってごどを、国が証明してくれたんです！」

信之助が興奮して、「すげえよ、すげえ！」と昇の肩を揺さぶった。昇は、目の前に光が射したような気持ちになった。これまで日母や学会の反発にさらされながら主張してきたことは、きちんと議員や役人に届いていたのだ。これ以上、自分が体験した悲劇がくり返されることがなくなったと思うと、胸が一杯になった。

昇は目を潤ませて言った。

「ありがとう！　みんなのお陰だ」

「先生の努力です。先生ががんばったからついでいげだんです！」

「反対だ。みんなが歯を食いしばってついてきてくれだから、俺もここまでやれだんだ。ありがとう！」

その場にいた看護婦や事務員たちが感極まって涙を流して一斉に「先生！　先生！」と抱きついてきた。腕や胸にしがみついて、嬉しさのあまり声を出して泣く者もいる。みんな口に出していなかっただけで我慢していたことはたくさんあったのだろう。それが今、解き放たれたのだ。

昇は看護婦にもみくちゃにされながら何度も感謝の言葉をくり返した。

医院の部屋という部屋が何色もの折り紙で飾りつけされた。鶴、星、桜、ハートなどに折られた紙が壁一面に貼られ、天井からは輪つなぎがつるされたのだ。

たえ子の発案で、念願の一つだった妊娠七ヵ月中絶の禁止が正式に決まるのを祝おうと看護婦室を折り紙で飾ったところ、出産を終えた妊婦たちも喜んでたくさんの折り紙をつくってくれた。あまりにも多くできたので、看護婦室だけでなく、一階の待合室から病室や新生児室まで医院中を飾ることにしたのだ。

この一件以降、看護婦たちの表情は見違えるように明るくなった。大村聡子が退職してから、いつ誰が辞めてもおかしくない雰囲気だったが、今回のことでようやく自分たちの苦労が報われたと思えるようになったのだろう。

この日、昇は昼休みをつかって次にハワイへ養子に出す子供の書類をつくっていた。すべての書類を封筒に入れ、香奈枝を呼んだ。エプロン姿の香奈枝に言った。

「これ、ハワイへの養子の書類だ。すまねえが、郵便局さ行って出してきてけろ」

香奈枝は受け取り、封筒の中身を確認した。

「ハワイへの斡旋はだいぶ増えてきましたね」

去年の春からはじめてすでに三件の養子をハワイへ送っていた。大体の勝手がわかってきたことから、徐々に件数を増加させていこうという話になっていた。

「そうそう、昨日仙台のテレビ局の方から連絡があって看護婦さんに七ヵ月中絶の件についてインタビューをしたいという依頼がありました。たえ子さんにつたえたら、テレビ局の人にどの看護婦さんがいいかチェックしてもらえばって言われました。それで大丈夫でしょうか」

「俺は構わねえけど、テレビに出たがる看護婦なんていんのが」

「みんな出たいって盛り上がっていますよ。お化粧や新しいお洋服の話までしてます。テレビの前でしゃべることなんて一生に一度あるかないかですから」

「そうが、ずいぶん浮足立ってんだな」

「いいじゃないですか。みんな斡旋の報道以来、大変な思いをしてきたんですから」

妊娠七カ月までだった中絶が、六カ月へと短縮されることは、まぎれもなく昇の勝利だった。久々の法改正ということもあって、マスコミもさかんにそれを報じたし、昇も医学界の悪《あ》しき伝統を変えた人物として紹介されることが増えた。

本音を言えば、この勢いに乗って、特例法の成立までこぎつけたかった。だが、日母の医師たちは反感をあらわにして今回の件に反対の声を上げ、厚生大臣までをも批判していた。メディアに出て特例法の成立を急ぐべきなのか、それとも日母の憤懣《ふんまん》が絶頂に達していることを配慮して大人しくするべきなのか。昇にとっても判断の難しいところだった。

午後の診察は珍しく外来の患者が少なかった。予定していた妊婦の陣痛も来る様子がなかったので、午後五時前には診療を切り上げ、昇は二階の病室へ行って、入院患者の検診を行うことにした。

階段を上がろうとしたところ、事務員から階段で声を掛けられた。事務員は上ずった口調で言った。

「先生、玄関さ来てください！」

「急患か」

「違います。検察の捜査員の方たちが来ているんです！」

昇は「なに！」と立ち上がると、病室を飛び出した。

玄関には、スーツを着た五人の見知らぬ男が立っていた。胸には検察官であることを示す記章がつけられている。彼らは昇の顔を見るなり言った。

「菊田先生ですね。家宅捜索をさせていただきます」

「どういうごどや」

検察官は「これが令状です」と紙を出してきた。そこには「公正証書原本不実記載、及び医師法違反」とある。

「愛知県の医師が、先生の不正についての告発状を検察庁に送ったのはご存じですね。今回の家宅捜索はそれに関するものです」

日母の弁護士による告発は書類不備とされていたが、その後愛知県産婦人科医会の医師が昇に対して同じような告発をしていた。愛知県では現行法に則《のっと》った養子縁組を行っており、昇がそれに真っ向から異議を唱えたため、反発を買ったらしい。検察はそれを受理し、捜査を行うことを決めたのだ。

昇は歯ぎしりをした。せっかくひと山越えたと思ったのに、また引きずり下ろされたような気持ちだった。捜査員は言った。

「家宅捜索は今から数時間かかります。いいですね」

「ち、ちょっと待て。入院患者もいるんだど」

「何名ですか」

「十名だ」

「体調が悪い方がいらっしゃれば、市営病院へ転院させます。それ以外は患者さんも含め、中にいる方は一切外へ出ないようにしてください。では、家宅捜索を開始します」

検察官は後ろを向いて、玄関の外にいた部下たちに向かって「入れ。はじめろ！」と呼び掛けた。スーツ姿の検察官が段ボール箱を担いで、次から次へと医院に踏み込んでくる。全員で二、三十人はいるだろう。

あらかじめ決めていたらしく、彼らは二、三人のグループにわかれて、事務室、診察室、看護婦控室へ入っていき、引き出しからロッカーの中まで証拠品の押収をはじめた。看護婦室や給湯室で職員たちの悲鳴のような声がする。裏口を通って自宅に向かっていく者たちもいた。

昇は院内を見回した。検察官の捜査は、特に診察室と受付薬局にあるカルテに集中しているようだ。昇は令状を持ってきた検察官に言った。

「カルテば荒らすな！　診察さ支障が出る！」

彼は捜査の様子を見守るだけで答えようとしない。診察室から重い物が落ちる音がした。棚の上に当直日記をまとめた段ボール箱を置いていたが、それが落ちたらしい。

昇は大きな声で言った。

「おい、聞いでんのか。必要なものがあれば出すから俺さ言え！」

止めようとすると、検察官が「邪魔するな！」と二人がかりで引き離してきた。昇の白衣の肩の部分がビリッと破れ、胸にさしていたペンが散らばる。下に着ていたワイシャツまで裂けた。

昇は激昂した。

「おめら、ここまですんのか！」

二人は無言で昇を部屋の隅へ引きずっていく。一人が言った。

「証拠品は我々の方で選別して押収します。終わるまで静かにお待ちください」

「なにが選別だ！　なくされたら患者の命にかかわるものもあんだど」

「静かにしてください。それ以上騒ぐと、マスコミが気づいてやってきますよ」

検察がこの時間に来たのは、外来の患者やマスコミの目を気づかってのことなのだろう。

もし日中に行われて、記者が押し掛ければ、病院は大混乱に陥る。

そうこうしている間にも、彼らは棚や引き出しを開けて、カルテだけでなく電話帳や患者からの手紙まで押収していく。段ボール箱に入った注射器が床に落ちて、粉々に割れる音が響く。

昇はそれを見ながら、彼らが斡旋の記録を書いた「赤ちゃん希望者名簿」を探していることを察した。これを押さえられれば、どの夫婦が誰の子供を斡旋されたかが明らかになってしまう。

窓ガラス越しに、中庭にある小さな物置に目をやった。斡旋に関する記録はファイルにしてすべてそこに保管していた。だが、すでに数人の検察官が物置のドアをこじ開け、中に押し入っている。見つかるのは時間の問題だ。

捜査員が二階の病室に押し入ったようだった。患者の驚く声が聞こえ、つづいて看護婦が制する物音がする。もみ合いになったのか、捜査員が「離れろ！」と恫喝している。廊下からは看護婦の泣く声がする。

しばらくして、物置の方から、検察官の昂った声が聞こえてきた。

「見つけました！　斡旋の名簿です！」

ついに「赤ちゃん希望者名簿」が発見されてしまったのだ。令状を持った検察官が物置の方へ走っていく。昇は頭を抱えて目を閉じた。

二日後、昇は石巻駅近くにある浜本の弁護士事務所を訪れた。家宅捜索があった日、ちょうど浜本は出張で盛岡まで行っていて不在だったので、帰りを待って今後の対応を協議することになっていた。

事務所を訪れると、浜本の机の上には昇に関する資料や書類があふれていた。出張から帰った後、今後の対策を練ってくれていたようだった。浜本は浮かない顔つきで言った。

「このタイミングで家宅捜索が行われるとは思ってもいませんでした」

昇は無言でソファーに腰を下ろす。浜本はパイプを取り出して火をつける。

「今回の家宅捜索の意味するところは、検察の方針転換です。検察は間違いなく、先生を起訴するつもりです」

「なして今さなって」

「愛知県産婦人科医会が正式に告発状を出した以上、さすがに見過ごすことはできないという判断が内部であったんだど思います。このまま、検察だけが何もしないわけにはいかなかったのでしょう」

愛知県産婦人科医会は、昇の斡旋を受けた養親を見つけ、虚偽の記述をした出生証明書を手に入れたらしい。それが揺るがぬ証拠となったのだ。

昇は「くそっ」と歯ぎしりした。ようやくここまでたどり着いたのに、という悔しさが大きかった。

「起訴されたらどうなる」

「検察は、先生に対して公正証書原本不実記載だけでなく、医師法違反で令状を取っています。それで起訴されれば医師免許の一定期間の停止という処分になる可能性があります」

「一定期間ってどれぐらいだ」

「数ヵ月、長ければ数年でしょう。その間、先生は医師として働く資格を失うことになります」

医師免許の停止とは、優生保護法指定医の取り消しとは違い、医師として働くことができなくなることだ。その間、スタッフを雇用することはできないし、患者も手放さなければならない。医院は廃業に追い込まれる。

「ただ、この決定がなされるのは、まだ当分先ですし、その間に何かしら対策を打つことはできます。それよりも深刻なのは、『赤ちゃん希望者名簿』に載っている養親のことです」

「俺もそれを心配していんだ」

「すべての罪を明らかにすることになれば、検察は養親の家まで押しかけて斡旋の経緯を調べ上げるでしょう。万一起訴となって裁判が開かれれば、養親の身元が明らかになってしまう。つまり、患者の家族の秘密が公になる」

「そんなことになれば患者の家族は崩壊するど」

「これは最悪のケースの想定です。検察がどこまでやるかわかりませんが、我々にできるのはそうならないように起訴の前段階で最善の手を打つことです」

「最善の手って何だ。俺さできるごどはあっか」

浜本は再び額に汗を浮かび上がらせて言った。

「今思いつくのは、検察と交渉して落としどころを見つけることです」

「落としどころ?」

「検察にしたって養親の取り扱いは悩みどころでしょう。世論を考えればできるだけ触れたくないはず。だから、我々の方から何かを交換条件に、夫婦への取り調べや起訴はしないでほしいと頼む。それに納得してくれれば、養親の起訴を見送ってくれる公算は大きいと思います」

「何を提案すればいい」

「それはまだわかりません。検察と話し合っていく中で、向こうが求めることを見つけるしかないでしょう」

昇は唇を噛んで腕を組んだ。パイプの火だけがチリチリと音を立てていた。

二週間後、昇は石巻駅から電車に乗って仙台駅へと向かっていた。緑色の電車は、山林に囲まれたレールの上をひた走っていく。海との距離が近くなると、車内に磯の香りが立ち込め、離れると消えていく。

昇は座席に腰掛け、コートの襟を立てながら新聞を読んでいた。見出しには「検察、菊田医師の捜査を開始か」とあった。検察が取り調べをしていることをマスコミはかぎつけたのだ。

報道の直後から、昇のもとには、かつて赤ん坊を斡旋した夫婦からの問い合わせの電話が鳴りだした。これまで十年以上連絡を取っていなかった夫婦が混乱している声で、自分のところに捜査が来る心配がないかどうかを尋ねてきたのだ。昇は予定を早めて検察との話し合いをするために仙台へ向かったのである。

仙台駅で昇は、先に到着していた浜本と待ち合わせ、タクシーで仙台地方検察庁へ向かった。地検に出入りするマスコミに感づかれないよう、駐車場にある職員用の裏口から中に入るよう事前に言われていた。

二人が通されたのは、狭い面会室だった。机が向き合う形で置かれ、手前の椅子には、三人の検察官がすわっていた。真ん中にいたのは、家宅捜索の際に令状を持っていた男性で、楊枝をくわえている。

浜本は奥の席につくなり、低姿勢で切り出した。

「お時間を取っていただいて申し訳ねえです。今回の取り調べのことでお話があってやってきました。菊田昇先生の方から検察の方々におつたえしたいごとがあります」

昇は一礼して言った。

「いろいろとご迷惑をお掛けしてすまねぐ思っています。今回はご相談したいごどがあって参りました。捜査を行うにあたって、どうしても配慮してもらわねげねえごとがあるんです」

強調したのは、養親たちの置かれている立場だった。夫婦たちの中には、子供の出生の秘密を本人にはもちろん、親族にさえ隠している者が少なくない。そして子供たちの大半は幼少期から思春期の子供である。もし検察の捜査が夫婦に及んだり、起訴されて裁判で身元が明らかになったりするようなことがあれば、家庭が壊れかねない。

昇はそれを十分に説明した後、膝に手をついて頭を深く下げた。

「俺のやったことは違法ですが、国会や取材の際にも再三話したように、赤ん坊の命を救うためでした。生まれてきた赤ちゃんは、みんな養親のもとで幸せに育って、明るい将来が待っています。その人生を壊すわげにはいがねえ。検察の捜査には全面的に協力しますので、どうか養親や子供への捜査と起訴だけは勘弁いただけないでしょうか」

三人の検察官は難しい顔をしたまま黙っていた。防音設備がなされているのだろう、ドアの外の音はまったく聞こえない。

真ん中にいた五十歳くらいの検察官が口を開いた。

「菊田先生、お話の意味はわかります。逆に、私の方から質問させてください。これまであなたが斡旋した赤ん坊の数はどれだけになるか覚えていますか」

「百を超えると思います」

「実は押収したカルテとリストを照らし合わせたところ、判明しただけで約二十年の間に二百二十件に上っていました」

「二百二十件、ですが」

「先生はそれだけの命を救ったとおっしゃいましたね。でも、今この状況では、それだけ多くの家族を危機に追い詰めたとも言えるんじゃないですか」

そうしたのはおめえだちだべ、と言い返したかったが、膝を握りしめてこらえた。検察官は楊枝をくわえたまま言った。

「もっとも、検察としてもこれまでは人道的観点から事態を静観してきました。しかし、愛知県の医師から告発状が出された以上、私たちは法に携わる者として事件を徹底的に調べなければならなくなった。違法性があれば起訴して裁きを求めるのが我々の社会的な役割です」

「それは承知しています。捜査を止めてくれということでねくって、家族に配慮してほしいということなんです」

「家族への配慮とは？」

「いくらでもあるはずです。たとえば、時効になっている家族については取り調べを行わねえとか、もし俺を不起訴にできねえのなら、せめて周囲の状況を考慮して起訴猶予処分にするとか……」

検察官の目が鋭くなった。

「先生、あんた、何か勘違いしていませんか」

「え？」

「あんたは被疑者なんですよ。我々が被疑者に『家族に配慮して起訴猶予にしてくれ』と言われて従ったら、職務は全うできません。殺人者が『被害者のプライバシーを暴くな。起訴するな』と言って、我々が『はい』と答えると思いますか」

昇は横柄な物言いにカッときて声を荒らげた。

「殺人者だど！　そんなもんと一緒にすんな」

「何ですか」

「だから俺を殺人者呼ばわりすんな。これまでどれだけ多くの命を助けてきたと思ってんだ！　俺はそんなふうに言われる筋合いはねえ」

隣にいた浜本が慌てて「先生、落ち着いて」となだめた。そして検察官に向き直って頭を下げた。

「誤解があったら申し訳ありません。先生は法律のことは専門外で、仕組みそのものを理解いただいていないんです。どうかご容赦ください」

検察官は不愉快そうに言う。

「あんたたちは何しに来たんだ。被疑者だっていう立場をわかってもらいたい。あんたたちの責務は我々の取り調べに応じて、きちんと事実を話すことだ。そんなことすらわからないのか」

「その通りです。私たちとしてはすべての捜査にご協力するつもりです。何一つ隠すつもりはありません。変な言い方をしてしまい、申し訳ありませんでした」

浜本は机に手をついて謝罪した。この件の行く先は、すべて検察の判断にかかっているのだ。

右隣にいた白髪の検察官が苦笑いして、口を開いた。

「まぁ、お互い冷静になって話しましょう。今回の件では悪人はいないんですよ。日母や学会の先生たちは法律を守ることを尊重し、菊田昇先生は命を助けることに尽力した。双方の主張がぶつかっているせいで、弱い立場の養親や子供が犠牲になろうとしている。そういうことですよね」

「はい」

「私たちは養親や子供を傷つけることは望んでいません。おそらくは愛知県産婦人科医会の先生たちも同じでしょう。でも、法律の上では彼らの方が正しく、本当は養親や子供にも取り調べをしなければならない。もしそれをしないでくれ、と言うのならば、最初に先生がそれに見合ったことをなさるべきではないでしょうか」

「つまり、愛知県産婦人科医会の先生方の顔を立てる提案が必要だ、と」

「その通りです。菊田先生なら、それが何なのかわかるはずです。あとは、やるか、やらないか、それだけです」

昇は凍りつくような思いだった。頭に唯一浮かぶのは、国内での赤ん坊の斡旋を中止することだ。愛知県産婦人科医会の医師は法律を守ってきた自分たちが悪者にされ、昇が堂々と違法行為をしつづけていることに反感を抱いている。彼らの顔を立てるには、自分が国内での斡旋を中止しなければならない。

これまで斡旋した家族を守るべきか、それとも国内での斡旋を継続して妊婦の支援をするべきか。即座に結論を出すことができなかった。

真ん中にいた検察官が腕時計に目を落とし、口から楊枝を取って言った。

「どうやらご提案はないみたいですね。ならば、これ以上話し合うのは時間の無駄です」

彼が立ち上がると、両脇の二人もつづいた。ドアが開かれる。

昇の脳裏を、これまで赤ん坊を斡旋した夫婦の顔がよぎった。赤ん坊を初めて見た時に涙ぐんだ表情、道端で偶然すれ違った時に目にした仲睦まじい関係……。一つとして壊してはならない掛け替えのないものだ。

昇は追いすがるように言った。

「ま、待ってください」

白髪の検察官が足を止めてふり向いた。昇は言った。

「俺は……俺は、今日かぎりで終わりにします」

「もう少し具体的におっしゃっていただけますか」

「日本での赤ん坊の斡旋を止めます。特例法が成立するまで、二度とやりません。だから、家族を守ってください。せっかく大切に築いてきた家庭を、大人たちの都合で壊したぐねえんです！」

昇は机に額をつけて「お願いします」と声を裏返した。検察官たちは顔を見合わせ、深くうなずいた。


三月の晴れた日の午後、昇は岩坂の家を訪れていた。実家の本屋の隣に医院を建て、一階を診察室、二階を自宅にしていた。庭には小さな池があり、珍しい亀をたくさん飼っていた。

弁護士の浜本によれば、この日仙台地方検察庁が昇に対する処分の決定を下す予定になっていた。医院で一人心もとない気持ちで連絡を待っていたところ、岩坂が気をつかって午後の診療を休診にして家に招いてくれたのである。

テーブルには、岩坂の妻がつくったパンケーキとフルーツが置かれていた。捕鯨船に乗っていた親戚が海外で買ってきた高級食器が並べられている。

岩坂の妻が紅茶の入った英国製のカップをお盆に載せてやってきた。岩坂はそれをすすって言った。

「遠慮しねえで、食ってけろ。パンケーキは妻の十八番《おはこ》なんだ」

「悪い。少し前から胃の調子がおがしいんだ」

「そういや、ずいぶん痩せだな。検察とのやりとりで疲れが出たが」

「どうなんべな……。なんでか食べても吐いでしまうんだ。十文字病院できちんと検査するべど思ってんだけど、事件のごどがあっから行きづらくてな……」

ストレス性のものにしては症状が変だという気持ちがあったが、自分を白い目で見る医師たちに頭を下げて検査をしてもらう気になれなかった。

「そうが。医者が病院さ行げねえなんて変な話だな。仙台の病院にでもかがれよ」

「ああ。俺は自業自得だからいいげど、心配なのは中三の三男だな。周りがらもいろいろど言われでるらしい」

「受験だべ。進学はどうすんだ？」

「ごごさいでも騒動に巻き込まれるがら、長男だぢと同じように仙台の高校さ進学するごどさしたんだ。県警さ勤めている兄貴が仙台さ住んでて面倒みてくれるごどになってる。向ごうさ行けば、自分からわざわざ言わねえかぎり、俺の息子だってことはバレねえがらな」

「その方がいいがもしれねえな」

「息子からすりゃ、俺は面倒な親父《おやじ》だべな。仙台さ行ったらせいせいするんでねえが」

「そんなごどねえよ。うちの息子なんて、昇のことを、医師会と闘ってるかっこいい先生だって言ってっど。それに引き換え、親父は医師会であぐらをかいて何やってんだってな。きっと昇の息子も口さ出さねえだけで、心では尊敬しているはずだ」

昇は苦笑した。

「いつかそう思ってくれたらいいけどな。まだ先の話だべ」

息子たちには申し訳ないという気持ちを抱いていた。特に東北大の医学部に進んだ長男は、父親が医師会を敵に回している以上、石巻で開業するのは難しいだろう。自分自身の信念を貫いたことには後悔はないが、長男の選択肢を一つつぶしたことは事実だ。

「ところで、検察との約束で国内の斡旋は完全にやめだんだべ？　今は斡旋はしてねえのが」

「国内の斡旋がらは手を引いた。今やってんのは、合法な海外養子縁組だけだ。ゆぐゆぐはそっちを大きくしていかねばならねえげどな」

国内の斡旋をしないと決断してからも、昇のもとには赤ん坊を産んで養子に出したいと訴えてくる女性が絶えなかった。彼女たちにはハワイへの養子縁組を勧めることにしていた。

「そうが。なんとかみんなが幸せになれる道をつくれればいいんだべけどな」

リビングの隅にあった電話が鳴りだした。岩坂が昇を見てから立ち上がり、受話器を上げる。短い会話の後、岩坂は受話器を差し出して言った。

「浜本弁護士だ。先生さ代わってくれって」

仙台地検の結論が出たのだ。昇は唾を飲み込んでから受話器を受け取った。

「もしもし、菊田です」

「先生ですか。地検の決定が下されました」

「どうだった？」

「結論を先に言いますと、検察は先生だけを略式起訴にすることを決めました。養親に関する公判請求はしないそうです」

略式起訴とは、被告人を法廷に呼ばずに、検察が提出した証拠だけで判決を下すものだ。通常の裁判であれば、養親を証人として出廷させることになり、個人が特定されてしまう。検察は養親に配慮する決定を下したことになる。

「養親や子供を守ることはできたんだな」

「先生が国内での斡旋を止めると約束したおかげです。彼らも譲歩してくれだんでしょう」

「そうが、一安心だ」

体の力が少しだけ抜けた。養親や子供を巻き込まずに済んだのだ。だが、自分が起訴された事実は変わらない。

「略式起訴の場合は、俺だけが裁かれるわけだな。判決はいつ出んだ」

「近日中でしょう。判例から考えれば、罰金二、三十万円ほどだと思います」

「有罪ってごどが」

　検察にしてみれば有罪判決を勝ち取らなければ、愛知県産婦人科医会の医師に顔が立たないと考えているはずだ。略式起訴にしてもらったぶん、有罪判決が下されれば受け入れるしかない。

「申し訳ありません。不起訴にできればよかったんですが……」

「いいんだ。十分にやってくれた。ありがとう」

　浜本がいなければ、捜査の手は養親にまで及んでいたかもしれない。精一杯尽力してもらったことは確かだ。

「裁判のことはまた相談しよう。石巻にもどったら連絡をくれ」

　昇はそう言って電話を切った。リビングが静まり返っている。

　心配そうに見ていた岩坂が口を開く。

「有罪決定なのが」

「ああ、ダメだった」

　岩坂が「クソッ」と机を叩いた。裁判所が下す罰金刑はさほど重要ではない。問題は、国や日本医師会の対応だ。厚生省や日本医師会は、有罪判決を受けた医師に対して司法とは別に処分を下すのが通例だ。

急に胃の痛みが激しくなり、吐き気がぶり返す。

岩坂は顎に手を当てて言った。

「厚生省や日本医師会はやっぱり処分を下すと思うが」

昇は気分が悪いのを隠して答えた。

「そうなるだべな」

「どんな処分だ」

「優生保護法指定医師の取り消し、あとは何ヵ月かの医業停止処分かもしんねえ」

改めて言葉にすると、その重みを実感せざるを得なかった。まるで有罪判決を機に、四方八方から袋叩きにされるみたいだ。

岩坂は励ますように言った。

「気を落とすな。処分が出たとしても俺が力になっから」

「力になるったって」

「もし昇が医業停止処分を受けることになったって、その間医院を守ってくれる産婦人科医がいりゃいいんだべ。医師仲間に声を掛けてみて、一人ぐらいなんとか見つけてくるべ」

「そんなごとできんべが」

「うまくいがねげりゃ、医院さ閉じてる間、看護婦ばうちで一時的に雇ってやる。そうすれば、スムーズに医業を再開できるべ。だから昇は目の前のことに取り組んでけろ」

昇は岩坂の目を見て言った。

「悪いな」

岩坂はほほ笑む。

「小学校の時からの仲でねえか。今まで黙っていたけど、俺は昇がカヤさんのことが切っ掛けで医師になるのを決めたごどさ感動して医者を目指したんだど」

「そういえば、俺とカヤ姉はよく岩坂の家の本屋さ忍び込んだべな」

「あの時、俺だぢにとってカヤさんは一回り近く上だったけど、無邪気でとてもかわいらしがった。そのカヤさんが死んだって聞いて、俺もがっかりしてだんだけど、昇が彼女のために医者ば目指すって聞いて、俺も同じように医者になってカヤさんみだいな人たちのためにがんばろうって思った。だから、俺としては今になって昇と一緒に町の人たちのために何かができるのは嬉しいことなんだ」

四十年以上付き合っていて初めて聞く話だった。岩坂は岩坂なりに、いろんな思いを抱いて医師になり、そして石巻にもどってきたのだろう。

岩坂はつづけた。

「それに、昇が負けるってことは、地元に昇を支える人間がいねがったってごどだべ。そんなごどさなれば、石巻の恥だ。石巻の名誉のためにも手伝わせでけろ」

石巻の名誉のため、と言われて、昇は改めてしっかりしなければと思った。もはや自分一人の闘いではないのだ。

「感謝する。いざとなったら甘えさせてもらうべ」

そう答えた瞬間、胃液が喉にまでこみ上げてきた。昇は手で口をふさぎ、トイレへ駆け込むと、便器に向かって吐いた。それでも治まらず、便器の前で四つん這いになって何度ももどす。

心配した岩坂が便器をのぞいて目を丸くした。

「吐血してんでねえが！　いつからだ？」

白い便器に鮮血が飛び散っている。

「す、少し前からだ。大丈夫。少し休めば治る」

「そんなわけねえべ。俺の知り合いの内科医を紹介すっから、すぐに診でもらえ！」

昇は再び便器に向かって赤く染まった胃液を吐いた。

第八章　救済

菊田産婦人科医院の玄関に置かれていた回転木馬のオルゴールが音を立てて回っていた。患者のの子供が帰り際にねじを巻いていったのだろう。金色のたてがみの木馬が四頭、踊るように動いている。

診療が終わった後、菊田昇は職員全員を一階の待合室に集めた。裁判をはじめとして、昇に対する処分がすべて出たことを受けて、今後の方針を説明することにしたのだ。

裁判所は略式起訴を受けて罰金二十万円の有罪判決を下し、二ヵ月後には日本医師会がそれを受けて優生保護法指定医師の取り消しを決定していた。職員はそれを知っていたが、昇から今後医院としてどう対処するかをまだつたえられていなかった。

昇は診察室にあった薬を取り出し、コップの水とともに飲みほした。岩坂の家で倒れた日、すぐに病院へつれて行かれ、その後仙台の総合病院で精密検査を受けたところ、肝臓や胃などにいくつかの病変が見つかったのだ。それ以降服薬をはじめたが、なかなか体調が回復せず、体重も落ちたままだった。

自分の体に何かが起きていることに感づいていたものの、特例法の成立に向けて足を止めてはならない時期であることは自明だった。昇は両手で頬を叩いて気合を入れ、診察室を出た。

待合室のソファーには看護婦や事務員たちが勢ぞろいしていた。何がつたえられるのか知らされていないため、一様に心許ない表情をしている。昇は全員の前に立ち、大きな声で言った。

「今日の勤務、ご苦労様だった。改めてこうして集まってもらったのは、他でもねえ、医院の今後についてしっかり話そうと思ってのごどだ」

一同は口を閉ざし、耳をそばだてている。後ろには、香奈枝の姿もあった。

「知っての通り、日本医師会から優生保護法指定医師の取り消しの処分が下った。これに関しては弁護士を挟んで闘っていくつもりだが、勝利までの道のりは簡単でねえはずだ。処分を覆せねがったら、中絶手術ができねぐなって医院も規模の縮小を余儀なぐされる」

誰かがごくっと唾を飲む。

「それどもう一つ、厚生省の審議会である医道審議会が俺に対する医業停止処分を検討してる。有罪判決を受げでっから、何かしらの罰が必要だというごどだ。医業停止処分が下されれば、弁護士に頼んで取り消しの訴えを起こすつもりだが、国と闘って勝つのは難しい。どうなるかは未知数だ」

待合室の空気が重く息苦しいものになった。看護婦の一人が耐えられなくなったように手を挙げる。

「先生はどうするつもりなんですか」

「どんな処分が下されようとも、医師である限り俺は闘うつもりだ。今、俺が黙ったら特例法の流れは止まっちまう。相手が国だろうと、医師会だろうと、赤ん坊の救済を訴えて特例法の成立までなんとか持っていぐ」

　昇は力を込めてつづけた。

「それともう一つ。赤ん坊の斡旋の要望は今もたくさん来ていて、今後もしばらくはつづくはずだ。そこで、合法的に行っているハワイへの養子縁組をもっと増やすために、海外養子の斡旋団体を立ち上げようと思う」

「団体って何ですか」

「実は、少し前に千葉の産婦人科医師から連絡があって、外国への養子縁組を行う団体をつくらねえがと声を掛けられた。その先生は、赤ん坊の救済を全国的に広めていきたいと考えていで、合法的にできる海外養子縁組に目をつけて相談してきた。俺が一人でやるには限度があるが、その先生が力になってくれて、かつ団体を立ち上げて取り組むなら可能性はある。それで一度やってみようという話さなったんだ」

「先生が団体を立ち上げるんですか」

「俺が片手間でやれるごどでねえ。団体を結成して動きはじめれば、細かな仕事がたくさん出てくるし、日米の法律や条例についての知識も必要になる。マスコミに対して適切な発言ができて、団体の顔になってもらえる人物でなげればならねえ。諸々吟味して考えた結果、俺としてはうちの海外養子縁組で力になってくれている櫻田祥子さんが適任じゃねえがって思ってる。彼女はハワイへのパイプもある、これまでの経験も豊富だ。櫻田さんが承諾してくれれば、すぐにでも活動をはじめられるはずだ」

養子斡旋団体をつくるという案は、一か八かの決断だった。この団体を通して海外養子縁組が広がれば、逆に国内での斡旋が不要と見なされて特例法の成立が失敗に終わるかもしれない。だが、現時点で赤ん坊を養子に出さなければならない母親が多数いることを考えれば、両輪を動かして取り組んでいくしかなかった。

昇は改めて言った。

「勝手なことを言っているのは重々承知している。特例法は実現させるから、どうか俺さ力ば貸してくれねえべが」

職員たちはどう答えていいかわからず、顔を見合わせる。沈黙を破ったのは、たえ子だった。彼女は昇の目を見て言った。

「長年、先生の傍にいたので気持ちはわかります。できることなら、力になりたい。でも、その前に一つお願いがあります」

「何だ」

「どんなことがあっても、私をここで働かせてください。優生保護法指定医師が取り消されても、何ヵ月かの業務停止処分が下されても、ここさいさせてください。私は、特例法が成立した時に、一緒になってよくがんばったって喜びたいんです。どんな困難があっても、先生が医院をつづけて、私たちを雇ってくれると約束していただけるなら、全力でお力になります」

たえ子はこれまでの経緯から特例法の実現を見届けたいと願っているのだろう。

「そう言ってくれるのはうれしい。ただ、業務停止処分になれば、医院の経営は相当難しくなる」

「お給料のことを心配されているなら、どうでもいいんです。数ヵ月なら貯金でなんとかやっていけます」

「そういう問題でねえ。俺には医院の経営者としての責任があるし、おめがいくても他の看護婦はちがうべ」

そこまで言った時、別の看護婦が立ち上がって言った。

「先生！　私も婦長と同じ意見です！　業務停止になっても医院さいさせてください。再開まで待ちますから！」

「お、おい」

「お給料で足りなければ内職でも何でもしますので、迷惑を掛けることはありません。ここまでやってきたからには、婦長と同じように私も最後までやり遂げたいんです！」

昇が「ちょっと待て」と制そうとすると、今度は一番若い看護婦が手を挙げた。医院に住み込みで働きながら看護学校へ通い、そのまま就職してくれた女性だった。

「私も同じです。看護学校にいた時、私は菊田医院にいることを同級生から馬鹿にされました。でも、私はその度に『赤ちゃんの命を助けるごどのどこがいげねえんだ』って反論してきました。ここに勤めてからもずっとそうです」

そんなことがあったのか、と思った。

「もし医院を辞めたら、私が言ってきたことは嘘になってしまいます。私はどうしてもこごさ残って特例法を成立させたいんです。だから、そんなこと言わねえで、何があっても最後まで一緒にいさせてください！」

周りにいた看護婦や事務員たちが次々に「私もです」と手を挙げて立ち上がった。一人また一人と立ち、やがて全員がその場に立った。みんな目に涙を浮かべ、まっすぐに昇を見つめてくる。

たえ子がそれを見て言った。

「みんな、同じ意見のようですね。先生、全員で夢を実現させましょう！」

昇は体が感動で打ち震えるとともに、医院がもはや自分だけのものではなくなっていることを痛感した。ここは看護婦、事務員たちの夢を乗せた大切な場所であり、最後まで一丸となってやり遂げなければならないのだ。

「みんな、ありがとう……」

声が裏返っていた。

「みんなには、どんなことがあってもこごさいでもらう。何としてでも医院を守る。生活の心配は絶対にさせねえから、どうか力を貸してくれ」

全員が口をそろえて「こちらこそお願いします」と答えた。昇は言った。

「本当にありがとうな。俺はこんな職員に囲まれて幸せだ。ありがとう」

昇はその場にいた全員と固い握手を交わした。


この晩、昇は書斎にこもり、櫻田への手紙を書いていた。これから立ち上げようとしている養子縁組の斡旋団体についての構想を自分なりにまとめていたのだ。

櫻田がノウハウを持っているとはいえ、団体として取り組めば予期せぬ問題も浮上してくるはずだ。地方で生まれた赤ん坊をどうやって引き取るか、赤ん坊を渡航までどこで預かっておくかなど課題も多い。昇はそうしたことを明確にした上で、櫻田にバトンを渡したいと考えていた。

午後八時を回り、犬の遠吠えが聞こえてきた。昇が万年筆にインクを補充しようとすると、ドアをノックする音がして、香奈枝がお茶を持って入ってきた。

「お疲れ様です。夜の分の薬はお飲みになりましたか」

「食後に飲んだよ」

「じゃあ、お水はいりませんね」

彼女はお盆に水の入ったグラスを残し、自家製の生姜湯を机に置いた。生姜の香りが鼻をつく。

香奈枝はお盆を手にしたまま言った。

「今、少しだけいいですか。さっきのことで、申し上げたいことがあって」

「何だ？」

「今日の話し合い、すごくよかったと思います。看護婦さんたちはそれぞれいろんな思いを抱いていたと思いますけど、ああいうふうに言っていただいたおかげで心が一つにまとまったんじゃないでしょうか」

「そう思うか」

「あなたには言ってなかったんですが、最近は婦長のたえ子さんからも悩みを相談されることがありました。日本医師会からの処分などが次々と決まって、あなたの胸の内がわからなくて不安だったみたい。でも、今日はっきりと方針を示してくださったので、今後の展望が開けたみたいでした。私にできることがあれば何でも言ってくださいね」

湯呑みから湯気が上がっている。昇は万年筆を机に置いて言った。

「そのごどで一つ相談があるんだ」

「何ですか」

「今後正式に団体を立ち上げれば、ニュースになるし、他の病院も参加してくる。そうなると、櫻田さんだけじゃ人手が足りねえ。そこで早い段階で、おめにも少し手伝ってもらえねえがって思ってんだ」

「私が？」

「おめは国内の斡旋から海外の斡旋まですべて見できた。特例法に関するこれまでの経緯も知ってる。そういう意味じゃ、櫻田さんを支えるには適してるはずだ。すぐにとは言わねえけど、ゆくゆくはということで考えておいでくれねえが」

「あなたや櫻田さんがいいなら大丈夫ですよ。子供たちもようやく手が離れて時間にゆとりが出てきましたし」

「そうが、よがった。櫻田さんも気が楽だべ」

昇はほっとしたように和菓子を口に運び、お茶を飲む。香奈枝はそんな夫に封筒に入った手紙を二通差し出した。

「そうそう、こんなお手紙が届いてます」

一通の差出人の欄には、以前赤ん坊を斡旋した夫婦の名前が記されていた。

「どちらも、有罪判決が出た後に届いたものです。あなたが略式起訴になって彼らを守ったことへの感謝が綴られています」

手紙に目を通してみる。そこには昇に対する感謝の言葉が丁寧に書きつづられていた。昇が家族に捜査の手が及ぶのを防ぐために略式起訴で下された有罪判決を受け入れたことを知って、お礼をつたえずにいられなくなったそうだ。

「手紙の中に、こんな雑誌の切り抜きが入ってました」

見ると、作家の三浦綾子が寄稿した文章だった。長い文章の終わりの方には、こんな強い一文が記されていた。


問題は、法律に触れるかどうかより、人間の生命が守られることを優先させることではないか。法律の絶対化よりも、人間の生命の絶対化である。この根本がゆるがせにされているので、堕胎天国日本が生まれ、それを見かねた菊田医師が生まれたのではないだろうか。


昇の行動を全面的に支持する内容だった。高名な作家が、わざわざペンを握り、自分への支持を表明してくれたことは感謝でしかなかった。

香奈枝は言った。

「知らない間に、あなたへの支援はどんどん広がっているんですよ。みんな、あなたが何をしているかわかっています」

「そうだな」

「それと、珍しい方からも手紙が届いてますよ。これです」

もう一通出された封筒には、懐かしい名前が記されていた。かつて働いていた秋田の市立病院の副院長からだった。当時六十代後半だったから、今はもう九十歳くらいだろうか。しっかりとした書体でこう書かれていた。

拝啓

いつもご活躍は拝見しています。石巻の内科・小児科医の岩坂先生から連絡を受けました。

国が医業停止処分を出すかもしれないなどと馬鹿げた報道があるとかないとか。しかし、全く以て心配御無用。

万が一そうなれば、今うちの倅が病院の院長をしているため、産婦人科医でも何でも派遣致します。病院をうちの医者に任せている間、久々に花見でもしたり、旨い酒を飲みに行ったりしましょう。

全力で応援するので、国や医師会を打ち負かして下さい。

敬具

昇は、岩坂が同じ内科医の副院長と学会を通して面識があると言っていたのを思い出した。きっと彼が副院長に今回の件を話してくれていたのだろう。

手紙の文面を何度も読み返しながら、昇は懐かしい気持ちになった。副院長と二人で病院を抜け出して桜の下で宴会をしたり、休日に自宅に家族で招かれて本場ドイツ風のソーセージを食べながらビールを飲んだりした時のことが蘇る。

「副院長、昔と変わらねえな」

香奈枝も苦笑した。

「あんな感じで、お年を召した今も好き勝手しているのかもしれませんね」

「そうだな。もう少し落ち着いたら、子供たちもつれて一度秋田へ挨拶に行ってみっかな」

昇は手紙にもう一度目を落とした。どこにでもある便箋だったが、それらがまるで自分を温かく包み込んでくれているように感じられた。


東北大学医学部附属病院の病室のベッドで、昇は昭和六十二年を迎えた。前年の末に大腸ガンが見つかって年末に大きな手術を受けることになったのである。執刀医によれば、目に見える腫瘍は取り除いたものの、かなり難しい箇所だったこともあり、後は術後の経過を見ながら治療をしていくとのことだった。

一月の仙台は雪が多く、病室から見下ろす町も雪化粧を施されていた。寒さも相まって病室に閉じこもっていると、自分でもみるみるうちに体力が落ちていくのがわかった。足は別人のように細くなり、歩行器をつかって歩いても、すぐに息が上がり、関節に痛みが走る。気力も衰え、読書をしても十ページも読み進めることができなかった。

入院生活の中で唯一の光は、国会で特例法についての議論が進んでいることだった。新聞報道や、支持者からの手紙によれば、日母などからの反対意見はあれど、大半の議員が特例法の必要を認めており、法案として成立する可能性も出てきているとのことだった。

入院中の昇の話し相手は、香奈枝だった。平日は毎日石巻から電車に乗ってやってくるのだが、雪の日は途中で止まってしまうこともあり、一月に入って来られない日が増えていた。

この日は三日ぶりの見舞いだった。香奈枝は仙台駅前で買ってきたカステラを手に、長靴を履いて雪の上を歩いてやってきた。彼女はベッドの昇を見るなり言った。

「あら、顔色がよくありませんね。まだ食事がうまくとれないんですか」

「腹が減らなくてな……」

「じっと横になってばかりだからですよ。病院には知り合いの先生がいるんですから、お好きな歴史や文学の話をされればいいじゃないですか」

「今は特例法のことしか関心がないんだ。そんな話、誰も俺としたがらないだろ」

香奈枝は苦笑し、励ます代わりにバッグから雑誌を取りだして特集ページを開いた。そこには、「特例法の成立は実現するか！」というタイトルで、国会での特例法の議論について書かれていた。何人かの有識者がそれぞれの立場からコメントを出していたが、おおむね肯定的な意見が多かった。

「一昨日、弁護士の浜本先生がこの雑誌を届けてくださったんです。大きく記事になってますよって」

略式起訴で有罪判決を受けた後、昇は厚生省の医道審議会から六ヵ月の医業停止処分を下された。だが、浜本が処分の取り消しを求めて東京高裁に訴えを起こし、一ヵ月後には「処分の執行停止」を勝ち取ることができた。それ以降は病気のこともあって、連絡を取る機会が減っていたが、浜本はずっと昇の活動を応援してくれていた。

「浜本先生は弁護士のご友人たちから、特例法は成立するだろうって言われているそうですよ。議員の方々がその気になりさえすれば、反対する理由は見当たらないんですって」

「弁護士の先生たちがそう言ってくれているのは心強いな」

「岩坂先生も今度石巻の公民館でそれに関する講演会をやるっていっていました。みんなが力になってくれていますね」

「岩坂さは高価なブランデーぐらい送ってやらねえどな。ハワイへの養子縁組はどうだ？」

「ハワイの養親の数は増えてきていますし、国内の支持者も増えてきています。今年は去年以上に養子縁組が行えることになっていますし、来年はさらに増えるはずです」

ハワイへの養子縁組団体も正式に立ち上がり、櫻田が中心になって活発に活動していた。ゆくゆくは養子の送り先がアメリカ本土へ拡大していくかもしれない。

もはや自分がいなくても、養子縁組ができるようになっているのだ。昇は心の中で志を同じくしている人々に感謝せずにはいられなかった。

香奈枝は買ってきたカステラを取り出し、切りはじめた。甘い香りが漂う。

「うちの医院はどうなってる。みんなちゃんとやってっか」

「ええ、たえ子さんが切り盛りしてくれています。おかげで新しい先生はうまくやれているみたいですよ」

昇が入院している間も、医院では外来の患者だけは診る必要があった。そこで、岩坂の知り合いの医者に来てもらい、人手が足りない時は、秋田の市立病院からも応援を出してもらっていた。カルテの置き場所から患者の家庭の事情まで、たえ子が手取り足取り教えているのだろう。

「そうが……。なあ、一つ相談なんだけどいいが」

「改まって何ですか」

香奈枝が皿に載せたカステラにフォークを添えて出した。

「ここ数年、体のあっちゃこっちゃさガタがきてんだ。今回のガンもどうなっかわがんね。主治医が経過を見るっつうのは、たいてい不安要素があるってごどだ」

彼女は目をそらした。

「それで、医院をどうすっか本気で考えでんだ」

「医院って、うちの菊田医院のことですか」

「そう。医院を閉じるべきかどうがって悩んでんだ。今は一時しのぎで助けてもらってっけど、俺が働けねぐなったら終わりだ」

「今そこまで考えなくてもいいんじゃないですか。手術が終わったばかりで弱気になっているんですよ」

「そうでねえ。医院は一連の騒動で患者がだいぶ減ったし、俺も復帰したとしても昔のようには働げねえ。経営者として幕引きを考えておくことは重要だ。院長の責任なんだ」

特例法の成立まで医院をつづけると職員たちと約束していたが、現実的に、自分が医師として働けなくなれば医院は終わりだ。そうなれば、あらかじめ職員たちの次の就職先を探したり、患者の受け入れを停止したりしなければならない。昇は院長としてどこかでけじめをつけなければならないと感じていた。

「わかりました。ただ、今すぐにというお話ではないと思いますので、しっかりと治療をしていただいてからお考えになってはどうですか。今、たえ子さんたちはあなたの不在を乗り切ろうと懸命にがんばっていますし、浜本先生も、岩坂先生も、全力で応援してくれています。そんな時に、あなたから弱音をもらすのは失礼です」

「失礼、が」

「もしがんばって治療をしてみて、本当にダメならみんなの前でそれをつげればいいんじゃないでしょうか」

昇はカステラをじっと見つめて答えた。

「そうだな……」

窓の外の雪はまだ降りつづいていた。

四月になり草木のつぼみが色づきはじめた頃、昇はタクシーに乗って青海寺へ向かってい た。丸刈りの男の子たちが数人、民家の庇にできたミツバチの巣を小枝でつついて騒いでいる。

昇は二月の初めに退院して静養し、四月の一日から医院の仕事に復帰していた。復調からは程遠く、診察室に行けるのは週に二回ほどだったため、入院中に世話になっていた医師に継続して来てもらっていた。たえ子たちの努力を目の当たりにしていたので黙っていたが、医院の経営をどうするかという気持ちは日に日に大きくなっていた。

この日、青海寺へ向かったのは水子地蔵の供養をするためだった。仙台での長い入院生活を過ごす中で、昇はこれまでの人生をふり返り、妻と同じキリスト教に改宗することを決めた。キリスト教徒として今後一切の中絶手術を止めることで、今までたくさんの命を奪ってきた自分と離別したいと考えたのだ。また、香奈枝やクリスだけでなく、キリスト教徒の作家がこぞって支持を表明してくれたことも大きかった。昇は洗礼を受ける前に、一度青海寺へ行って水子地蔵に手を合わせたかった。

タクシーが青海寺の入り口に到着した。昇は足元に気をつけて車を降り、ゆっくりと山門をくぐった。空気が急にひんやりとし、線香と落ち葉の香りにつつまれる。

本堂へは寄らず、まっすぐに霊園の奥にある無縁墓に向かった。墓石は磨き上げられて黒光りし、花瓶には真新しい黄色と白の花が供えられていた。水子地蔵の前にも、たくさんのお菓子や人形や玩具が置かれている。

昇は持参した線香を取り出してライターで火をつけ、墓の前で手を合わせた。一陣の風が吹き、裏山の木々が音を立てて揺れる。

しばらくして墓の向こうから、文子が歩いてくるのが見えた。本堂の前を横切った際に、見られたのだろう。文子は昇の前に来ると言った。

「来てくれたんなら、声を掛げでくれりゃいいのに」

髪にはだいぶ白いものが交じりはじめている。聞いたところによれば、文子の長男は寺を継ぐ決心を固めて修行に出ているという。

「墓、ずいぶんきれいにしてんだな。今も文子がやってんのが」

「掃除や供養はおらと主人がやってっけど、お供え物を持ってきているのは水子のお母ちゃんだぢだ。今日だって何人が来てたな。昔よりも増えだよ」

「なしてだ？　宣伝してるわけでねえんだべ」

「うちの寺に水子地蔵があるって噂が広まったんでねえがな。それで中絶した経験のある女性たちが集まってきてんだと思う。一度堕胎したら、その記憶はずっと残りつづけるがらな」

年を取ってから、若き日の過ちを悔やむ人も少なくないのだろう。逆に言えば、彼女たちの胸にはそれだけ大きな傷が残っていることになる。水子地蔵のお供え物の中に手作りのクッキーがあった。

「それより、この前まで仙台で入院してだんだべ。顔色だってずいぶん悪いように見えっけど、大丈夫なのが」

「まあまあだな。それより、俺な、改宗しようと思ってんだ」

「改宗？」

「今度の復活祭の時に、西仙台教会でキリスト教の洗礼を受けようと思ってる。それで仏教徒としては最後のつもりで寺にお参りさきたんだ」

「改宗だなんて、どういう風の吹き回しだ？　その年さなって」

線香の煙の流れが変わる。昇はポケットに手を入れて言った。

「大腸ガンの手術の予後が、なんとなく思わしぐねえんだ。俺も医者だから勘でわかる。今すぐにどうってことはねえけど、この闘病は長くなるがもしれねえ」

「そ、そんなごどねえよ……」

「こんな体になって気になりだしたのが水子だぢのことだ。俺は妊娠後期の中絶こそやめだけど、初期の中絶はずっとやってだ。家さ帰って妻が聖書を読んでいるのを見でっと、暗に批判されている気がして目を合わせることができねがった」

「そうだったのが」

「実は医院を閉めっかども考えでだんだけど、看護婦や患者を診でいてもうちょっとがんばるべと思ってつづけるごどさした。そん時に思いついたのが、どうせ損得を考えずにやるなら、キリスト教に改宗して人工妊娠中絶を一切止めるつうごどだった」

「そっか。おらは昇さんが決心したのならいいと思う」

「ありがとな」

文子は昇を見つめて言った。

「洗礼を受けても、水子地蔵のお参りには来てくれるんだべ」

「え？」

「キリスト教も仏教も祈り方が違うだけで、ぶつかるもんでねえ。むしろ、ここは無縁墓なんだから仏教徒にもキリスト教徒にも手を合わせでもらったら、水子だぢは喜ぶはずだ。んだから、いづまでも来てけろ」

雲が流れ、空から急に陽光が射した。風に花の香りがほのかに混じっている。裏山で、少しずつ春の花が咲きはじめているのだろう。

文子は言った。

「あと、昇先生、弱気にならねえでな。先生は石巻にとっていなげればならねえ人なんだ。

やらなければならねえごどは山ほどある。病を克服して、もとの元気な姿を見せでけろ」

「そうだな……。文子にそう言われっと励まされるよ」

「うちに檀家からもらった高麗人参《こうらいにんじん》があったんだ。今、スープつくってやっから食べてってけろ」

文子はそう言って家に向かって歩きはじめた。昇は陽に照らされた彼女の背をしばらく見つめた後、ゆっくりと歩きだした。


その年の夏、書斎の窓には一匹のアブラゼミが止まって鳴き声を響かせていた。夏の暑さもだいぶ和らぎ、日中は縁の下で舌を出してバテていた野良猫たちも姿を見せるようになっていた。

昇は朝から書斎に閉じこもり、私物の整理をしていた。お盆を過ぎた頃から再び体調が悪化して調べたところ、腫瘍らしきものが確認され、今日から再入院することになったのだ。検査入院だったが、万が一のことを考えて身の周りの片付けをしておくことにした。

昇はきれいになった部屋を見回し、医師になってから長い歳月が流れたことを改めて感じた。医学専門部で医者の勉強をしていたのは戦時中から戦後にかけて、それから約四十年が経ったのだ。石巻の町もだいぶ様変わりし、商店も漁師も医院もどんどん代替わりしている。自分の時代もそろそろ幕を閉じ、今後は新しい人たちが町を支えていくことになるのだろう。

窓に止まっていたアブラゼミが、いつの間にかいなくなっていた。机の上には、医院を開業した時からつかっている万年筆が置かれている。昇はつかい古した万年筆を手に取り、机の引き出しにそっとしまった。

書斎を出て大広間へ行くと、香奈枝が入院のための荷造りをしている最中だった。ボストンバッグに着替えや歯ブラシやタオルを詰めている。傍らには職員の寄せ書きと聖書が置かれていた。昇は寄せ書きを手に取って言った。

「これも病院に持っていぐのが」

「みんなが厚意で書いてくださったんですから飾ってあげてくださいよ」

「でも……」

「いいじゃないですか。最近は毎日何時間も聖書を読んでるじゃないですか。その時間の一分を当てれば寄せ書きに目を通すことぐらいできますよ」

言われてみれば、寝る前に二時間も三時間も聖書を読み耽っていた。

香奈枝は寄せ書きと聖書を一つにまとめてボストンバッグにしまった。昇はそれを見てつぶやいた。

「毎日聖書を読むのは、まだ俺の中に罪の意識があっからがもしんねえな」

香奈枝が顔を上げる。

「洗礼を受けたら楽になっかと思ってだら、ますます苦しぐなってきた。イエス様に過去を睨みつけられでるみでえなんだ」

軒先の風鈴がちりんと鳴る。香奈枝はほほ笑んで言った。

「聖書っていうのは、良い発見をするために読むものですよ。たとえばマタイの一節に、本当の親子っていうのは、血縁ではなく、愛情で結ばれた関係を言うんだって言葉があります。これなんて、あなたがずっと特例法に求めてきたことじゃないですか」

「そんな言葉があったのが」

「イエス様はあなたが取り組んできたことを肯定してくれているんです。もっと自分のしてきたことに自信を持ってください」

昇はそれを聞いて少しだけ胸が軽くなった。

家の玄関のドアを叩く音がしたのは、その時だった。香奈枝がバッグのファスナーを閉めて玄関へと向かう。少しして香奈枝の呼ぶ声が聞こえてきた。昇が杖を片手に玄関へ行くと、そこには年を取った外国人が日本人女性をともなって立っていた。一瞬誰かわからなかったが、胸から下げた大きな十字架に見覚えがあった。

「も、もしかして宣教師のクリスさんか」

「そうです。お久しぶりです」

「いやー、元気でいがった」

最初に会ってから二十年以上が経っていた。お互いに老けるのは当然だろう。

クリスは申し訳なさそうに言った。

「今日から入院だそうですね。今、奥様から聞きました。お忙しいところ突然すみません」

「構わねえよ。むしろ、入院前に会えていがった。あれから施設をつくったって話までは聞いたけど、今回は急にどうしたんだ？」

「この子を会わせたくて来たんです。覚えてますか」

クリスは隣にいた女性の背を押して前に立たせた。

二十歳そこそこで、長い黒髪のかわいらしい女性だった。昇はその子の目を見て、「あっ！」と叫んだ。片方の黒目だけが欠けたようになっていたのだ。

「も、もしかして昔クリスさんがうちから引き取ってくれた子でねえが」

「そうなんです。こんなに大きくなったんですよ」

かつてぶどう膜欠損をもって生まれ、養親に引き取ってもらえず、クリスに頼んで預かってもらった子だった。あの時の赤ん坊がこんなに成長したのか。

女性は深々と頭を下げて言った。

「私の生い立ちは十二歳の時に教えてもらいました。菊田先生が私の命を救ってくれたって。長い月日が経ってしまいましたが、感謝の言葉を言いたくて来ました。あの時は本当にありがとうございました」

丁寧な言葉遣いから、十分な愛情を注がれてきちんと育てられたのがつたわってきた。

「本来は石巻で育てられることになっていたんだけど、至らなくてすまねかった。でも、今の君を見ると、クリスさんに引き取ってもらって本当にいがったど思うよ」

昇は立派になった彼女を見て、改めてクリスが捧げた愛情の大きさを感じずにいられなかった。

香奈枝が彼女の左手の薬指に真新しいリングが光っているのに気がついた。

「もしかして、ご結婚されているんですか」

彼女がはにかむように笑う。クリスが代わりに言った。

「今日、こちらにうかがったのはその報告のためでもあるんです。実は、この子は半年前に結婚したんですが、少し前に赤ちゃんができているのがわかったんです」

「本当が！　おめでてえごどだ！」

「そしたら、彼女が私にこう言ってきたんです。『せっかくなら、私に命を授けてくれた菊田先生のところでお産がしたい』って」

「うちで？」

「そうです。ほら、君からも頼みなさい」

彼女は頬を赤らめて言った。

「図々しいお願いで申し訳ありません。私は先生の偉大さをお腹の子にもつたえたいって思ったんです。それで一番いいと考えたのが、お腹の子を先生に取り上げてもらうことでした」

「俺がか」

「そうです。お母さんとあなたをこの世に授けてくれた先生は、こんなに素晴らしい先生なんだぞ。だからお母さんもあなたも、こうやって幸せに生きていられるんだぞってつたえたいんです」

彼女は再び頭を下げた。

「さきほどお聞きして、先生のご体調が悪いのは十分承知しています。ただ、もし分娩の際にお元気でいられるようなら、私のお産を手伝っていただけないでしょうか」

クリスも言った。

「私からもお願いです。ご無理のない範囲でかまいませんので、体調を見てご検討いただけないでしょうか。彼女が悩みに悩んで出した結論なんです」

昇はどう答えていいかわからなかった。つい数十分前まで、万が一のことを考えて書斎の整理をしていたと思ったら、突然数カ月後のお産を手伝ってくれと言われたのだ。

香奈枝が言った。

「あなた、ちゃんと前向きに考えてあげてくださいね」

「いいんだべがな」

「いざとなれば他の先生に手伝ってもらったっていいじゃないですか。こんな幸せなお産に携われる機会はめったにありません」

昇は二度うなずくと答えた。

「そうだな……。わざわざきてくれだんだがらな」

彼は二人にほほ笑みかけた。

「体調次第だけど、できるだげのごどはするよ。検査が終わったら、改めてこちらから連絡させでけろ」

クリスも女性も「ありがとうございます」と頭を下げた。女性のお腹は少しだけ膨らんでいた。


石巻駅の構内は、人々の雑踏と人いきれでにぎわっていた。昇はクリスと女性と別れた後、香奈枝とともにプラットホームに止められている石巻発の電車に向かった。今日の夕方までに仙台の大学病院へ行って入院手続きをしなければならなかった。

昇は杖を突きながら、人にぶつかるのを恐れて一歩一歩たしかめるように歩いていた。体力がなくなっているため、転倒して骨折するのが怖かった。

片方の手にはクリスからもらったばかりの十字架が握られていた。昇が洗礼を受けたことを聞き、検査が無事に済むように、と願いを込めて十字架を贈ってくれたのだ。昇はこれをお守りにしようと思った。

仙台行きの電車に乗り込むと、車窓からホームで声を上げている弁当売りの女性が見えた。まだ十代の学生のようだ。額に汗を浮かべて、笑顔をふりまきながら働いている姿がまぶしい。腕時計を見ると、出発時刻まであと五分ほどある。

昇は窓から手招きをして言った。

「おーい、弁当をくれ」

女性は汗を拭って歩み寄ってきた。鮭弁当と幕の内弁当の二つがあるという。昇は石巻の特産物が入っている幕の内弁当を注文した。女性は「ありがとうございます！」と大きな声でお辞儀をしてお金を受け取り、弁当を渡して離れていく。

香奈枝は笑って言った。

「お腹が空いたんですか」

「あんまりねえげど、ああいうふうにがんばってる子を見ると、つい買ってやりたぐなってな」

「わかります。若い人が汗水流しているのを見ていると応援したくなりますよね」

若い頃は、自分のことで精一杯だったが、いつの間にか若者がやっていることを支えるのが楽しみになっていた。きっと気がつかなかっただけで、自分もそうやっていろんな人に支えられていたのだろう。

その時、構内の奥から「昇先生！」という女性の声が聞こえた。見ると、たえ子が看護婦数人をつれて白衣のまま走ってきた。出発の際、医院の職員たちには挨拶をしておいたはずだった。

たえ子が昇に気がついて手を上げて叫んだ。

「先生、大ニュースです！　一大ニュースです！」

プラットホームにいた人たちがみな、目を向ける。たえ子たちはかまわずに電車に駆け寄ってきた。

昇は窓から顔を出して言った。

「どうした。医院でなんかあったのが」

「違うんです！　先生や私たちの念願がかなったんです！」

「念願？」

たえ子は息を切らしながら胸に手を当てて言った。

「特例法です！　国会で特例法がおおよその形で認められたんです！」

昇と香奈枝は顔を見合わせた。

「おおよその形ってどういうことだ」

「先生が求めていたのは、三つですよね。実母の戸籍から出産の経歴を消すこと、実親と子供の親子関係を解消すること、養親の実子として扱われること。最初の一点はダメでしたが、他の二点が認められることになったんです」

「認められるって法律としてが？」

「そうです。『特別養子制度』として国会で通ったって、たった今ニュースでやってます。医院にもいろんな問い合わせの電話が掛かってきているので、間違いじゃありません！」

「じゃあ、これからは合法的に赤ん坊の斡旋ができるっていうごどが」

「もちろんです。特別養子の制度をつかえば、赤ちゃんは養親の実子として扱われます。もう出生届に虚偽の記載をしなくても、戸籍の上でも、相続なんかの問題でも、実子と見なされるんです」

一緒にいた看護婦たちが「先生、やりましたね！」「おめでとうございます！」と叫んだ。みんな目を赤くして、涙を流している。口元を押さえて、喜びのあまりしゃくり上げている者もいる。長年、心を一つにして追い求めてきたことが、ついに実現したことに感極まり、いてもたってもいられなくなって駅まで追いかけてきたのだろう。

昇もそんな看護婦たちの表情を見ているうちに、心の奥から感慨がこみ上げてくるのを感じた。妊娠七ヵ月の中絶が禁止されただけでなく、養親が赤ん坊を実子として育てられる仕組みができれば、医者や親の選択肢は間違いなく増える。もちろん、まだ課題はあるとしても、まずは法律ができることが重要なのだ。

たえ子は窓に手を伸ばして言った。

「先生の努力のお陰です。先生の情熱が、未来を変えたんです！」

声が震えている。昇はそんなたえ子の手を握りしめた。

「たえ子さんもがんばったよ。おめのおかげだ」

「そんなごどないです」

「いいや、おめが職員を引っ張って、患者に気を配ってくれたから、今までやってこられたんだ。ありがとう」

昇は強く手を握りしめ、感謝の気持ちをつたえた。きっと言葉でいくら言っても言い終わることはないだろう。手を握りしめることでしか語れないこともあるのだ。

プラットホームに電車の出発を告げるベルが鳴った。仙台への出発の合図だ。たえ子は言った。

「病院から帰ってきたら、みんなで祝賀会をしようって話してます。岩坂先生や浜本先生にもつたえておきます。元気で帰ってきてください」

「ありがとうな。留守中のことは頼んだど」

「先生……」

「なんだ」

たえ子は手のひらで涙を拭った。

「先生と一緒に働けてよかったです。先生がいなげれば、こんな素敵な日を迎えることはできませんでした」

昇は初めてたえ子の涙を見て言葉を詰まらせた。

「俺も同じ気持ちだ。君たちに支えられていなければ、この日はながった」

たえ子は手で顔を覆って嗚咽しはじめた。

「君たちがいたからこそできたことなんだ。ありがとう。本当にありがとう」

それ以上言葉が出なかった。後何か一言でも発したら感情が噴き出して涙が止まらなくなってしまいそうだったのだ。

車掌の笛が駅構内に鳴り響いたと思うと、電車のドアが閉まる音がし、ゴトンという揺れとともにゆっくりと動きだす。看護婦たちが「先生、早く帰ってきてください」と口々に言う。電車はだんだんと速度を速めていく。

「いぐなって帰ってくっから。またがんばろうな」

昇はそう言うと、看護婦たちも手を振った。電車がだんだんと速度を上げるにつれ、その姿は徐々に小さくなり、やがて見えなくなっていった。

電車の走る音を聞きながら、昇は背もたれに寄りかかった。耳の奥で看護婦たちの声がまだ反響している。

「これ、どうぞ」

香奈枝がハンカチを差し出した。昇はハンカチを受け、涙を拭いた。弁当の香りがする。

「たえ子さんたちと医院をやれてよかったですね。あの人たちでなかったら、ここまでやってこられませんでした。そんな人たちが真っ先に先生ありがとうって言ってくれるんですから、あなたも私も幸せ者です」

「そうだな。あんな素晴らしい看護婦たちに囲まれた俺は幸運だな」

脳裏に浮かぶのは、これまでたえ子たち看護婦と接してきた患者の顔だった。大村聡子に引き取られた男児、冷たい部屋に置き去りにして殺された赤ん坊、妊婦の真似事をする養親、青海寺の水子地蔵にお参りにくる実母……。自分も含めて医院の者たちは、みんな大勢の患者たちに出会い、泣いたり、笑ったりしながら成長し、願いを現実にすることができたのだ。

そう考えた時、これまで出会ってきた何千人という患者にも感謝をしたい気持ちになった。

「石巻での祝賀会には昔の患者さんも呼びてえな。できるだけ大勢で喜びを分かち合いてえ」

香奈枝は答えた。

「文子さんに頼めば、お寺に来ている人も誘ってくれるはずです。まずは、それまでに体調をもとにもどさなければなりませんけどね」

「そうだな」

「あなたは、まだまだ必要とされています。ここまで来られたのは、たくさんの人に支えてもらったからです。今度はみなさんに恩返しをしないと」

昇はうなずいた。祝賀会の席には、アヤやカヤの位牌も並べようと思った。すべてはあの二人が味わった苦しみからはじまったことなのだ。天国で二人は今の自分をどう思ってくれているのだろうか。昇は二人に会いたくなったが、この世にやり残していることがもう少しだけあった。

窓の外には、いつの間にか田園が広がっている。ちょうど稲が黄金色に実って風に揺れていた。急に、昇のお腹がグゥッと鳴った。

「なんか、腹減ってきたな」

「さっき買ったお弁当がありますよ」

香奈枝が幕の内弁当を出してくる。

「ちょっと食うが」

「元気つけなきゃならないですからね」

「そうだな。元気つけなきゃなんねえもんな」

昇は割り箸を取り、弁当を膝に載せた。ふたを開けると、そこには石巻で取れた山菜や魚があふれんばかりに盛りつけられていた。

昇が箸を手に取って一口食べると、口腔になじみ深い潮の香りがあふれた。幼い頃に、夕方になるとアヤが台所でつくってくれた味とそっくりだった。食卓を囲んで食べた時の光景が蘇り、目が潤み、涙が頬をつたって落ちる。昇は次から次にあふれる涙をぬぐうことなく、弁当を口に運びつづけた。

昭和六十三年一月、菊田昇が熱望した特別養子縁組は正式に施行された。

これまでこの制度によって成立した特別養子縁組の件数は、一万六千七百三十五件に上る（令和3年まで）。

昇は平成三年四月に、国連の非政府機関である国際生命尊重会議が設けた「世界生命賞」を受賞。第一回目の受賞者マザー・テレサにつづく、第二回目の受賞者として選ばれた。授賞理由は、胎児を中絶から守り、その人権を訴えたことだった。

この時、昇はすでに末期ガンに侵され、東北大学医学部附属病院に入院しており、受賞の知らせには涙を流して喜んだ。授賞式には、家族に支えられて出席したが、四ヵ月後の八月二十一日、昇は同病院で永眠した。

昇の墓碑には次のような聖書の一節が書き記されている。

〈世に勝つ勝利は我らの信仰なり〉

主要参考文献

『私には殺せない――〝赤ちゃん斡旋事件〟の証言』(菊田昇)
『この赤ちゃんにもしあわせを』(菊田昇)
『天使よ大空へ翔べ――一産婦人科医師の闘い』(菊田昇)
『お母さん、ボクを殺さないで!――菊田医師と赤ちゃん斡旋事件の証言』(菊田昇)
『赤ちゃん漂流』(舟越健之輔)
『目で見る石巻・桃生・牡鹿の100年』(石垣宏)
『年表による石巻の歴史――縄文時代から現代まで』(千葉賢一)
『石巻市史』(石巻市史編纂委員会)

＊この物語は、実在の医師・菊田昇の人生に基づいたフィクションです。長男の菊田信一氏には助言から原稿の確認までしていただきました。石巻の方言については水梨優子氏にご協力いただきました。心よりお礼申し上げます。また、作中に現在では差別表現とされるものも含まれていますが、著者と作品の意図を尊重し、また、当時の様子をつたえるためにあえて記してあります。

解説

久保田智子

菊田昇医師が人生をかけて成立につなげた「特別養子縁組制度」が、その後どのように人々に影響を与えていったかご紹介したい。作中で菊田医師は、困っている女性や子供を助けることが自分の志だと語っている。具体的には「思いがけぬ妊娠をしてしまった女性、不妊で子供を授かれねえ夫婦、そして殺されねばならねえ赤ん坊」の三者を制度を通して救いたいとしている。その功績は偉大だ。菊田医師のおかげで、現在多くの女性や子供が前向きに生きることができている。そう断言できるのは、私も、そのうちの一人だからだ。

かつてアナウンサーだった私は、天真爛漫《らんまん》だね、などと言われることも多かった。自分の暗部を隠そうと努めて笑顔でいたからだと思う。実際の私は、自分の人生を悲観し、自暴自棄寸前だった。そのきっかけは、二十代の頃、不妊で子供が授かれないことを知ったことだった。当時、まだ結婚の予定はなかったが、いつかは当たり前に子供を授かり、当たり前に家族を築いていくのだと思っていた。そんな当たり前が、自分にとっては当たり前でないという現実はひどくつらいことだった。そして、自分だけならまだしも、将来自分が結婚することで、パートナーの子供を持つ幸せを奪ってしまうのだと考えると、自分の存在は悪だとも思った。自分は結婚すべきでない、家族はなく、一生一人で、死んでいく覚悟をすべきだと思った。しかし、気持ちを押さえようと思っても、一人の孤独は震えるくらいさみしいし、人を好きになる情熱を自ら否定し続けることには突き刺すような痛みがあった。さらに、友人たちの子育て話を聞くと、自分には叶《かな》わないのだという悲しみと嫉妬に襲われ、友人の幸せを喜べない自分を侮蔑した。そんな日々のなかで、いつしか「自分には生きている意味はない」と絶望するようになっていた。

そんな私を変えてくれたのが「特別養子縁組制度」の存在だった。自分が担当するテレビ番組で、この制度を利用し赤ちゃんを迎え入れた家族の特集を見たのだった。産まなくても、子供を持つことができる、赤ちゃんをわが子として育てることができる。それは、暗闇の中をさまよっていた私の心に一筋の光を与えてくれた。そして、二〇一五年に私は結婚し、二〇一九年、私と夫はまだ新生児だった娘を特別養子縁組制度で家族に迎えた。

なぜ人は人生に絶望することがあるのか。私の場合は、他の選択肢がない、という閉塞感に追い詰められていたからだと感じている。かつての私は、子供を持つことが当たり前で、社会の、家族の、自分の唯一の幸せの形だと思い込んでいた。そして、自分がどんなに努力をしても自分にはその選択肢がないと知ったとき、自分の居場所を失い、殻の中にこもるようになった。今思えば、子供ができないという事実が、より子供を持つことに執着させていた面もあったのかもしれない。そんな中で、特別養子縁組制度を知ったことは、子供を持つための他の選択肢を私に与えてくれただけでなく、子供を持つ以外にも幸せになる選択肢は無数にあるはずだと気づかせてくれた。追い詰められていた気持ちが解放されたことで、様々な疑問が頭に浮かぶようになったのだった。こんなに自分を苦しめた「子供を持つべきだ」という考え方は、本当に当たり前なのか。自分は本当に子供が欲しいのか、それとも欲しいと思わされているのか。欲しいのだとするなら、一体それはなぜなのか。夫と共に考えた末、それでも特別養子縁組をしたいと願ったのは、子供のいる人生を選択したいと自分たちが思ったからだった。

「思いがけぬ妊娠をしてしまった女性」と「殺されねばならねえ赤ん坊」にとっても、特別養子縁組という選択肢が人生を大きく変えることになる。この本の冒頭では、特別養子縁組は「実親に育ててもらえない子供」が別の夫婦に「法的に実子同然に育ててもらえる」制度で、「親に棄《す》てられた子供」や「虐待された子供」などを大勢救ってきたと説明している。それはある意味で事実であるのかもしれない。しかし、当事者の目線で少し補足をさせてほしい。

実親に育ててもらえないことは不幸なのだろうか。「親に棄てられた」ということなのだろうか。そこには、産んだ親に育ててもらうことこそが幸せという前提がある気がする。もちろん、ほとんどの場合がそうであるのは間違いない。産んだら育てるべき、という社会の当たり前は、それができる人たちには至極当然のことで疑問にも思わないだろう。しかし、様々な事情で産んでも育てられない、他の人の当たり前が当たり前にできない女性たちがいる。私は取材で知り合った、何人かの特別養子縁組を利用した生みの母たちと交流をしている。女性たちは、複雑な家庭環境や貧困など、様々な困難に直面していた。そして、厳しい状況に陥っている理由のほとんどが女性たち自身に起因したものではなく、作中のアヤやカヤと同じように、不幸にもその状況に追い込まれているのだった。いうまでもなく、妊娠自体も女性一人ではできないわけだが、すべてを一人で背負わされている。そんな女性たちが、悩んだ末に特別養子縁組を選択するのは、子供の幸せを願っているからこそのことだった。可能なら自分で育てたいし、子供と別れるときには涙するが、環境が自分の選択肢を狭めてきたことを実感しているからこそ、自分が育てることが子供のためにならないと冷静に考えている。それは「棄てる」という感覚とはほど遠い、むしろ深い愛情からの決断のように私は感じている。

一方で、社会は必ずしもそうは見てくれない。ある生みの母は特別養子縁組を利用したことを振り返り、このように私に語った。

「私は悪者でしかないと思っています。子供は産みましたが、地元では『子供を棄てた』とか、祖母からも『情がない』『薄情者』と言われてしまいました。親からも『可哀想《かわいそう》だと思わないの』と。私が特別養子縁組を選んだことを肯定してくれる人間が周りにほとんどいません」

特別養子縁組を選択したこと自体は、子供のために最善だったと悔やんではいないというが、それでも、周囲の反応によって罪悪感に苛《さいな》まれていた。産むということをどんなに願っても叶わなかった私にとっては、産んで、新しい命を誕生させたということだけでも奇跡だと感じる。それが、育てられないということによって悪者となってしまっていることにはどうしても違和感を覚えてしまう。

また、「虐待された子供」については、まだまだ支援が足りないことも付け加えたい。国連のガイドラインによると、親と暮らせない子供たちは里親制度や養子縁組を通じて家庭で暮らすことが望ましいとされている。しかし、日本ではそんな子供たちの約八十パーセントが施設で育ち、その多くが虐待された経験を持つ。本来ならすべての子供たちに安定した家庭環境を提供すべきだが、世界と比べて日本はかなり遅れているのが現状だ。

特別養子縁組のような制度ができて、選択肢が増えることは大きな一歩だ。しかし、それを広げること、そして、そのような状況に追いやられる女性や子供の環境を変えることには、引き続き努力が必要といえる。菊田医師がつないでくれた困っている女性や子供を助けるためのバトンは、いまを生きる私たちに託されているのだと感じている。

特別養子縁組で私と娘が家族になってから四年になる。いまでも娘との生活は決して当たり前ではない、一日、一日が奇跡だと感謝している。「ママ、ママ、ママ！」という娘からの呼びかけに、都度幸せを感じるし、血のつながりはなくても、しぐさや性格は私そっくりになってきた。毎日の生活の積み重ねで、どんどん、どんどん、自分たちらしい家族になっていく感覚がある。私は娘に、自分がどれだけ娘のことを大切に思っているかを伝えるようにしている。そして、もう一人、娘のことをとても大切に思っている女性がいることも伝えている。「あなたには生みの母がいて、あなたを産んでくれて、あなたの幸せを願って特別養子縁組を選び、今は遠くにいるけど、ずっと応援してくれているんだよ」と。娘は「ままも、うみのははも、だいすきー」と叫ぶ。そして、ママがいて、生みの母がいて、「わたし、ラッキーガールだね」と嬉《うれ》しそうに笑っている。

くぼた・ともこ／TBS報道局勤務（元TBSアナウンサー）

―――本書のプロフィール―――

本書は、二〇二〇年四月に刊行した同名の単行本を、加筆改稿し文庫化したものです。